非常人傳奇之

公主

·玲瓏手·波斯刀

倪匡 著

玲瓏手

金剛

非常人傳奇

CONTENTS

波斯刀

尺蠖

玲瓏手

世上最牢靠的保險箱

有很多種職業的人，戴手套並不是為了天冷要保護手，而是他們職業上的需要，不過也有一些戴手套的人，實在想不出有什麼特別的理由來，例如，交通警察為什麼要戴上手套呢？就費解得很。

自從發現每一個人的指紋相同的可能性極少，因而發明了指紋偵探術之後，作奸犯科的人，為了避免留下指紋，也喜歡在作奸犯科之際，戴上手套。

不過手套不論用多麼薄的質地來製造，戴在手上，總使一雙靈巧的手，在感覺上打了極大的折扣，人的皮膚，天生極其敏銳，對手所觸摸到的一切，都可以有直接的了解，然而，戴上手套的話，就差得遠了。

據偷竊的老手稱：真正有資格的賊，是不戴手套的；但也有的偷竊老手稱：戴上手套行事，可以確保事後不被追查。

和世界上任何事情一樣，總是有不同的意見的，這是無可奈何的事。以下的一則故事，和手套有極大的關係，和這兩種相反的意見，也有極大的關係。

「這種保險箱，沒有人可以打得開——除了它的主人，它有著複雜的電子密碼裝置，它的主人可以自己選定密碼，並且可以隨時更換，一組七位數字組成的密碼，沒有人可以慢慢的去試，因為轉錯了一個號碼，配在保險箱內的警鐘，就會通過傳聲器而響起來。」

講這番話的人，是一個頭頂半禿的中年人，他的一隻手按在一具四呎高深灰色的保險箱上——按在保險箱上的手指在不斷的敲打著，通常來說，這是一個人感到躊躇滿志時的自然動作。

他的另一隻手，在他講話的時候不斷揮動著，在加強他講話的語氣。

在他的面前有三四十個人，有的——手裡拿著照相機，一望而知是記者，還有很多是保險箱的代理商。

那個頭頂半禿的中年人，是這種新型保險箱製造廠的老板——蘇振民。

蘇振民吸了一口氣，向每個人笑了笑，有些人在私議，蘇振民又道：「這種保險箱，還可以選擇時間掣，也就是普通保險庫才有的那種，選擇了時間掣是有它的好處，就算知道密碼，不到時間，也打不開來，它絕對防火，防水，防止一切酸性液體的侵蝕，各位，對這具保險箱的安全，是不是還有什麼疑問？」

那是毫無疑問的事，這具保險箱，無疑是世上最堅固、最保險的了。

座位上的人在低聲交頭接耳，在眾多的人之中，有一老一少兩個人坐在一起，這一老一少兩個人，好像對保險箱的介紹人蘇振民並沒有興趣，而一直盯著那具保險箱望著，而且他們的臉上，也始終帶著微笑——兩個人的微笑，稍有不同者，老的那個，微笑是鎮定、智慧的，而少的那個，他的微笑，則顯示了他那種毫不在乎的性格。

老的那個，大約有六十歲，頭髮有點花白了，鬍子剃得很光滑，穿著全套西裝，質地高貴，剪裁合體，看起來像是位高貴的紳士。

而少的那個，約莫二十五六歲，衣著很隨便，頭髮很長，可是一點也不蓬鬆，一眼就看得出經過小心的修剪，同樣整齊剪過的，是他上唇的鬍髭，他交叉著手，好像不論發生什麼事，他都可以維持這個舒服的姿態不變。

老的那個略側了側身，低聲道：「你聽，這是世界上最堅固的保險箱！」

少的那個笑了一下，伸手摸了一下上唇的小鬍子，道：「自從有保險箱起，每一個保險箱的製造商，都說他自己的產品，是世界上最牢固可靠的。」

老的挺了挺身，使他的背向後靠了靠，道：「但是事實上……」

少的那個提高了聲音接著那老的話，道：「事實上，沒有一具保險箱是真正牢靠的。」

蘇振民正被七八個記者包圍著，他打開了保險箱的門，指著厚厚的門，在解釋著保險箱奇妙的構造部份。因為那少的這句話的聲音十分高，所以蘇振民也聽到了，他立時抬起頭來。

蘇振民一抬起頭，就擺出一副接受挑戰的武士般姿態，說道：「剛才我聽到一位先生的話，是哪一位先生有這樣的看法？」

少的那個做了一個滑稽的神情，像小學生一樣，舉起手來，道：「我！」

蘇振民皺了皺眉，出現了這樣的情形那是意外，但是他立即知道，這種情形對他來說是有好處的。

他製造保險箱已經有一段時間了，早年，每當推出一款新的保險箱，在宣傳之際，最通常的辦法就是公開懸賞，徵求能將之打開的人。

不過這個辦法已經很久沒有人用了，因為事實上，近二十年來各廠出品的保險箱，大都是十分堅固，構造複雜，絕不是側起耳朵，聽聽數字鍵盤轉動的聲音就可以打開來的了。

蘇振民禮貌地點了點頭，轉過身來，像是個舞臺明星一樣，指著那具保險箱，用誇張的聲音道：「先生，那麼這具保險箱可以改變你的觀念了。」

那個少的聳了聳肩，好像不想再辯論下去，蘇振民略呆了一呆，道：「各位還有什麼問題沒有？」

那少的又舉起了手來，蘇振民笑一笑，道：「請隨便提出來！」

那少的道：「剛才你說，七位數字的號碼可以隨意選擇，是不是？」

蘇振民道：「不錯！」

這時，有幾個新聞記者，對著那少的拍起照來，有幾個記者，已經打好了腹稿：「世上最堅固的保險箱，有人表示不信。」這當然是能夠引起讀者興趣的花邊新聞。

在拍照的時候，那少的又現出微笑來，可是那老的卻轉過頭去。這時，說話的是那個少的，所以並沒有什麼人注意那個老的。

那少的指著自己的頭，道：「要是一個記性不好的人，忘記了自己選擇的那個號碼，那麼，有什麼辦法？」

蘇振民聽了，「呵呵」笑了起來，道：「沒有辦法，先生，就算將保險箱抬到我們這裏來，我們也沒有辦法，只好讓保險箱中的東西，永遠留在裏面。」

蘇振民的這幾句話，相當有戲劇效果，引起了一陣讚嘆之聲。

那少的搔了搔頭，像是因為難不倒對方而在傷腦筋，他忽然又笑了起來，道：「七位數字是相當難記的，忘記的可能性相當大，你不認為這是這種保險箱的缺點？」

蘇振民斬釘截鐵地道：「不！這不是這種保險箱的缺點，是優點！」他頓了一頓，又強調著道：「這保險箱，是用最堅固的金屬製造的，要用鋸、燒的方法弄開它的話，要有第一流的高級工業配備，還得花很長很長的時間，這正是這種保險箱的優點——」

蘇振民笑了笑，又道：「當然，它的銷售對象，也不會是普通人，一定是有著極貴重物件需要貯放的人，例如某一位中東的酋長，就訂造了一具十二尺高的。」

那少的笑起來，道：「要放什麼？放他的妃子？」

這句話引起了哄堂大笑，蘇振民也高興的搓著手，這個介紹會顯然很成功，那少的走向前來，很多人都走過來看，老的也走了過來，蘇振民指著門裏面的數字鍵盤，繼續解釋著保險箱的構造。

那少的伸手在保險箱的內壁敲著，發出堅實的金屬聲，他又去轉著門內的數字鍵盤，問道：「裏面是什麼號碼，外面就要轉什麼號碼，對不對？」

蘇振民心裏在想：看他的樣子，不像是個買保險箱的人，不過他還是道：「是的。」

他一面說著，一面將門內的鍵盤上的數字，轉成了「一二三四五六七」，然後，用力關上了門，道：「各位請看，現在只有這個號碼，才能打開保險箱！」

保險箱的門外，也有可以轉動的七列數字鍵，蘇振民故意將第一列數字鍵轉到「二」字停下來，一陣刺耳的聲響立時響了起來。

蘇振民攤手道：「看，它會自動報警！這是世界上最牢靠的保險箱！」

那少的像是發現了什麼似地，興奮地高聲叫了起來，說道：「看！這保險箱最大的毛病，是轉錯了號碼就會發出警號聲來。」

蘇振民望著那少的，微笑著，完全是一副準備接受挑戰的姿態，說道：「為什麼？」

那少的道：「轉錯號碼就會發出聲音來，這等於告訴人，這個號碼不對！」

這時，自保險箱中發出來的警號聲連續不斷，十分刺耳，任何人講話如果希望對方聽到的話，都必須提高聲音來叫嚷。

而周圍的人對那少的和蘇振民的爭論，都感到十分有趣，為了要聽清楚他們在講些什麼，都擠近來聽著，反倒是那個老的，悄悄地退了開去，坐了下來。

蘇振民的態度很鎮定，他道：「是，那又怎樣？」

那少的道：「每一組數字鍵盤，只有十個數字，九個會發出聲響來，是不正確的號碼，這就等於告訴人家，剩下的那個是正確的號碼了。」

旁邊的人發出了一陣竊竊私議聲，那少的神情自滿，他感到已擊中了這具保險箱的要害。

可是蘇振民卻仍然笑著，道：「你是知道第一個數字是什麼的。」

那少的道：「當然！」

蘇振民做出了一個「請」的姿勢，說道：「請將第一組數字鍵轉在正確的數字上。」

那少的立時動手，將第一組的數字鍵，轉在「一」上。剛才那組的密碼，是「一二三四五六七」，第一個數字是「一」。可是，他呆了一呆。

那少的剛提出了這樣的指責，他自然是認為選擇了正確的數字之後，警號聲就會停止了。

可是，當他將第一組的數字鍵，轉到了「一」字停下來的時候，警號還在繼續著，「嗚嗚」地響著，聽起來極其刺耳。不過，比起蘇振民陡然爆發出來的大笑聲來，警號聲似乎還要好聽一些。

蘇振民一面笑，一面伸手拍著那少的肩頭，道：「先生，你想到過的，你想我們的設計師會想不到嗎？在七組數字中，任何一個數字錯了，警號聲就會響起來，而一直等到全部號碼撥對了，它才停止！」

蘇振民迅速地撥著數字鍵盤，一直到出現了七組數字，「一二三四五六七」的排列，警號聲才戛然而止，蘇振民一拉，門也打了開來。

四周圍爆發出一陣驚嘆聲，自然是讚嘆這具保險箱設計之精妙。

而蘇振民也像是對那少的發生了興趣，他問道：「先生，你還有什麼想像中的方法，可以使這具保險箱失敗的，不妨提出來！」

那少的臉上神情，多少有點尷尬，他回頭，翹首望著，像是想向那老的求助，不過在他身邊的人很多，他看不到那老的在什麼地方。而當他回過頭來時，卻對準了蘇振民笑嘻嘻地，等候答覆的臉。

那少的咳嗽了一聲，道：「有！譬如說，警號聲一定是通過電源發出來的，如果在電源斷絕的時候，那麼就有機會……」

蘇振民一揮手，就打斷了那少的話頭，他道：「先生，請你注意，第一，不知道密碼，打不開保險箱，第二，電源估計至少可以使用十年，強力的水銀蓄電池，可以供應長壽電源，因為轉錯號碼，引起警號發出的事，究竟不會每一天都有的！而十年之後，先生，我們當然會有更新的保險箱供應了！」

那少的神情更尷尬了，他抓著頭，又向保險箱指了一指，道：「如果事先在裏面放一具電視攝影機，那麼，就可以將門內的號碼，傳到外面的電視機上。」

蘇振民笑得更經鬆，他立即道：「先生，要照你說的那樣做，先得打開保險箱來，而你別忘記，你是打不開保險箱的。而且，我們也有了預防。」

蘇振民伸手，在保險箱門內的數字鍵盤上，撥了一撥，一塊金屬片移下來，遮住了數字的鍵盤。

那少的看來有點手足無措了。

蘇振民又笑著，再關上了保險箱的門，用手指敲著，道：「而且，這扇門的主要結構部份，是有著防止X光透視設備的，這是一具完美無疵的保險箱，敢向任何職業性的竊賊挑戰，沒有人可以不知密碼而將它打開。」

蘇振民講到這裏，頓了一頓，又伸手拍著那少的肩頭道：「不過，你說得對，先生，這保險箱的唯一缺點是，如果你忘記了密碼，那麼，你放在這保險箱中的東西，可能永遠取不出來。」

蘇振民的話，引來了一陣鼓掌聲，連那少的，也自然而然地鼓著掌，接著，他擠出了人叢，離開了。

蘇振民代表的這家保險箱製造公司的這次公開招待會，獲得了極大的成功。

第二天，報上都有詳細的記載，報導這種最新的、完全無法攻破的保險箱。

而保險箱製造公司的廣告，更是別出心裁，那是一句警告語：「小心！放在本保險箱內的珍藏，可能永遠也取不出來！」

蘇振民能夠想出這樣精采的語句來做廣告，當然是因為那少的所講的話給他的靈感。

這種保險箱的銷路相當好——以它定價之高昂而言，應該說是銷路極好。這世界上，富翁究竟很少，而且，所有的富翁，總有點需要珍藏的東西，自然也都希望有一具沒有人可以攻得破的保險箱。

而保險箱的廣告，也繼續刊登在世界性的，有地位的雜誌和報紙上。

瀕臨退休的高手們

一年過去了。

在世界性的，有地位的雜誌上，又出現了大幅的廣告。廣告是和這種保險箱有關的，除了說明這種保險箱仍然是目前最可靠的保險箱之外，而且還列舉了一連串在過去一年中，購買這種保險箱的顧客名單，其中有好幾個國家的元首，著名的世界大富翁，鑽石商，中東部落的酋長，以及不少國家的機密機構，並且指出，過去一年來，世界盜竊集團，連碰都不敢碰這種保險箱一下，最後，還幽默地稱，還好，過去一年來，保險箱的主人，都能記得他們自己選擇的密碼，所以至今為止，還未曾發現有東西放在保險箱裡面無法取出來云云。

這個廣告一發表，有錢人之間，又起了一陣轟動。彷彿自己要是沒有一具這樣的保險箱，就不夠資格，據稱，美國某大富翁的酒會上，最熱門的話題，就是該富翁新置的這一類型保險箱。

西班牙的首都馬德里，有許多新型的建築，但是也還保存著很多古老的建築

——石板築成的狹窄的街道，兩旁全是白堊剝落的古老的房屋。小孩子在成梯級的街道上奔逐嬉戲，賣熟食的攤子搖著斷續的鈴聲，灰色的白鴿飛起又落下，看來恬靜，寧謐。

在一幢外表看來，和其他幾百幢舊房子完全一樣的舊房子的三樓，這時，正有幾個人，圍著一張圓形的桃花心木桌子在聚議。

這間黝暗的房間中的一切，或者說，任何一件東西，叫一個識貨的古董商人看到了，可能會立時昏過去。就說那張直徑五尺半的圓桌，桌旁的那種雕花，內行人一看就可以看出來，那是法國瓦羅亞朝代的宮廷精品。而如果是對考古學有知識的人看見了，一定也可以知道，這張桌子是西班牙海軍的全盛時期，由法國贈送給西班牙皇室的禮物。

要是一個警務人員，尤其是國際刑警或是查古董失竊的警探看到了這張桌子，他一定可以知道，那是六年前，在博物館神祕失蹤的幾件價值連城的古董之一——這全然是一個謎，一張直徑五尺半的大圓桌，如何可以通過森嚴的警衛而被人偷走的。這張桌子雖然有著這樣的來歷，但是坐在桌子旁的五個人，卻完全將這張桌子當作普通的桌子一樣，那個坐在近窗口的胖子，雙手捏著掌，甚至在桌上「砰砰」地敲著，每敲上一次，他滿臉的胖肉，就顫動一下，神情十分激動，房間內的光線雖然黑暗，但是隨著他雙手的移動，還是發出了好幾股奪目的光彩。那種光彩，全是他手上所戴的戒指所鑲的鑽石和寶石發出來的。

那胖子的雙手，一共戴了七隻戒指，右手三隻，左手四隻，在他對面的一個衣著十分整齊，留著整齊小鬍子的漢子，雙眼一直盯在那胖子的手上。

那瘦個子是著名的珠寶鑑賞家，也是世界出名的珠寶竊賊——忘了說一句，在這裡的五個人，任何有資格的警務人員看到他們其中的一個，只怕也會昏過去——來自義大利的齊泰維伯爵。

齊泰維伯爵是真正的伯爵，一點不假，在義大利北部的山區，他還有一幢十分宏偉的古堡，每年花在維修這座古堡上的費用，就得使他不時去偷一點珠寶回來，變換了原來的形狀去出售。齊泰維伯爵望著那胖子的雙手，心中嘆了一口氣。

齊泰維伯爵之所以暗自嘆氣的原因，倒絕不是因為看上了胖子手上的那些鑽石和寶石，他只不過是在嘆氣，隨著時間的過去，人會改變得叫人認不出來。

胖子的手指，又短又臃腫，看來笨拙不堪，看了這樣的手，誰能想得到，就是這雙手，在二十年前，十五年前，甚至十年前，還是世上最靈巧的一雙手，曾經被全世界的竊賊，公認為無可比擬的偉大的手？有誰能想到，這個胖子，有著這樣臃腫笨拙一雙手的人，有一個「玲瓏手」的外號？

齊泰維伯爵又嘆了一聲，以他對珠寶的豐富知識，他自然可以一一叫出玲瓏手手上那些鑽石和寶石的名稱。玲瓏手右手中指上那一顆略微帶點粉綠色的鑽石，是世界上同類鑽石的三顆中，列第二大的一顆，正確的份量是七點三四克拉。右手無名指上的那一顆紅寶石，叫埃及美人，歷史可以溯到公元七百年之前。右手小指上那顆粉紅色的鑽石，是著名的「粉紅之星」姊妹鑽，雖然小得多，但一樣是稀世奇珍。

左手食指上是一枚樣子古怪的翡翠戒指，齊泰維伯爵當然知道，這枚綠得，完整得用顯微鏡也找不出任何瑕疵來的翡翠，並不是真正的戒指，而是應該戴在大拇指上的，是中國人最早用來扳弓弦的，這枚扳指的來源，可以上溯到乾隆皇帝的一個佞臣和珅。

如果要列舉自古以來，世界上擁有珍寶最多的十個人的話，這位深得乾隆皇寵信的鈕祜祿先生，無疑可以位固榜首。

玲瓏手左手中指上是一塊藍寶，無名指上，是一顆長條形的青色珍珠，在他小指上的，又是一顆鑽石，那顆鑽石，在在座的幾個人的眼中看來，應該算是次等貨了。

齊泰維伯爵又暗自嘆了一口氣，看來玲瓏手的境況，已大不如前了，不然，以他的身分，是不應該配戴這樣的次貨的。玲瓏手自己，顯然也明白這一點，所以他的動作，在有意無意之間，總要掩飾一下他左手的小指。

玲瓏手用帶著濃重的法國口音的聲音在吼叫，雙拳在桌上拍著，道：「這簡直是一種侮辱，一種無可饒恕的侮辱！這種情形，絕不能再繼續下去！」

其餘的人都不出聲，一個頭上紮著土耳其式的頭巾，身形高大，面目莊嚴的中年人，自他的上衣袋中，取出一個鼻煙壺來，打開蓋子，用力吸著，發出「嗤嗤」的聲響，玲瓏手瞪著他，道：「土耳其皇，我不相信你能一直忍受著這樣的侮辱！」

被稱為「土耳其皇」的那人，抬起頭來，他深目高鼻，雙眼炯然有神，顯然是正統血裔的突厥人，他小心地放好了那隻鼻煙壺——他是要小心，那隻用一大塊硬度達到九度的藍寶石雕成的鼻煙壺上，雕著十七個維妙維肖的土耳其美女，他曾自誇這一隻鼻煙壺，可以及得上伊斯坦堡博物院中的任何一件珍藏。

不過從他那種過度小心的神情和動作來看，他的境況可能也大不如前了，他是不應該如此小心的，土耳其皇當然不是真正有權位的皇帝，但要不是土耳其出了一個叫凱末爾的人，而這個人居然又在一九二〇年，將土耳其皇自寶座上趕了下來，那麼，現在坐在這間房間裏的土耳其皇，就真正是不折不扣的土耳其皇了——

當然，即使從他自己陳述的皇族系統來看，他要真正當上土耳其皇，還得下一番功夫，例如，先得殺掉他的幾個堂兄弟之類。

土耳其皇有驕人的專長，也精通各種古代文字，對回教文化有極其深刻的研究，自然，對回教範圍內的一切古物，也有極其豐富的知識。回教世界包括了目前的石油世界，是一個最富有，從地上直接生產黃金的世界，這一點不可不知。

土耳其皇放好了鼻煙壺，又有點不放心地伸手在口袋上拍了拍，他像是並不是在回答玲瓏手的問題，像是在自言自語，他道：「是啊，真是侮辱，阿德巴酋長，弄了一個最大的。」

沒有人知道阿德巴酋長是何許人，中東的阿拉伯地區，有許多小部落，一個小部落的酋長，可能只有幾百個人歸化統治，也可能有十口以上的油井，但那就夠了，西方的石油公司看到了他，就得將他當祖宗一樣。

土耳其皇又咕嚕了幾句，向另一個風儀麗都的西方美男子望了一眼，道：「哥耶，你應該最沒有損失了。不會有人將畫放在保險箱裏的！」

被叫著「哥耶」的美男子，陡地激動了起來，揮著手想說什麼，可是他卻只是嘆了一聲，道：「本來是沒有一個傻瓜會這樣做的，可是現在不同了，自從有那種保險箱，唉，別提了！」美男子有一頭金黃色的頭髮，六尺二吋的高度和真正的藝術家風度，土耳其皇叫他「哥耶」，其實他的正式名字，應該是「哥耶四世」，據他自稱，他是大畫家哥耶和被哥耶作過裸體畫的那位絕色美人的私生子，是以，他的體內充滿藝術，浪漫，高貴，神祕的血液云云，哥耶四世，的的確確是一位藝術家。

哥耶四世對藝術品，尤其是油畫的鑑賞能力之高，似乎是與生俱來的，他十六歲那年，就曾撰文駁斥大英博物館中三位專家的鑑定，而舉世公認他是油畫鑑別的天才，他能在一個最細微之處，來判斷一幅名家油畫的真假，而令人嘆服。自然，有一些所謂「為人忽略的細微之處」，經他指出之後，才為全世界的藝術鑑賞家所注意，根本原來是不存在的，而只是他的傑作。

哥耶四世的傑作，一直是收藏家夢寐以求的珍品，不過有一點令他悲哀的是，他不能在作品上簽上他自己的名字，而要簽上別人的，說穿了，他專賣假畫。

他不但賣假畫，也賣真畫，而他的真畫的來源，在於他巧妙的手段，世界各地收藏名畫的博物院，對哥耶四世的態度，真是又敬又怕。敬的是他對藝術品的鑑賞能力，而怕的是他巧妙的手法，說不定什麼時候，經他鑑定過的真畫，變成了假畫，而要命的是，假畫也沒有人看得出來，因為判別這幅畫真假的權威，就是哥耶四世。

哥耶四世在阿根廷有一個規模龐大的畫廊，當任何一個博物館有失竊的消息傳出來之際，世界各地的收藏家，就自然而然會集中到布里諾斯艾利斯來，等候哥耶四世開出價錢，公開或暗中進行交易。

哥耶四世的日子一直過得很好，不過這時看來，他也不免有點垂頭喪氣，因為從他的口中，竟然講出了「別提了」這樣的話來。

只有老頭子才會說這種洩氣的話，而哥耶四世只不過才四十歲，而且是一個不折不扣的美男子。

齊泰維伯爵又嘆了一聲，這一次，他不是暗中嘆息，而是大聲嘆出了聲音來的。他是這間房子的主人，也是這次聚議的召集人，他們這幾個人，全是最頂尖的人物，不過這一年來，顯然每一個人的日子都不好過，連自己在內，他向看來又要發作的玲瓏手做了一個手勢，示意他且慢說話，然後將椅子傾向後，向看來神態很優閒的第五個人望去。

那是一個中國人，年紀很輕。

這個年輕的中國人，齊泰維伯爵、玲瓏手、土耳其皇和哥耶四世，對他都很陌生——這簡直是不可思議的事，但卻偏偏是事實。

然而，我們對這個年輕人卻並不陌生，他就是一年之前，那種新型的保險箱才推出時，在記者招待會上，一老一少兩個中那少的。

當齊泰維伯爵望向他的時候，他放平椅子，坐直。

齊泰維伯爵有點不滿地搖著頭，道：「像這樣重要的聚議，中國人不應該不來的！」

年輕人向他笑了笑，說道：「我是中國人！」

玲瓏手對年輕人的回答有點發怒，道：「我知道，普通的中國人有幾萬萬，不過我們要見的中國人，只有一個，他應該來！」

土耳其皇做出檢閱軍隊的姿勢，高舉著雙手，道：「全世界都在看著我們，而我們，要看中國人！」

哥耶四世瀟灑地道：「中國人沒有來，可能由這位先生帶來了他的意見。」

哥耶四世稱那年輕人為「這位先生」，好像這年輕人不是中國人。而事實上，在他們幾個人的心目中，「中國人」只是獨獨一個人的代名詞，而不指其他人。

那年輕人又挺了挺身子，道：「我叔叔說——」

他講了四個字，頓了一頓，屋子中所有的目光，立時集中在他的身上。

年輕人低下頭去，先搖了搖頭，又道：「我叔叔說，事情總有結果的時候，各位，他的忠告是，結束吧，我們完了！」

那四個人的反應，都不相同，玲瓏手臉上的胖肉抖動著，陷在他胖肉之中的那一雙小眼睛，瞪得眼珠像是要蹦出眼裏來一樣，十分惱怒。

哥耶四世戲劇化地將手拍在自己的額上，不斷發出「啪啪」的聲響。

齊泰維伯爵「哦」地一聲，站了起來，又坐了下去，然後又站了起來。看他的神情，像是要說話，可是甚麼聲音也沒有發出來，又坐了下去。

土耳其皇「哼」地一聲，無目的地揮著手，看來他陷入了極度的失望之中了。

那年輕人略等了半分鐘，繼續說道：「當這種保險箱初次公開介紹之際，我叔叔和我就曾經仔細地研究過，而我們獲得的結論是，我們無法戰勝這種保險箱，所以，這一年來，我叔叔完全處在退休狀態之中。」

那年輕人講到這裏，略頓了一頓，才又補充一句，道：「我也是！」

玲瓏手舉起拳，「砰」地一聲，在桌上敲了一拳，極不客氣地瞪著那年輕人道：「小伙子，我們不知道你有過甚麼輝煌的記錄，雖然我們不懷疑你有參加我們會議的資格，但是千萬別在老前輩面前提甚麼退休！」

玲瓏手的話很不客氣，可是那年輕人並沒有生氣的表示，他只是微笑著站了起來，向外走去。

那年輕人一直來到門口，才道：「各位，本來，我們的工作是不值得誇耀甚麼的，不過玲瓏手先生懷疑我不能提到退休兩個字，我倒希望知道，三年之前，東方最大的販毒黨，因為保險庫裏失去了大批庫存的現金而互相猜疑，幾個大頭子之間，終於雙相火併收場，這件事，是由甚麼人造成的？」

年輕人講這句話的時候，態度很悠閒，好像他在說的事，只是三年之前，他曾經看過一場脫衣舞一樣的輕鬆。

可是，當他說完之後，原來坐著的四個人，卻一起站了起來，其中玲瓏手因為身子太胖，而且又站得急了一些，所以在他站起來之際，他坐的那張椅子，「砰」地倒了下來。

不過，並沒有人注意那張椅子，四個人的目光，盯住了那年輕人。

他們都知道那件事，自從五十年代起，一切黑勾當的組織，比起二十年代、三十年代來，聰明了不知道多少，現代的經濟學理論，給了他們極大的幫助，他們學會了公司組織法，懂得如何運用，分配他們所掌握的天文數字的資金。所以，阿爾卡邦時代一去不返了，黑組織中的頭子，在嚴密的現代化組織中，絕少再有火併的事情發生了，組織和組織之間的磨擦，也減少到了最低限度，可以說，黑組織已經進入黃金時代了。

不過，在黑組織的太平歲月中，也不是全然沒有例外的，遠東最大的黑組織，在三年前的那次火併，導致這個組織七個大頭子喪生，兩個被同黨出賣給警方，一個吞槍自殺，整個組織分崩離析，這件事，卻是震動了全世界所有的黑組織的了。

在這間房間中的四個人，當然不是甚麼黑組織的人，但是他們每一個人，都不多不少，有著若干手下，而且他們所做的事，也未必見得合法——事實上，沒有任何地方有一條可以容許他們這種人公開活動的法律，所以他們對於這件發生在遠東的事，來龍去脈，也都很清楚。

他們全知道，導致這件火併的直接原因，是這個黑組織的保險庫中，所有的現金、珍藏，包括兩箱西班牙金幣在內，突然不翼而飛，因而引起了大頭子之間互相猜忌而造成的。

這件事之引人入勝，還不單在於黑組織自己人的大火併，而是那一大筆錢——專家估計在一億美金左右，似乎並沒有落在任何人手中，而像是在空氣中消失了一樣，以後再也沒有出現過。而如今，這年輕人陡然提出了這件事來，他們當然無法不震動。

四個人在站了起來後，玲瓏手首先喃喃地道：「中國人！我早就懷疑這件事是中國人幹的，只有他，有這樣的魄力和勇氣。」

那年輕人轉過了身來，道：「如果你所說的中國人，是指我叔叔而言，那你錯了！」

玲瓏手又瞪大了眼睛，齊泰維伯爵的聲音變得十分尖銳，陡地叫了起來，道：「不見得是你吧，年輕人！」

那年輕人點了點頭，道：「你的估計很正確，伯爵！」

土耳其皇在喘氣，聲音很急促，道：「那是不可能的！不可能的！你是怎麼做的？」

那年輕人仍然微笑著，道：「這件事已經發生了，可能或者不可能，根本不應該再作討論，至於我是怎麼做的，那是我的業務祕密，我不會說，就像你不會告訴我如何用假貨換出了伊斯坦堡博物館中那塊真綠玉的經過，對不對，皇帝陛下？」

土耳其皇略呆了一呆，滿面笑容，十分高興地向那年輕人走了過去，伸手在那年輕人的肩頭上拍了拍，道：「對，你說得對！」

玲瓏手仍然瞪著眼，道：「我不信，我不信！」

哥耶四世也揚著手，道：「各位請注意，我們這位年輕朋友，有著極豐富的想像力，或者是他的精神狀態不健全，有著一種特別幻想，把曾經發生在他人身上的事，想成是在自己身上！」

那年輕人並沒有答辯，他只是平靜地道：「我叔叔接到了四位的通知之後，就決定派我來參加會議，和四位見面，在我臨走時，他除了叫我將他的意見轉達給各位之外，還叫我提一提那件事，他也料到各位可能不相信，所以叫我帶了一件東西來！」

齊泰維伯爵道：「甚麼東西？」

年輕人並不直接回答他的問題，反問道：「當年，那黑組織的保險庫中，最著名的一件東西是甚麼？」

聽得那年輕人這樣問，四個人都快樂地笑了起來，他們笑得簡直極其純真，好像他們已看到了那東西，而且那是屬於他們的一樣。

玲瓏手笑瞇瞇地道：「年輕人，你來考我們了，誰都知道那是一張瑞士銀行在一九四九年發出的一張面額一千萬瑞士法郎，不限年期，隨時都可提取的本票。」

那年輕人點點頭，說道：「是，我臨走的時候，我叔叔對我說：孩子，為了使他們相信你曾做過那件事，把這張本票帶去吧！」

四個人的笑容凝止，玲瓏手的雙眼重又睜大，他們都看著那年輕人，隨隨便便地從上衣裏面的口袋中，取出了一張紙來。看他取那張出來時，那種不在乎的神情就好像他在取一張洗衣服的單子一樣。

他取出了那張紙，將之抖了開來，順手遞給了哥耶四世。那年輕人將這張本票遞給了哥耶四世，而不是遞給其他人，這證明他對在座的四個人的特長，有著深切的了解。

碰碰運氣

哥耶四世是一個藝術家，對所有藝術品真偽的鑒定，對所有名人簽名的鑒定，是世界權威性的。

哥耶四世接過了那張支票，先拉了兩拉，使紙張發出「拍拍」的聲響，以鑒定紙張的質地，然後，他走到窗前，將窗帘拉開一角，藉著日光來看本票印刷的顏色——雖然房間裏的燈光很明亮，但是專家知道，只有在陽光之下鑒別顏色，才是最可靠的。

然後，哥耶四世戴上鐘表匠用的那隻嵌在眼中的放大鏡，審視著本票上的簽字。三分鐘後，哥耶四世抬起頭，道：「各位，這是真的，用這張本票，加上三小時的飛機航程，瑞士銀行絕不會問你這張本票的來歷，就會將一千萬瑞士法郎，完全照你的意思處理。」

哥耶四世一面說，一面將那張本票遞給了齊泰維伯爵，伯爵看了一下，又遞給了玲瓏手，然後，又轉回那年輕人的手中，而那年輕人，又毫不在乎地，將那張本票，隨便放進了衣袋之中。

那年輕人道：「現在，各位相信了，而且，也不懷疑我可以提到退休這個名稱了？」

四個人都不約而同地點著頭。

那年輕人又道：「請相信我，我曾經打開過那黑組織幾乎不可能打開的保險庫了，但那保險庫只不過是『幾乎不能開』，並不是『絕對不能打開』，現在我們面對的保險箱是『絕對不能打開』的，所以，我完全同感我叔叔的見解，我們完了！」

四個人互望著，慢慢走到那張桃花木的桌子旁，坐了下來，誰也不出聲。

年輕人望著他們，充滿了同情，他又道：「而且，我們也得正視事實，請問，這一年來，四位自己出手，憑四位的經驗，還能逃走，但是四位的手下，和我們的同業，有多少人因此進了監獄？」

四個人全不出聲，哥耶四世雙手掩著臉，齊泰維伯爵、土耳其皇都故意轉過頭去。

玲瓏手苦笑了一下，道：「好，我們接受你和你叔叔的意見，不過我還想問你一句話。」

那年輕人揚了揚眉，道：「隨便！」

玲瓏手伸手，向那年輕人指了一指，道：「你為甚麼一直放著那張本票，不去兌現呢？」

年輕人笑了起來，道：「四位，這是我們共同的悲哀，玲瓏手先生，你手上的每一枚戒指如果變賣了，都可以使你舒舒服服過一輩子，可是你不能將它們脫手，因為它們太有名了，而我們又不是小毛賊，小毛賊可以將寶石剖碎來賤售，而我們是頂尖兒的人物，我們要保持藝術品的完整，你不能脫售你手中的珠寶，哥耶先生不能脫售他的名畫，伯爵不能脫售他的古董，理由只有一個，它們太出名了，我們只能留著觀賞，不能將它變錢！」

年輕人的這一番話，顯然像針一樣，直刺進了在座四個人心底深處的悲哀，使他們心中的悲哀，立即在臉上流露了出來。

玲瓏手喃喃地道：「可是你的情形不同，沒有人會追究那張本票的來歷的。」

那年輕人道：「是的，表面上看來這樣。但是，那黑組織有十二個大頭子，其中兩個，下落不明，要是這張本票兌現的消息一傳開去，他們就會知道這件事，是甚麼人做的，我不認為在這樣的情形下，我還有機會活上三天！」

四個人都不由自主地點著頭。他們全都幹不法的勾當，是如此之巧妙和充滿了藝術和機智，比起那些殺人不眨眼的凶狠匪徒來是完全不同的。

那年輕人又道：「而我將這樣一個和我生命有關的祕密，毫不保留地告訴你們，那是基於我叔叔和四位的交情，和對四位的看重，也希望四位因此接受我叔叔和我的意見。雖然我知道四位現在的情況不很好，可能銀行戶頭裏已經沒有甚麼錢，但還是別再動那類保險箱的腦筋，以免身敗名裂的好。」

年輕人的這番話，講得極甚懇切，四個人都現出激動的神情來，齊泰維伯爵站了起來，高舉雙手道：「你遠道而來，我還不致於不能招待你，你喜歡怎麼度過你的日子，只管告訴我。」

年輕人有禮地鞠了一躬，道：「我想去碰碰運氣。」

伯爵他們顯然都知道「碰碰運氣」是甚麼意思，玲瓏手苦笑了起來道：「你知道嗎？本來，我也要到蒙地卡羅去，要是我們能對付得了這種保險箱，我們就可以得到那個臭名昭彰的逃亡政客刮到的財產的一部份！」

年輕人攤了攤手，道：「我也聽說了，這個逃亡政客在統治了他的國家十五年後因政變而逃亡，聽說他囊括的財產光是現金就有二十億美金，而其中的四億，他是親身帶著的。」

哥耶四世拍著桌子，道：「對，就放在那種可詛咒的保險箱中！」

伯爵搖著頭，喃喃地道：「發明這種保險箱的人，簡直不知道人世間甚麼是公平的！」

土耳其皇嘆了一聲，道：「就算他失去了四億，他還有十六億！」

玲瓏手攤著他的肥手，道：「雖然，中國人說絕對不可能，就是絕對不可能，但我們反正全閒著沒有事，各位要不要看看我手下拍回來的電影。」

那年輕人道：「我看不用了吧，看了只不過使人更加傷感。」

土耳其皇忙道：「看看也好，你們中國人有一句話，說——望梅可以止渴，看看也好的！」

年輕人沒有再堅持他的意見，玲瓏手已提起一只公事包，取出了一大卷電影片來，伯爵已經移開了一隻小櫥，拉出了一具電影放映機來，同時，對面牆上的一張波斯掛毯捲起來，現出了銀幕。

玲瓏手熟練地裝上了電影片，放映機發出了輕微的聲響，銀幕上出現了機場。

玲瓏手解釋著，道：「這是他到達蒙地卡羅的情形。」

在銀幕上首先看到的，是一大群記者，一架飛機已經降落，正自跑道的一端緩緩轉了過來，警察在維持著秩序，飛機是一架重型運輸機，有著極大機腹的那種。

玲瓏手道：「飛機是他包下來的，經過改裝，等一會各位可以見到他下機的情形，這傢伙，他真會為他自己和他財產的安全著想！」

飛機停了下來，可以看到記者和維持秩序的警察在發生爭吵，等到飛機停定，機腹下的一塊斜板，打了開來，三輛有著密封車廂的中型卡車，自機腹中緩緩駛了出來，三輛卡車的外型，幾乎是完全一樣的，三個司機全都膚色黝黑，戴著黑眼鏡。

兩輛警方的摩托車開路，三輛中型卡車立時駛了開去。

在銀幕上，可以看到大群記者，目瞪口呆的望著三輛卡車駛開去。

哥耶四世開口問道：「這是甚麼玩意兒？」

玲瓏手道：「一共是九個人，在這三輛卡車中，三個司機是誓死效忠他的人，別看他們是司機，他們原來都有少將的軍銜。那傢伙拋下了他的妻子，而帶走了他的一個情婦。還有五個人，一個是他的女婿，還有一個是他的女兒，另外三個，是神槍手，他的保鏢，他們分別在這三輛卡車之中的。」

土耳其皇問：「保險箱呢？」

玲瓏手道：「別心急，等一會就可以看到了！」

這時，銀幕上看到的，已經是蒙地卡羅的市區，可以看到三輛卡車在行駛，而街道兩旁，所有的人，都用好奇的眼光望著這三輛卡車。

拍攝這段影片，一定花了不少工夫，拍攝得極其清楚，三輛卡車終於停了下來，停在一家大酒店的門口，而酒店門口，佈滿了穿制服的護衛隊。

玲瓏手又道：「這傢伙，僱用了兩百名護衛隊來保護他。像其他的富翁一樣，他包下了這酒店的頂樓。你們看酒店的頂上！」

鏡頭向上移，移到了酒店的頂上，可以看到在酒店的天台上，至少有三十個武裝的護衛員在巡邏著。

鏡頭又回到酒店大門口，三輛卡車停下，其餘的人，幾乎全被隔離在兩百碼以外，當中那輛車先打開門來，一個身形高大的人下車，車中伸出一條斜梯，那人是駕著一輛小型的起重車下車來的，而在那小型的起重車上，放的就是那具保險箱。

一看到了那具保險箱，在房間裏的五個人，都齊齊嘆了一口氣，連那年輕人在內。

那具保險箱有六呎高，三呎寬，三呎厚，裏面放的，是四億美金現鈔。

鏡頭突然移近。可以看到保險箱門口，那七組數字盤的，這對在座的五個人來說，是絕不陌生的。事實上，他們每人，也同樣擁有這樣的一具保險箱，雖然沒有那麼大，在過去的一年中，他們都曾詳細地研究過不用正確密碼而打開它的方法，可是結論是：不可能。

接著下車的，是另一個大漢，再接著下車的，是一個身形魁梧，挺著大肚子，戴著黑眼鏡，約莫六十歲左右的人，這就是那流亡政客。

跟在那流亡政客之後的，是一個極其美麗，至多不過二十五歲的東方美女，幾個人一下車，立時在嚴密的保護下，進了酒店。

在另外兩輛卡車中，也有人下車，政客的女婿、女兒、其他人等。

影片放映到這裏，就結束了，玲瓏手還像是意猶未盡，說道：「要不要再看一遍？」

放映機的聲音停了下來，屋子中很靜，街上傳來斷續的孩子叫嚷聲，和一種小販的推車上傳來的鈴聲，玲瓏手的話，得不到任何反應。

玲瓏手又向各人問道：「要不要再看一遍？」

屋子裏又靜了片刻，才聽得齊泰維伯爵說道：「事實上，我們都已看過許多遍了。」

玲瓏手像是炸彈爆發一樣，突然地吼叫了起來，道：「看過了好幾遍又怎麼樣？這是我三個最好的手下，花了不知道多少心血拍攝回來的！」

哥耶四世發出了一下苦澀的笑容來，道：「我和我的四個最好的手下，為了這件事，所花的工夫，比你更多，可是我也沒有埋怨甚麼！」

屋中的電燈亮著，著亮電燈的那個年輕人，他一雙銳利的目光，正望定了哥耶四世。

哥耶四世像是有點侷促不安，半側過身子，避開了那年輕人的目光，喃喃地道：「別這樣望著我！」

那年輕人卻仍然緊緊盯著他，說道：「為了這件事，你和你的手下，做了甚麼了？」

哥耶四世並沒有回答，只是攤了攤手。看他的神情，好像他在說：我所做的事，是不值一提的。

那年輕人深深吸了一口氣，道：「我叔叔說……」

土耳其皇站了起來，伸手直指著那年輕人，道：「不管你叔叔說些甚麼，我們已經決定了那樣做，也做好了一切準備，總不能就此罷手的。」

年輕人望著那四個人，視線在他們的身上，一個一個掃過，然後才道：「好，我沒有意見，曾經有人對我說，他能飛到火星去，只要在手臂上綁上一個紙製的翅膀，我也沒有意見。」

玲瓏手漲紅了臉，哥耶四世的神情相當沮喪，玲瓏手向著哥耶四世大喝道：「給他看！」

哥耶四世搖了搖頭，說道：「有甚麼好看的？」

玲瓏手衝了過來，伸手抓住了哥耶四世胸前的衣服，粗魯地搖著，道：「給他看！」

哥耶四世的身子搖晃著，推開了神情激動的、喘著氣的玲瓏手，自口袋中取出了一大疊大面額的美鈔來，用力向年輕人拋了過來。

那年輕人的反應十分快，一伸手，就將那疊有一寸來厚的大面額美鈔，接在手中，他甚至連看也不看，就道：「精緻的偽製品！」

齊泰維伯爵叫了起來道：「你是猜到的！」

那年輕人搖頭道：「不是！」

他講了「不是」兩字之後，轉過頭去看哥耶四世，道：「這裏是兩百張新鈔票，哥耶先生，我想你知道它們和真鈔之間的分別，它重了多少克？我看，大約是四克到六克之間。」

哥耶四世喃喃地道：「五點一克！」

玲瓏手攤開手來，道：「那也就是說，如果每一張分開來用，根本不容易有人察覺。」

那年輕人說道，「也許，但是以各位的用途來說，被別人發現使用偽鈔的機會，是百分之二百！」

土耳其皇連忙說道：「我們不是要使用它，事實上，我們印很多，總數接近三億！」

那年輕人吹了一下口哨，將那一大疊美鈔，在手中上下拋著。

齊泰維伯爵走近一步，道：「年輕人，你已經料到我們的計畫，是不是？」

年輕人點著頭，走向哥耶四世，將那疊鈔票還給他，拍了拍他的肩，道：「這些偽鈔，真是藝術品，如果它們是小面額，而總數又不超過一百萬的話，只怕在市面上流通，永遠也不會有人發覺。」

哥耶四世聳聳肩，道：「照你的辦法，連成本也不夠！」他忽然笑了起來，道：「或許你想不到，我們印這些假鈔票，每一張成本超過十元美金吧！」

年輕人呆了一呆，道：「那麼，你們總共花了多少本錢？」

齊泰維伯爵道：「超過一千萬美金，不過，它的利潤很高，全部脫手，可以得回三億！」

年輕人又轉了轉身，視線再度在屋中那四個人的身上掃過，道：「你們原來的計畫是，在那逃亡政客的保險箱中，用這批假鈔票，將真鈔票換出來？」

齊泰維伯爵、土耳其皇、哥耶四世、玲瓏手四個人都不出聲，只是點了點頭，那年輕人也不再出聲，坐了下來，用手托著下顎，沉思著。

那年輕人大約沉思了三分鐘之久，忽然笑了起來，道：「這真是世界第一的好計畫。你們想想看，當那逃亡政客以使用假美鈔的罪名被捕之時，那是甚麼樣的情景？」

他一面講，一面忍不住笑著，玲瓏手首先跟著大笑了起來，接著是土耳其皇、齊泰維伯爵，最後哥耶四世也前仰後合地笑了起來。

他們五個人一起笑著，要是不明白情由的人，看到了這種情形，一定以為他們五個人全是瘋子了！笑聲瀰漫足足持續了五分鐘之久，那年輕人才一面按著肚子，一面說道：「大笑對健康有益，各位，花一千萬美金，不一定可以換到一場大笑，現在已經換到了，也就沒有甚麼損失了，是不是？」

他講著，和各人揮著手，又向門口走去，四個人的笑聲陡地停止，玲瓏手叫道：「你真的要走了？」

年輕人點了點頭，道：「是的，能叫那個逃亡政客使用假鈔被捕，固然是天下最有趣的事，但是我們，或者說各位，假如因為弄不開那保險箱，在行事的時候被捕，那就是天下最無趣的事了。」

四個人都眨著眼，那年輕人道：「再見！」

齊泰維伯爵忙道：「你還是到蒙地卡羅去？」

那年輕人點頭道：「是的。我說過，想去碰碰運氣。」

他說著，拉開門，向外走了出去，又順手將門關上，當他離去之後，四個人都呆了片刻，然後，他們一同來到窗口，將窗帘掀起少許，向外面張望著，他們看到那年輕人神態悠閑地向下走著，而且，並沒有轉過身，就像是背後長著眼睛一樣，向後揮著手，那使得屋中的四個人，忙不迭將窗帘放了下來。

土耳其皇首先「哼」地一聲，道：「他說要到蒙地卡羅去碰碰運氣，那是甚麼意思？」

玲瓏手嘀咕了一句，道：「別聽他的話，東方人全是靠不住的！」他的話一出，土耳其皇立時瞪著玲瓏手，玲瓏手激動地道：「我敢打賭，這年輕人到蒙地卡羅去，一定是和他叔叔會合，中國人在蒙地卡羅等他！」

其餘三個陡地吸了一口氣，哥耶四世道：「那我們應該怎麼辦？」

齊泰維伯爵搓著手，說道：「我們也去，好讓我們的老朋友，有一個意外的驚喜！」

玲瓏手哈哈地笑了起來，土耳其皇走過去，拉開窗帘，讓已經西斜的金黃色的陽光，照進房間來。

與奧麗卡公主相遇

西斜的太陽，光芒映在海面上，在海面上泛出一層層金波微蕩的光芒來。浮在那閃動的，黃金般燦爛的光芒之上的，是許多艘遊艇。

大多數遊艇整齊地排列著，也有不少正在駛出去，和有不少正在駛進來。海鷗懶洋洋地飛翔著，和這裏的人一樣——沒有什麼人來到蒙地卡羅之後會想到工作，而只是想到享樂。

這是一個享樂的地方，從停泊遊艇的海灣向前望，是一望無際的海洋，轉頭望去是各種各樣的建築物，在那些建築物中，有著各種各樣的享樂設備，只要你有錢，你會覺得人生的快樂原來是如此無窮。

就算躺在遊艇的甲板上，一動不動，也很少有其他地方可以比得上蒙地卡羅的。

那年輕人——就是那個年輕人——這時就躺在甲板上，幾乎一動不動。海水的蕩漾，使遊艇的船身，有時也會傾斜一下，每當這個時候，他身邊的杯子中，浮在金黃色酒中的冰塊就會輕輕相碰，發出悅耳的聲響。

那是一艘大約八十呎長的遊艇，在這個幾乎可以稱得上是世界遊艇展覽的海灣上，那只不過是一艘小遊艇而已。所以，這艘遊艇，和其他的幾百艘，一起排列著，一點也不引人注目。

那年輕人閉著眼睛，躺得如此之安靜，看來是完全睡著了。不遠處，有一陣嘻笑聲傳來，嘻笑聲漸漸近了，他仍然一動不動。那嘻笑聲是來自一群，或者說是幾個女郎，她們在緊靠在一齊排列著的遊艇上，一艘一艘地橫越過來，遊艇上的人，都向她們友善地揮著手。

雖然這裏的美女之多，是世界著名的，但是，五個如此動人的女郎聚在一起的機會，還不多見。

嘻笑聲漸漸近了，四個美女，都從旁邊的一艘船上，跳上了年輕人的遊艇，又嘻笑著奔了過去。而最後一個，在跳上了年輕人的船上後，在甲板上只奔了一步，像是被什麼東西絆了一下，整個人向前仆了過來，正好仆向躺在椅子上的那年輕人。

她顯然無法控制自己了，所以像任何女人一樣，在她快要壓到那年輕人的身上時，她發出了一下尖叫聲。而那年輕人也就在這時，睜開眼來。

接下來發生的事，有點像電影裏的情節，那女郎直撲了上去，那年輕人立即張臂將她抱住，帆布椅子榻了下來，年輕人抱著那女郎，在甲板上打著滾，其餘四個女郎已奔遠了，一切似乎陡地靜下來。

當那年輕人和那女郎停止了滾動之際，他們都已經來到了船舷的一邊，年輕人仍然抱著那女郎，他的手按在那女郎腰肢上，那女郎穿的是露腰裝，所以年輕人的手，直接地碰到她柔滑的肌膚。

他們互相睜大著眼，望著對方，那年輕人一時之間，竟無法斷定這女郎是什麼地方的人，但是無可懷疑的是，那是他一生之中所見過的美女中，最美麗的一個。她的膚色，是均勻的淡棕色，像是塗上了一層奶油那樣地柔和優美。她的頭髮是黑色的，眼珠是黑色的，可是她絕不可能是中國人，也許只有越南美女，才有這樣大而清澈，動人的眼睛。

那年輕人還在打量她，但是她已經輕輕推開了他，站了起來，年輕人還躺在甲板上，在這個角度，他更可以欣賞那女郎那雙線條優美、修長而毫無瑕疵的美腿。

那女郎掠了掠長髮，很大方地道：「對不起！」

那年輕人站起來，女郎已經轉過身，向外走去，年輕人挺直了身子，道：「等一等！」

女郎轉過身來，明亮的眼睛在夕陽餘暉中閃動著，年輕人做了一個手勢道：「我們的相遇，不是很突然嗎？」

女郎微笑著點頭，表示同意，年輕人也微笑著，可是他一面陡地伸手，緊緊握住了女郎的手臂，近乎凶狠地道：「妳替誰在做事，說！」

女郎在剎那之間，張大了口，臉上的那種驚訝的神情，和她雙眼之中所流露出來的那股驚恐的神色，使得那年輕人的心中感到了一股歉意。

她什麼也沒有說，也不掙扎，只是那樣望著對方，年輕人鬆開了手，吞著口水，道：「對不起，我想我可能弄錯了，妳或者不應該怪我，蒙地卡羅是一個奇特的地方，太奇特了！」

女郎沒有說什麼，後退了幾步，才緩過一口氣來，說道：「你懷疑我是什麼樣的人？」

年輕人揮著手，道：「別提了，妳不會是！」

女郎像是很感興趣，說道：「間諜？特務？負有神祕使命的特種人，你是什麼人？」

年輕人盯著女郎，道：「別再逗留在這裏！」

女郎吁了一口氣，道：「好的，可是，我可以告訴你，我是什麼人！」

她現出一股傲然的，高貴的神情來，將長髮攏到了腦後，然後道：「奧麗卡公主。」

年輕人的反應，一點也沒有什麼特別，只是聳了聳肩。

女郎反倒睜大眼睛，反問道：「怎麼？你時時有機會和一個公主說話？」

年輕人道：「不！第一次，不過，我才和一個皇帝見過面，所以不覺得什麼特別！」

奧麗卡公主做了一個奇妙、動人的神情，扭著身子走了開去。越過了船舷，去到了另一艘船上，接著，她又越過了那艘船。

她還沒有走上岸，已經被暮色完全包圍了。

年輕人呆了一呆，轉身走進船艙去，船艙中有一個人正在打電話，一面用筆在紙上記錄著什麼。

玲瓏手他們四個人，究竟是第一流的人物，他們的估計不錯，年輕人到蒙地卡羅來，不單是為了碰運氣，還另外有目的。至少和他叔叔在這裏會合，這一點他們是估中了，在打電話的正是「中國人」。

年輕人走進來，坐下，「中國人」已經放下了電話，手中拿著那張紙，望著年輕人，道：「要聽聽有關她的資料嗎？」

年輕人有點沮喪，道：「我不想知道她真是我想的那種人！」

這句話聽來很模糊，但是「中國人」心裏完全可以明白他姪子的意思。

他道：「我也希望不是，但我們既然是在這樣奇特的地方，而她又是這樣奇特的一個女郎，了解一下她的來歷也很應該，對不對？」

年輕人無可無不可地點了點頭，道：「好，我想她和越南的皇族有點關係。」

「中國人」看看手中的紙，道：「對，她是越南皇族的一個顯赫人物，和一個希臘女子的混血兒，一直風頭極勁的人物，在各種高級交際場合出現，一度是德國一個著名花花公子的密友，那個花花公子有一次送給她的聖誕禮物，是一座有兩千多名工人的工廠，她一直到現在，還擁有那工廠百分之八十的股權……」

年輕人忽然揮了揮手，道：「什麼性質的工廠？」

「中國人」略呆了一呆，看他的神情，他像是想問：「那有關係嗎？」但是這句話，他並沒有講出來，只是嘆了一聲道：「你比我想得更多，我想我是老了！」

他一面說著，一面又拿起電話來，電話接通之後，他問了一句，聽了一會，又放下電話，才說道：「是精密工業產品製造廠，她的工廠的產品中，最出名的一種，是小型電腦控制鎖。」

年輕人伸手在臉上抹了一下，手移開時，他神情苦澀。

「中國人」望著他的姪子，道：「不是偶然的？」

年輕人道：「我想不是，但是，誰會知道我們到這裏來是做什麼的呢？」

「中國人」又說道：「或許，只是巧合……」

他的話還沒有講完，船艙外已經起了一個洪亮的聲音，道：「中國人，你真的老了，只有老人，才會對任何事都作出樂觀的估計。」

一聽到那聲音。「中國人」揮起手來，又重重地拍下來，拍在自己的身上。而一個身形魁梧的人，也老實不客氣地自己推開門，走了進來。

進來的人，是齊泰維伯爵。

齊泰維伯爵一進來，就直走向「中國人」，張開雙臂抱住了「中國人」，用力地拍著他的臂，「中國人」推開了他，伸手指著他的鼻子，道：「你聽著，我們來這裏，另外有目的，絕不是你們計畫的那件事！」

伯爵笑著，道：「計畫是可以改變的，是不是？」

「中國人」像是很惱怒，來回走了幾步，然後提高了聲音，道：「不能！因為你們的計畫，根本是不可能實現的，根本不可能！」

伯爵坐了下來，望著「中國人」，道：「別激動，中國人，或許你另有計畫，但是有什麼比四億美金的現鈔更動人？」

「中國人」冷冷地道：「天上的每顆星都很動人，你去弄一顆玩玩？」

伯爵吁了一口氣，道：「直到我來到這裏，我才知道，打這四億美金主意的，不單是我們這幾個老前輩，而且還有不少後起之秀，他們全是年紀很輕的人，使我感到奇怪的是，你的姪子，竟然和老頭子的意見一致。」

年輕人冷冷地插了一句話，道：「我是個冷靜的人，不是一個狂熱夢想者。」

伯爵現出很失望的神色來，道：「看來我們直接見面，也沒有用處？」

「中國人」斬釘截鐵地道：「沒有，絕對沒有！」

伯爵站了起來，他剛站起，一陣刺耳的警車聲傳了過來，連續了三四分鐘之久，伯爵連忙來到窗口，取出一支小型望遠鏡，向岸上看著，然後，他轉過身來，道：「或許你們是對的，我想第一批狂熱的夢想者已經觸礁了！」

「中國人」和年輕人都不出聲，伯爵像是決定不下是去是留，而電話鈴卻突然響了起來。

「中國人」立時拿起電話來，他只聽著，當他聽到一半時，伯爵身上，忽然響起「滋滋」一聲，伯爵取出一只小盒子來，按下了一個掣，那時「中國人」已經放下了電話，伯爵過去拿起電話撥了號碼，對著電話吼叫道：「太遲了，你們的報告，比『中國人』的手下，慢了一分半鐘！」

他忿然放下電話，「中國人」道：「七個也很有點經驗的被捕，一個被擊斃，他們是屬於法國西南部集團的，是……」

伯爵忿然道：「是那個法國蠢才的手下，我真希望他也在其中！」

「中國人」道：「你如願了，他在內，我看，至少要二十年之後，才有機會看到他了！」

伯爵吸了一口氣，又慢慢地吁了出來，道：「或許我不公平，那法國人也算是第一流的高手了！」

「中國人」斟了兩杯酒，遞了一杯給伯爵，搖著酒杯，道：「當然是第一流的，只不過他有一個缺點。」

齊泰維伯爵抓著酒杯，瞪著「中國人」，從他抓著酒杯那種出力的情形來看，他像是想將那只酒杯，捏成碎片，他疾聲道：「什麼缺點？」

「中國人」緩緩地道：「他不肯相信那種保險箱是攻不破的。」

齊泰維伯爵的面肉在抽搐著，他自然聽得出，「中國人」雖然說的是那個失手的法國人，但實際上是在說他，他的耳根不禁有點發熱。

「中國人」又道：「他昨天來見過我，我也勸過他，可是他不肯聽我的話！」

伯爵覺得喉嚨有點發乾，他一口喝掉了杯中的酒，以他那樣老是喝酒的人，竟未曾辨出那是什麼酒來，而且，由於吞得太急，竟然還引起了一陣嗆咳。

不過那一陣嗆咳，多少也掩飾了他的狼狽，他抹著口，道：「我看他也不會貿然行事，一定是有了準備的。」

「中國人」點頭道：「不錯，他設計了一套聲波消除設備，可以使那保險箱發出的警號聲完全聽不到。」

齊泰維伯爵陡地一怔，道：「有這樣的設備，他應該成功！」

「中國人」微笑著，道：「當時，他也那樣說，當我勸他別去的時候，他還出言譏嘲我，說我老了，已經沒有冒險的精神，已經完全不行了！現在，伯爵，你說我真的老了麼？」

齊泰維伯爵沒有回答「中國人」的這個問題，卻急急問：「他既然能使那具保險箱不發出聲音來，他就有可能得手！」

「中國人」和那年輕人一起注視著伯爵，伯爵的神情有點不自在，他的額上，甚至在泌出汗來，這表示他的心情極其緊張。

齊泰維伯爵的心情緊張，當然是可以理解的，他們幾個人花了那麼大的本錢，希望又是如此之大，這次計畫要是不成功，他們每個人以後可以說再也沒有機會在全世界的盜賊世界中建立聲望了。

所以齊泰維伯爵必須知道那法國人失手的原因。

「中國人」的聲調仍然不急不徐的道：「當時，我對他說，聲波有很多種，有的聲波，根本不是人的聽覺器官所能聽得到的，但是卻可以使儀器有感應，我當時對他說，如果他四億美金的現鈔，放在一只保險箱中，他會不會讓人家憑一套簡單的消除聲音裝置，就可以將保險箱打開來？」

齊泰維伯爵不由自主，喃喃地道：「當然不會！」

「中國人」道：「你明白這個道理，可是他不明白，代價不輕啊！他不明白這個道理，要使他在監獄中度過十年以上的寂寞光陰！」

齊泰維伯爵的面肉又抽搐了起來，可是沒有多久，他就回復了鎮定，道：「真對不起，我突如其來，打擾了你們，真對不起！」

齊泰維伯爵一面說著，一面向後退去走出了船艙。那年輕人從船艙中的圓窗向外看去，他看到齊泰維伯爵走過一艘又一艘緊靠在一起停泊著的遊艇，上了碼頭，在岸上早有一輛車子在等著他，齊泰維伯爵上了車。

直到看到車駛走，那年輕人才轉過身來，道：「叔叔，你看他會相信我們不是為這具保險箱而來的麼？」

「中國人」的回答來得極快，道：「當然不會，可他不會再特地來找我們，他一定在暗中跟蹤，監視我們，等我們下手，他們好從中取利。」

年輕人皺了皺眉，道：「事情已經夠困難的了，他們還想在我們下手時出手，不是更困難了麼？」

「中國人」笑了起來，道：「如果我們事先料不到，當然是增加困難，但如果我們已經料到了，那麼，就不是增加困難，而是增加便利，明白了麼，孩子？」

年輕人好像還不是十分明白，可是他對他叔叔顯然有著超特的信心，是以他充滿了信心地微笑著。

齊泰維伯爵的車子，在豪華大酒店的門口停了下來，穿制服的，身形高大，看來像是電影小生一樣的司機先下來，打開車門，讓伯爵下車。

伯爵一下車就看到酒店門口，還停著幾輛警車，大批警方人員在進進出出，當他走向酒店大門口之際，他還抬頭望了一望。

酒店的建築物，在近距離仰觀之下，有高不可攀的感覺，不過，伯爵還可以看到，酒店天台上，那些護衛人員仍然在。

伯爵走進了酒店，酒店大堂中的人在三三兩兩交頭接耳，他們在談論的事，當然是才在這個酒店頂樓發生的劫案。

齊泰維伯爵放慢了腳步，在他由大門口，走到電梯門口之際，他已經在緊張的、充滿了興奮的閒談中，多少知道了一些事情的梗概。

他進了電梯，電梯上升到了十二樓，伯爵走了出來，在走廊中走著，最後來到一間豪華套房之中。

玲瓏手、哥耶四世、土耳其皇全在，齊泰維伯爵一進來，他們就齊聲道：「你知道了？」

齊泰維伯爵道：「不完全。」

玲瓏手面上的胖肉抖動著，道：「那蠢才，他在白天下手！」

哥耶四世道：「白天和晚上有什麼不同？事實上，他下手的時候，那政客根本不在，他是看準了這一點才下手的，那政客在賭場。」

土耳其皇道：「是的，在賭輪盤，我就坐在他的旁邊。」

最危險的美麗女人

齊泰維伯爵向土耳其皇望去，土耳其皇又道：「我和他的手氣都不很好，輸了很多，他自始至終不出聲，只是下注，也一直戴著黑眼鏡，後來，有兩個人來到他的身後，向他低語幾句，他才講了一句話。」

伯爵忙道：「那兩個人當然是來告訴他，關於有人企圖打開他保險箱主意的事了，他反應怎麼樣？」

土耳其皇攤著手，道：「他的反應？他可以說沒有反應，只是道：『隨他們喜歡怎樣下手好了！』你們聽聽，他早知道，他的錢妥當得很。」

玲瓏手不住地將雙手手指抓緊又張開，那種憤懣的神情，像是他想用手去扼殺那個政客。

齊泰維伯爵又問道：「酒店裏的情形怎麼樣？」

玲瓏手的手剛好握著拳，是以他立時伸拳，在桌上用力敲了一下。

玲瓏手敲了一拳之後，忿然道：「那蠢才，他有兩個手下，從天台想逃走，跌死了，連他自己也未能逃出頂樓，要不是他立時跪地求饒，只怕也叫人當場打死了，真丟人！聽說他帶來的設備倒不少，有一套……」

伯爵接口道：「有一套可以消除保險箱發出的警號聲的設備。」

玲瓏手睜大眼道：「你怎麼知道的？」

伯爵回答很簡單：「中國人說的！」

房間中靜了片刻，土耳其皇才道：「你果然見到了中國人，他還說些什麼？」

齊泰維伯爵攤著手，道：「他說，他們不是為了這個流氓政客的四億美金而來。」

玲瓏手哼地一聲，道：「你相信？」

齊泰維伯爵立時道：「我當然不信，所以，我一離開了他們的船，就已命令六個人，日夜不停二十四小時監視他們行動。」

哥耶四世陡地呼了一口氣，道：「為什麼？」

齊泰維伯爵搓手，道：「我認為『中國人』有他一整套的計畫，我們做不到的事情，他可能做得到，只不過他不肯講給我們聽。」

玲瓏手又在桌上大力敲了一拳，道：「所以，我們暫時只是監視他，不要去干擾他，等他得了手，我們再從他的手中找好處！」

哥耶四世站了起來，搖著頭，道：「那不行，中國人是我們的朋友！」

土耳其皇冷冷地道：「哥耶，他要是不肯將他的計畫講給我們聽，那就表示，他和我們已經不是朋友了！」

齊泰維伯爵也忙道：「對！他勸我們不要下手，他自己卻在計畫著下手，這算是什麼朋友？」

哥耶四世的神情像是很傷感，攤了攤手，喃喃地道：「本來，在四億美鈔面前，還有什麼朋友？」

玲瓏手高興了起來，道：「好，我們現在什麼也不必做，讓中國人找他的姪子去動手，上帝保佑他們得手，我們可以坐享其成。」

土耳其皇皺著眉，道：「我不明白的是，中國人有什麼辦法對付那保險箱？」

這個問題，沒有人回答得出來，因為，要是有人可以回答這個問題的話，他們也不會坐在酒店的房間裏空談，而早已下手，將那保險箱中的四億美鈔，弄到他們自己的安全保管場所了。

第一流的大賭場和第九流的賭場的最大分別是，前者輸贏的上落，雖然大得驚人，可是賭場中的氣氛，仍然是那樣高尚和動人，而不像九流賭場那樣，充滿了喧鬧、尖叫的嘈雜聲。

那年輕人走進了賭場來，他甚至可以聽到鋼珠在輪盤上轉動的聲音。每一個人都是那麼不在乎，看他們的神情，全世界像是全屬於他的，或者他自己就是賭神。

年輕人略站了一站，眼睛並不望向那侍者，卻向他身邊不遠處的那侍者招了招手，那侍者忙走了過來，在他身邊恭敬地站定。

年輕人仍然看也不看那侍者，順手拿著一張銀行本票遞給了那侍者，而當那侍者看清楚了本票上的金額時，他不由自主雙腳併攏，鞋跟發出了「拍」的一聲，年輕人卻向著輪盤桌走過去。

在輪盤桌旁邊，大約有十來個人，那個流亡政客在別的任何地方出現，都會引起一陣騷動，但只有在這裏，沒有什麼人會注意他。那是因為，在這裏的每一個人，本身都有資格，成為世界性頭條新聞的主角之故。

年輕人來到輪盤桌前，才坐下，剛才那侍者，就托了一盤籌碼，彎著腰來到了年輕人的身邊站著。年輕人將籌碼從盤子裏取下來，取到自己的面前，而且順手一推，將全部籌碼，一起推到了「二十四」這個號碼上。

這種行動，即使在第二流的賭場之中，也必然會引起一陣驚嘆聲，但是現在，在輪盤桌旁邊的那些男女，卻連眼眉也不抬一下。

年輕人留意著那個流亡政客，他看到那逃亡政客，將相當於二十萬美金的籌碼，推在「三十二」這個數字上，其餘的人，也紛紛下注。

主持輪盤桌的人轉動輪盤，拋下鋼珠，鋼珠在盤中跳動，發出「格格格」的聲響，終於停了下來，是「七」號。那年輕人微笑了一下，他看到那流亡政客，也微笑了一下，年輕人又向後招了招手，將第二張本票，交給了趨前來的侍者。

就在這時候，賭場裏忽然起了一陣並不十分為人覺察的騷動——或者說，那並不能稱之為騷動，只不過是有某一件事，引起了大多數人的注意。

年輕人也在這時，回頭看去，他看到了公主。

公主慢慢地向前走來，穿著曳地的長裙，幾乎每一個人都在望著她，而她卻像是完全沒有那回事一樣，帶著自然的微笑，向前走來。

要一個美女在這樣的場合下，帶著矜持的微笑，表現出她應有的儀態，只要這個美女並不是太沒有見過世面，只要她曾經經過簡單的儀態訓練，那是很容易做到的一件事情，可是，在這樣的場合下，一個美女要表現出如此的自然，如此的若無其事，那就不是太容易了，那至少要這個美女自己知道，她是多麼高貴，在她的眼中，任何的尊榮都是司空見慣的，才能有這樣自然的風度。

公主現在就是那樣，她一直向前走著，和幾個顯然是她相熟的人，展露著她美麗而動人的微笑。

年輕人不禁有點心跳，因為公主逕向他走來，而且就在他的身邊，坐了下來。

當公主坐下來之際，年輕人注意到，那流亡政客身後站著的兩個保鏢，視線第一次離開他們應該保護的人。

侍者又送了籌碼上來，公主向年輕人望了一眼，用很低的聲音說道：「又見到你了！」

年輕人也用很低的聲音說道：「這是一個小地方！」

侍者替公主也送來了籌碼，賭場中早又完全回復了常態，各人紛紛下注，公主的手中拿著一疊籌碼，彷彿不知道該下在什麼號碼上。

在她猶豫的時候，她的長睫毛閃動著，然後，年輕人又聽到了她那動聽的聲音：「你是不是認為，一個人要是心中老記得某一個號碼的話，他會在下意識中，時時將這些數字表現出來！」

年輕人幾乎沒有震動——當然，那是出自表面上的，事實上，他的心裏的確震動了一下。

可是他表面上卻像是根本不懂對方的話，又將面前的籌碼全推了出去，還是放在剛才的那個號碼上。

公主像是受了年輕人的影響，也將所有的籌碼，放在同一個號碼上，兩人互望了一下，都微笑著。

鋼珠又跳動起來，發出「格格格」的聲響，開出來的號碼是十二號。

年輕人站了起來，公主也站了起來，他們的神情，仍然是那樣輕鬆和毫不在乎，年輕人在轉身的時候，牽動了椅子，椅子向旁邊的流亡政客倒去，可是椅子還未曾碰到那流亡政客身上，他身後的一個保鏢，已經倏地伸手，扶住了椅子。

年輕人也立即道：「對不起！」

他轉身向外走去，公主就在他的身邊，在年輕人還未曾有防備間，公主的手臂，已經插進了他的臂彎。

年輕人像是一點也不感到意外，挽著公主，出了大廳，來到了陽台上。

這時，正是夕陽西下時分，滿天晚霞，襯著閃動著金光的海，景色令人陶醉。他們一直來到陽台的欄杆前，公主才笑道：「我令你輸了錢？」

年輕人笑了一下，說道：「妳太自負了！」

公主「格格」地笑了起來，道：「不！要是我自負，我就不會找你合作了。」

年輕人凝視著公主，在夕陽的餘暉下，她美麗得幾乎使人忘記她是一個美女。他心中明白，為什麼會有這麼多人願意為她效命的原因。可是公主的美麗，似乎並沒有使年輕人喪失他的機智，他微笑著，道：「合作？對於管理有幾千名工人的工廠，我一點經驗也沒有！」

年輕人直捷地這樣說，那等於是在告訴對方：我知道妳很多事！

公主的雙眉，略為向上揚了一揚，立即道：「可是你對於其他人做不到的事，卻有豐富的經驗，例如：亞洲黑組織的保險庫……」

公主講到這裏，就沒有再說下去，她顯然是一個絕頂聰明的人，知道有一些話，根本不必要講完，就已經完全可以達到目的了。

這時候的情形，就是那樣，在晚霞的照映下，幾乎天地間的萬物，都有著一層艷紅的顏色，可是，只有那年輕人的臉是白的，不但是普通的白，而且是煞白！

公主像是有點不忍看他那種煞白的臉色，所以她轉過頭去，望著遠處的海。

而在這一剎間，或許是年輕人一生之中，最感到震驚的一剎間了！

他心中在不到三秒鐘的時間內，已經問了自己千百次：「她是怎麼知道的？」

可是，他立即不再問下去，因為她已經知道了，這一點才是最重要的。

離開他向玲瓏手他們講出這件事還不到一百小時，就已經讓她知道了，這一點，完全是一個精密的計畫之中所不存在的意外，而一個精密的計畫，是絕對不容許有任何意外的。

年輕人還想維持鎮定的那種神情，看來變得很可笑。

公主在這時，身子靠近他，將頭靠在他的肩上，柔髮可以碰到他的臉，可是他卻心亂如麻。

這個祕密，是無論如何不應該洩露的。知道這個祕密的人，應該只有六個人：他自己，「中國人」、玲瓏手、土耳其皇、哥耶四世和齊泰維伯爵。六個人知道，等於沒有人知道，因為這六個人，絕不會洩露這個祕密。

任何有經驗的人都可以知道，當一件祕密，多了一個人知道的話，那就幾乎等於全世界都知道了！

年輕人覺得頸部有點僵硬，彷彿那黑組織中，已有槍手在背後用槍對準了他一樣。

這種感覺，是他從來也未曾有過的，他的身子一動也不動，但是他卻可以感到奧麗卡公主正在微笑地望著他。陽台上的風十分柔和，公主的笑容更動人，可是年輕人卻只覺得自己背脊淌下汗來，冰冷、滑膩，像是有幾十條長著很多腳的蟲，在他背上慢慢爬行一樣。

年輕人是真正吃驚了，但是他知道，現在，他必須保持鎮定，他幾乎已經跌下懸崖了，但他一定要抓住任何可以抓到的東西，不能向下跌去，跌下去一呎，就等於跌下去一千呎，絕沒有可能再上來，因為他究竟是人，不是長著翅膀的鳥兒。

在他自己感覺上而言，那是一段極其漫長的時間，然而在實際上，那只不過是幾秒鐘，他先發出了笑聲。笑聲在他自己聽來，像是從很遠的地方傳來一樣，接著他開了口，他的語聲聽來，倒異乎尋常的鎮定，他甚至在開口之前，先聳了聳肩——雖然因為肌肉的僵硬，以致令他在聳肩之際，有點痠痛之感。

年輕人望著海面，海面上的遊艇，已亮起了燈光，他道：「嗯，是勒索！」

奧麗卡公主美妙的聲音，像是完全混合在柔和的海風中一樣，她向年輕人靠近了些，道：「是的，勒索！」

年輕人吸了一口氣，現在，他變得更鎮定了，他的頭部已經可以轉動，他俯下頭去，在公主的耳際，輕輕吻了一下，道：「妳想得到什麼？」

公主嬌聲笑了起來，道：「明知故問是一件十分無趣而浪費時間的事！」

年輕人也笑了起來，道：「如果我不答應？」

奧麗卡公主掠了掠幾絲亂髮，道：「我知道印度老虎對那件事的懸賞仍然有效，他的獎額是一百萬美金。」

年輕人笑聲更響亮了，他轉身，有點無禮地直視著低衣領下，奧麗卡公主豐滿的胸脯。

年輕人一面笑著，一面道：「妳知道嗎？當一個女人講到錢之時，她或者可以得到那些錢，但是她的高貴就消失了，因為她可以用錢買得到，不管價錢多高，她是用錢可以買得到的。」

公主咬著下唇，在她明亮的眼睛中，閃耀著一股怒意。年輕人攤了攤手，道：「我給妳兩百萬！」

公主陡地轉過身去，可是還不待她跨出半步，年輕人已陡地伸手抓住了她的手臂，年輕人用的力道是如此之大，以致他的手指，幾乎陷進了奧麗卡豐腴的手臂之中，那一定令她感到痛楚，他預計她會叫起來，可是他卻料錯了，她沒有叫，一點也沒有出聲。

年輕人沉聲道：「回來！妳已經開出價錢來了，我們可以慢慢討論。」

奧麗卡公主開了口，在越來越濃的暮色中，年輕人可以看到她潔白的、整齊的牙齒像是在閃著光，叫人有看到了兩排利鋸的感覺，她道：「對，在印度老虎那裏，我可以得到一百萬和看到你死，你給我兩百萬，那就是說，你對自己的估計，只有一百萬？」

年輕人用手在自己的鼻子抹了抹，他道：「妳說得對，我自己似乎估計得太低了一些。那麼，妳的意思是我一定要答應妳？」

公主笑了起來，那是一種很動人，但也是很凶狠的笑，就像一頭金錢豹張開了口，沒有人知道她只不過是打一個呵欠，或者是想將人活生生地吞下去。

公主笑道：「是的，你和你叔叔照原來的計畫進行，可是得手之後，將一切交給我！」

年輕人竭力使自己鎮定，這時，他倒不是因為驚恐，而是一種無可奈何的憤怒，他陡地轉過頭去，直視著越來越黑的海面，道：「連我自己也不知道事情是不是會成功——而且沒有人可以預料！」

公主冷冷地說道：「那你就努力去做吧！」

她忽然又笑了起來，轉過身走回大廳，年輕人慢慢轉過身來，隔著玻璃他可以看到，奧麗卡公主一進了大廳，立時就有好幾個男人向她迎了上來，她的臉上帶著極其動人的微笑。

年輕人也看到，那個流亡政客，站了起來，兩個保鏢，幾乎是貼著他的身子一起走出去的，年輕人感到可笑，像這樣子的情形，無法不令他想起一個犯人被兩個警察押出去，像流亡政客那樣和犯人也沒什麼不同，不同的是他有二十億美金。

年輕人整了整衣襟，也走進了大廳。這一次，他沒有再下注，他望也不望奧麗卡公主一眼，就逕自走了出去，一直來到了街道上。他才來到街道上，一輛漂亮的跑車，就在他的身前停了下來，和線條如此優美的跑車，極其不相稱的是坐在車上超過三百磅的玲瓏手。

玲瓏手凝望著年輕人，問道：「要車麼？」

年輕人笑了笑，道：「你知道俄羅斯最著名的金匠，齊齊契爾尼波夫？」

玲瓏手略呆了一呆，道：「當然知道，他就是替會跳動的金蛋釘上腳掌的那位。」

年輕人拉開了車門，並不上車，立時又將車門用力關上，道：「走吧！你給我的印象，是一隻蛤蟆蹲在他精心傑作的金匙上！」

玲瓏手現出極惱怒的神色來，踏下油門，車子「轟」地一聲，向前射了出去。

年輕人挺直了身子，在他的身後忽然傳來了三下掌聲，年輕人轉過身，看到了土耳其皇正在鼓著掌。

土耳其皇道：「看到了我，你又聯想了什麼？」

年輕人攤了攤手，向前走去，土耳其皇跟在後面，漸漸地走近他，直到兩人變成並肩而行，土耳其皇才說道：「年輕人，要做大事的時候，最危險的是美麗的女人！」

年輕人由衷地道：「我完全同意！」

土耳其皇呆了一呆，他像是絕想不到對方的回答，會如此乾脆。他四面望了一下，壓低了聲音，道：「我們至少可以猜到你們的計畫，你們是想將那保險箱整個搬走，搬到安全的地方，再慢慢將它打開來。」

年輕人笑了起來，道：「你以為有機會將一具這樣大具的保險箱，在幾百個守衛前弄走麼？」

土耳其皇變得興奮起來，道：「不是全沒有可能！老實說，我們應該合作，弄走了保險箱將之打開，取走裏面的真鈔票，再將我們準備好的假鈔票放進去，關上保險箱，讓警方找到保險箱，讓他們認為劫賊徒勞無功放棄了，這不是一樁充滿了藝術氣氛的事情麼？」

年輕人吸了一口氣，道：「不錯，很浪漫，問題是怎麼弄出那具保險箱來？」

土耳其皇搔了搔頭，道：「應該有辦法的，是不是？」

年輕人道：「照你們的辦法，你們自己可以動手，何必要合作？別再跟著我了。」

年輕人陡地走向前，轉過街角隱進黑暗中。

正牌的大賊

土耳其皇站了不多久，一輛車子駛到他的身邊，齊泰維伯爵和哥耶四世在車上，土耳其皇轉過身，道：「你們都聽到了，他的計畫並不是那樣。」

齊泰維伯爵有點憤怒，道：「我們可以照這個計畫動手，為什麼一定要和他合作？」

哥耶四世道：「當然是為了他們可能有更好的計畫。」

齊泰維伯爵的神情更憤怒，道：「沒有比這個計畫更加行得通的了！」

土耳其皇打開車門，上了車，車子中突然出現玲瓏手清晰的聲音，道：「我同意伯爵的意見，而且，我們應該動手了！」

車上三個人的衣襟上，都有著一具小小的偷聽器，在一公里之內，他們可以完全聽到對方的話。玲瓏手的跑車，在不到一分鐘內，發出「轟轟」聲，自街角轉了過來，兩輛車一前一後，駛到了那座酒店之前，四個人下了車，一起來到伯爵的房間中。

伯爵拿出一卷圖樣來攤開，抬頭向天花板望了一眼，道：「四億美鈔，就在我們的頭上，而且，我們也知道是在哪一間房間。」

他講到這裏，伸手指著圖樣上的一間房間，又道：「就在這裏！」其餘三個人不出聲。

伯爵又道：「我們一切全都準備得很妥當，我們要大幹一票，他要是不住在頂樓，我們或者沒有辦法，他住在頂樓，我們就容易下手。」

哥耶四世喃喃地道：「不要傷人，我們不是強盜，是藝術家！」

伯爵笑了起來，道：「你以為我是什麼人，兇手？」

四個人都笑了起來，他們都竭力想表現得輕鬆，可是事實上，每個人都知道，他們的心頭，有一個打不開的結，那個結就是——就算他們得到了那具保險箱，他們也難以弄得開。

然而，現在，他們已非行動不可了，要是他們不行動，他們準備的一切就全都白費了，而這樣的機會並不是每一年都有的。

玲瓏手一拳擊在桌上，道：「明天，我們在白天下手，要讓中國人看看，沒有他，我們一樣可以動手，一樣可以得到我們要的東西！」

哥耶四世又喃喃說了兩句，可是沒有人聽清他說什麼。

年輕人回到了遊艇上，他的叔叔抽著煙斗，神情很鎮定，煙噴出來遮住了他的臉。年輕人望著岸上，每一幢高聳的建築物都發出閃亮的光芒。

「中國人」自口中取下了煙斗，在煙灰缸上敲著，道：「我想，那女人的事，你還是別再去想它的好！」

年輕人有點沉不住氣，道：「別去想它，它也存在，我們得了手真的給她？」

「中國人」揚了揚眉，道：「當然要對付，但如果現在就去想，會妨礙我們計畫的進行！」他略頓了一頓忽然轉了話題，道：「你有沒有想到，土耳其皇說料到了我們的計畫，而其實，他所說的計畫，就是他自己的計畫？」

年輕人笑了一下，道：「當然是。」

「中國人」又在煙斗中塞進煙絲，道：「而且，我看他們明天就要動手了！」

年輕人睜大了眼睛，有點不明白，「中國人」道：「很明顯，那流亡政客不會一直在這裏住下去，越快下手，就對他們越有利！」

年輕人嘆了一聲，道：「真可惜，他們的計畫不是不好，但是卻不會成功！」

「中國人」點頭道：「是的，今天，老鼠給我的情報很有用，他發現了齊泰維伯爵的遊艇，而且上船去看過，船上有大量的潛水工具。」

年輕人徒地道：「他們準備在海底打開保險箱？」

「中國人」笑著，道：「是的，不過沒有用，沒有人可以打得開這保險箱！」

年輕人不再說什麼，只是來回走著。

「中國人」問道：「你觀察的結果怎麼樣？」

年輕人道：「看得見的，寸步不離的保鏢有兩個，隱藏著身分而在他身邊的，我至少也認出了四個。下手的機會不是沒有，但當然，很困難！」

「中國人」點了點頭，道：「不錯，讓齊泰維伯爵先下手！」

他打了一個哈欠，又道：「記得，明天一早，將船移動一下，移到最適合的位置，這是百年難逢的一場好戲，錯過了就再也沒有機會看到了！」

年輕人笑了一下，道：「叔叔，你猜他們會怎麼下手？」

「中國人」望了年輕人一下，道：「你呢？」

年輕人笑了起來，他相信讓他來做，一定和齊泰維伯爵的計畫差不多，那就是，首先，需要一架直昇機，一架性能極好的直昇機！

一架直昇機在豪華大酒店的頂上，發出「軋軋」的聲響，機身略有點斜飛了過去。

沒有什麼人注意這架直昇機，甚至酒店天台上的護衛人員也沒有注意，這時開始注意那架直昇機的，恐怕只有船上的年輕人和他的叔叔兩個人。他們坐在遠程望遠鏡前，從望遠鏡中望出去，甚至可以看到駕機的玲瓏手近乎浮腫的胖臉。

「中國人」喃喃地說道：「這架直昇機在曼頓停留了兩天，我想事後他們會使它沉到海底去！」

年輕人道：「當然酒店大堂內也該有點消息了吧！」

在酒店大堂內，齊泰維伯爵從電梯中走了出來，手中握著一根手杖。酒店大堂中的一切全很正常，可是當齊泰維伯爵，按下了手杖柄上的一個突起點之際，在不到一分鐘時間內，一切都變了。

伯爵手杖中的無線電遙控裝置，發動了早已安裝在酒店播音系統內的錄音機，酒店上下每一個房間中，每一個走廊，自然也包括了大廳在內的擴音器中的音樂，突然停止了，代之而起的，是一陣尖銳、刺耳的警號聲。

正當每一個人都愕然地抬起頭來，望著發出警號聲的播音機之際，警號聲停止了，代之而起的，是法語、英語交替的廣播：「我們是阿拉伯黑色九月組織，我們在這個酒店的每一層都放置了炸彈，這些炸彈在十分鐘後爆炸，所有的人急速疏散，阿拉伯萬歲，打倒以色列！」

尖叫聲和驚駭欲絕的呼叫聲，代替了一切，齊泰維伯爵仍然想慢慢地走，但是在他身後，人們像是潮水一樣湧向酒店的大門，將他也擁了出來。

齊泰維伯爵來到酒店對面的大街上，無數警車，已一起駛了過來，警察跳下車，但是警察進不了酒店，因為從酒店中湧出來的人實在太多了。

幾個高級警官在勸告擠在一起的人散開，伯爵又按下第二個掣，酒店大門上的一具擴音器，突然又響起了刺耳的警號聲。

警察已經封鎖了街道，仍然不斷有人從酒店中湧出來，酒店樓上幾乎所有的人都等不到電梯，電梯已失靈了。八架電梯一起失靈，那是土耳其皇的傑作，他的工具只不過是一柄鉗子，現代科學維繫在極脆弱基礎上，要破壞實在是太容易了。

土耳其皇在破壞了電梯之後，轉過走廊角來到頂樓。和土耳其皇在一起的是哥耶四世。他們背靠著牆站著，在聽著激烈的爭論，一個人在大著嗓子叫道：「要搬走，一定要將我的保險箱搬走！」

另外好幾個人的聲音道：「沒有時間了，沒有時間了！已經過了四分鐘，電梯又壞了！」

那流亡政客的怒吼聲簡直像是在咆哮，道：「一定要搬走！」

一個女子的聲音說道：「爸爸，爆炸不會損害保險箱，我們可以事後將它找回來，快走！快走！」

這幾句話，倒打動了那流亡政客，接著，便是呼喝聲、腳步聲，看來所有的人，全從樓梯上奔了下去。

土耳其皇整理著衣襟，道：「玲瓏手，你從上面看下來，情形怎麼樣？」

玲瓏手的聲音，在土耳其皇和哥耶四世的耳機中響起，道：「偉大極了，我想至少有十萬人在觀看我們的演出。天台上一個人也沒有了！」

土耳其皇道：「該動手了！」

「中國人」和年輕人看得很清楚，直昇機打了一個盤旋，又飛了回來，這時候，他們才發現玲瓏手他們行事的周到，因為那架直昇機是髹著當地警方的標誌，在這樣的情形下，有警方的直昇機在空中盤旋，更不會有人注意了。

「中國人」道：「一枚炸彈？」

年輕人道：「當然，玲瓏手的責任不輕，他得正確地在酒店的天台上炸一個洞，這個洞，必須是在放保險箱的那間房間的頂上，要是弄不準方位，他們就得不到保險箱了，他必須飛得更低些。」

「中國人」吸了一口煙，深深噴了出來，說道：「別替他擔心，他一定做得到的！」

直昇機飛到了酒店的上空，幾乎是停在半空之中，玲瓏手望著酒店的天台，從瞄準器辨定了位置，然後昇高，一枚炸彈就在他昇高的同時，落了下去。

當炸彈在酒店天台爆炸的時候，直昇機飛得更高，但不等爆炸的煙霧散去，直昇機又降低，從直昇機的機腹之中，垂下了一隻巨大的鐵索網來，鐵索網從炸開的洞中，直垂了下去。

而土耳其皇和哥耶四世早已在爆炸後進了房間，鐵索網一沉下，他們就將之套在保險箱上，他們自己也拉住了鐵索網，鐵索網立時又向上昇了起來。

等到直昇機吊著保險箱和兩個人昇高的時候，所有聚集在街上的人，都大聲叫了起來。玲瓏手估計得不錯，看他們演出的人，至少有十萬以上，也正因為有那麼多人，所以當警車想去追逐的時候，才發現滿街全是人，根本沒有法子移動一步。

直昇機迅速飛遠，土耳其皇在半空中，其至連連在揮著手，像是他真是皇帝，在檢閱他的子民一樣。直昇機迅速飛遠。「中國人」和年輕人一直看著，他們知道，這架直昇機，再也不會在世上出現了！

他們一直等到直昇機在望遠鏡中只剩下了一個小黑點，才挺直了身子。

年輕人吁了一口氣，道：「他們成功了！」

「中國人」「哼」地一聲，說道：「花了幾千萬美金的本錢，只弄去了一大塊廢鐵。這種買賣。簡直不是人幹的，太蠢了！」

年輕人看來有點難過地搖著頭。

而當他們在嘆息的時候，玲瓏手已經飛到海面上，離城市很遠了。

警方封鎖了酒店的那條街道，在酒店四周圍佈防，可是每一個警員，只好睜著眼，看著直昇機吊著兩個人和一具巨大的保險箱，迅速飛去，等到警方的直昇機起飛去追蹤時，大海看來是如此平靜，根本一點蹤跡也沒有了。

而那個流亡政客，在和他的保鏢、情婦、女兒等人，一起離開酒店之後，就立即來到了他們的車子之中，他們的車子，全是經過改裝的，以流亡政客那架而論，在外型看來，有點像普通的客貨兩用車，但是事實上，這輛車子不但有著防彈鋼板、不碎玻璃等種種安全設備和極其舒適豪華的內部，而且還配有九公升的汽缸，可以發出強大的馬力，隨時達到兩百四十公里的速度。

流亡政客躲進了汽車之中，他忠心耿耿的保鏢，立時圍住了汽車，或者說得詳細一點：他自他自己國家帶來的，誓死效忠的保鏢，貼著汽車站著，有兩個伏在車頂，而他僱來的護衛隊，則團團圍在外邊。

車子停在街角處，後面有掩蔽，照這種情形來看，若有什麼人要對這個流亡政客有不利的行動，至少得有一連以上的軍隊，還得配備一輛坦克車和若干重型武器，才能夠達到目的。流亡政客在車中沉著臉，還是戴著黑眼鏡——雖然戴著黑眼鏡，他是殺氣騰騰的，他的心中正十分惱怒。

流亡政客那時，還不知道他自己的那具保險箱，被人炸開了屋頂，用直昇機吊走了，他之所以發怒，是因為他剛才走得實在太狼狽了。而自從他從自己的國家被轟下台來，倉皇逃出之後，他對匆匆忙忙地離開一處地方，起了一種異樣的敏感。

現在他雖然仍然擁有大量金錢，可是和權勢已經絕了緣，而他是幾十年來，手握生殺大權，無人敢於忤逆他意思的人，這時，竟然因為一件小小的意外，而令得他要倉皇逃命，那令他一想起來，就覺得是奇恥大辱。

透過車中的無線電話，他不斷得到外面的消息，當地的警局還特地來問他，是不是需要特別的保護，而遭到他斷然的拒絕。

所以，當酒店頂樓的屋頂被炸開，流亡政客的那具保險箱，在上萬人的注視下被吊走後，警方的高級人員分成了兩路，一路直衝進酒店去查勘情形，另一路來向流亡政客報失的時候，還和圍在路旁的護衛隊和保鏢起了小小的衝突，幾乎開起火來。

兩個高級警官，不但要將證件交給對方詳細審閱，而且還等著對方去查訊，這才繳下了武器，進入了車廂，見到了那流亡政客。

當兩個警官說出了保險箱被直昇機吊走的經過之後，流亡政客的臉色鐵青，面肉顫動著，厲聲道：「你們幹了些什麼？就看著我的保險箱叫人弄走？」

那兩個警官神情有點苦澀，一個道：「我們已經展開了海陸空三路的追截，相信可以追回來的！」

流亡政客臉上的肥肉，又不由自主的抽動了幾十下，而且，他的臉色看來不是鐵青色，而是在鐵青色之上，蒙上了一層死灰色。

因為在那一剎間，他想到，他的生命並不安全。

雖然他有誓死效忠的保鏢，雖然他每到一處地方，就僱上上百個護衛隊員，但他並不安全！像剛才發生的事情，如果對方的目的不是在那具保險箱，而是要他性命的話，炸彈能炸穿大酒店的屋頂，難道還炸不碎他的天靈蓋麼？

照這樣看來，他在瑞士的那幢別墅，還得另外設計過，就算不裝上幾具高射炮，至少也得有一套雷達設備，可以偵查每一件在空中飛過的物體。

一個警官又道：「請閣下接受我們的特別保護，因為……」

流亡政客不等他講完，就道：「不必了，我到瑞士去，而且立即就走！」

兩個警官互望了一下，一個又道：「希望閣下對這件事，別太渲染，因為劫匪的手法實在太特殊了，而且事先借了『黑色九月』的名義，我們實在是措手不及，但我們有信心找到劫匪，而且，聽說那具保險箱是無法打開的，是不是？」

流亡政客的臉色，漸漸緩了過來，他突然笑了起來，道：「當然是，為了這件事，我要召開記者會！」

兩個警官吃了一驚，面面相覷。流亡政客已轉頭，向站在身後的女婿道：「通知出去，我在機場舉行記者招待會！」

他的女婿答應了一聲，立時拿起了電話，正當那兩個警官想有異議時，兩個身形紮實的保鏢，早已攔在他們的身前，將他們轟下車去了。

衝進酒店的那一隊警官和警員，首先發現，整座酒店，除了頂樓之外，幾乎沒有遭到什麼破壞，炸穿了屋頂的炸彈，一定是第一流專家特別設計的。趕到來檢查的爆破專家，口中雖說沒有什麼，可是心中也暗自佩服，他心中也很有數，能做出這種精巧絕倫，算計得如此準確的炸彈來的人，世界上沒有幾個。

屋頂被炸開的洞，約莫有六呎直徑，那間布置豪華的房間，自然毀壞不堪，可是在下一層，卻不過只是震碎了幾塊玻璃而已。

原來放保險箱的地方，堆滿了炸下來的水泥塊，屋頂大圓洞的四周，扭曲的鋼筋伸展著，看來像是一些蜘蛛爪似的，醜陋得很。

在大酒店的通訊室中，兩個廣播員昏迷不醒，一卷錄音帶，代替了原來播送的輕音樂，這卷錄音帶，就是訛言酒店的每一層都放下了炸彈，而要酒店中的所有人都緊急疏散的那卷。

一個警官拿著那卷錄音帶，在手中拍著，匪徒用這個方法自然聰明之甚，也只有這個辦法，才能令流亡政客的上百個護衛隊員離開天臺，也只有這個辦法，才能造成街道上的極度阻塞，才得以令直昇機吊著保險箱和兩個賊黨離去之際，警方全然無法追趕。

而現在，保險箱已經失去了，看來唯一要做的，是如何將之追回來。

無數無線電話打出去，各處交通要道，奉令封鎖、檢查，電臺反覆地廣播著，勸諭所有的遊艇不要出海，警方的直昇機，在城市上空不斷盤旋著，整個城市之中，人人都知道發生了大事！

奧麗卡公主在劫案發生後五分鐘，在她的豪華套房中接到了電話，她在放下電話之後，不由自主的喃喃地道：「太激烈了，真的太激烈了！」

然後，她立時離開了酒店房間，十分鐘之後，她已經在一艘小快艇上，直駛向「中國人」的遊艇，而當她看到「中國人」和那年輕人全站在遊艇甲板上，而且神態顯得如此悠閒之際，她不禁呆了呆。

當快艇靠向遊艇之後，年輕人笑殷殷地走過來，拉她上甲板，「中國人」大聲道：「歡迎！歡迎！剛才妳有沒有看到那精彩的一幕？」

公主微笑著，直截了當地道：「你——你們成功了！」

年輕人攤了攤手，道：「妳弄錯了，下手的不是我們！」

公主現出她那兩排晶瑩潔白的牙色，「格格」笑了起來，「中國人」向艙內張望了一下道：「來看，電視上已經將劫案發生的經過播出來了。」

年輕人扶著公主，一起來到船艙之中，一具電視機的螢光幕上，正在播出劫案發生時的經過情形，和播音員急速的聲音：「本臺記者，在劫案發生的時候，幾乎將全部的過程記錄了下來——」

在電視上看到的，是一蓬濃煙自酒店的屋頂升起，接著，是一架直升機，迅速下落，再接著，直升機上懸下網來，然後，吊起了保險箱和兩個人。

那些錄到劫案經過的記者，真可以得最佳新聞採訪獎，因為在電視上看到的情形，甚至有些鏡頭，可以清楚地看到，吊在網索上的那兩個人，有一個還在揮著手，他們的樣貌自然也讓人看得清清楚楚。

有的盜賊，在行事之際，要蒙上臉，戴上手套，免得被人認出面目，免得留下指紋，要偷偷摸摸，這一類，可以稱為小賊。而有一類，根本不必遮掩什麼，因為就算他們掩遮，只要事情一發生，就算是初入行的警察，也可以知道事情是什麼人幹的，這一類人，當然是正牌的大賊了。

哥耶四世和土耳其皇，自然是大賊。

海中的保險箱

「中國人」望著公主，道：「認得他們麼？」

奧麗卡的臉色有點蒼白，喃喃地道：「他們也來了，我實在一點都不知道。」

年輕人道：「祕密得很，整件事情，連我們也全叫他們騙了過去。」

奧麗卡公主眨著眼，淺淺地笑了一下，道：「他們現在在什麼地方？」

年輕人道：「不知道！」

公主接著又道：「你們不是為這具保險箱而來的麼？」

年輕人道：「只有傻瓜才會打這具保險箱的主意，事實上，他們得到的只不過是一大塊金屬而已，金屬內的東西根本無法取出來。」

公主直視著年輕人，道：「我不會輕易相信你的話，除非你將事情的一切經過告訴我。」

年輕人很坦率地道：「好的，事情的開始是我的叔叔接到了伯爵的請柬，我代表我叔叔，在馬德里和他們見面，才知道他們要打那流亡政客的主意。」

公主斜睨著年輕人，支著頤，神情很動人，道：「你竟然完全不想參加？」

年輕人道：「對明知沒有結果的事，我不會有興趣！」

公主又想說些什麼，但年輕人做了一個手勢，立時接著道：「不過他們四人和妳一樣，全然不信，尤其當我和我叔叔也來到這裏之後，他們有一套完善的計畫，可是關鍵是在於他們沒有打開保險箱的把握，所以他們以為我們有這個把握。」

公主很有興趣地聽著，眼珠靈活地轉動著。

年輕人又道：「我們甚至不知道他們今天採取行動，我想，伯爵在探訪我們之後，一定知道我在他身上放了一具偷聽器，所以他在回去和玲瓏手他們見面之後，所講的話中，也沒有一句提及他們的行動，只不過說要監視我們行動，好叫我們認為，他們根本沒有計畫，但他們居然動手了！」

公主哂然不置可否地望著年輕人，年輕人也笑了起來，指著電視。

電視上，播音員正在宣佈警方的措施，同時勸遊艇不要出海，年輕人指著電視，道：「看！不能出海，妳晚上有什麼消遣？」

公主吸了一口氣，播音員又有點氣急敗壞地宣佈：「才接到消息，那是藏有四億美金的保險箱的失主，決定離去，並且在機場舉行記者招待會，本臺直接播映，請各位留意收看！」

公主笑了笑，道：「我有節目了，看電視！」

他移過了一張椅子，讓公主坐了下來，而他就坐在公主的身邊，而且，將一隻手，按在公主的手背之上，享受著公主柔滑、細膩的皮膚中所傳出來的那股溫馨，儘管他心中很亂，可是表面上一點也看不出來。

「中國人」已經離開了那個船艙，電視上在亂七八糟地又放映出那流亡政客當政時的新聞片，一會又是酒店內部的情形，和訪問著酒店的住客，一個被訪問的老太婆，只是不住叫道：「太刺激了！太刺激了！」

年輕人心中疑慮的是，就算這個美人兒相信了他的話，自己的祕密在她手裏，她又會藉此來怎樣對付自己呢？

年輕人心中的焦慮，表面上是看不出來，他甚至進一步，輕輕握住了公主的手，而公主也像是有點情不自禁將頭靠在年輕人肩上。電視上畫面一變，看到了停在機場上，流亡政客的那架飛機。

對於這架飛機，年輕人也不陌生，在馬德里，他在玲瓏手手下拍回來的電影中看到過。播音員的聲音在響著，道：「請大家注意，那位前任總理來了！」

三輛看來一模一樣的客貨車，駛了過來，在那架飛機前的空地上，已停了汽車和擠滿了人群，攝影記者站在車頂上不斷地拍著照。三輛車一直駛到機尾部份才停下，其中一輛車的車門打開，出來的那個人，是流亡政客的女婿。

他來到預先準備好的擴音器前，道：「我代表我的父親，作如下的宣佈：我的一具保險箱，給強盜搶走了，但是搶走保險箱的強盜，將一無所得，因為他們絕對沒有任何辦法弄開那具保險箱。」

聲明如此之簡短，在場的記者有點起哄，當流亡政客的女婿準備回到車上之際，幾個記者擠了過來，大聲道：「我們想問幾個問題，總理先生能不能回答？」

流亡政客的女婿道：「沒有總理先生，但是任何問題，我都可以代答！」

一個記者道：「你說絕對沒有法子打開，是不是包括將保險箱交由最先進的高速度切割術，或者爆炸等在內？」

流亡政客的女婿笑了起來，道：「當然不包括，任何東西都可以用這兩個方法弄開來。」

記者中一陣嘩然，另一個記者叫道：「那麼說，保險箱是可以打開來的了！」

流亡政客的女婿很夠鎮定，他道：「各位，高速切割會使金屬發出上千度的高溫，而爆炸也會產生巨大的破壞力量，這兩種力量，都會使保險箱中的東西，化為灰燼，甚至化為氣溫，別忘記，在保險箱中的全是鈔票，全是紙。」

記者叢中，又發出一陣讚歎聲，又一個記者問道：「請問，你們是不是認為，匪徒在憤恨之餘，會拚著不要錢，也將保險箱毀去？」

流亡政客的女婿笑著說道：「如果這樣，他們就是笨賊，而我不相信笨賊會計畫這樣的大劫案。」

又有記者問道：「聽說保險箱中有四億美金，你們是不是準備用相當數量的錢，將保險箱贖回來——如果匪徒提出這樣要求的話。」

流亡政客的女婿顯然早已料到了會有這樣的問題，所以他的回答，斬釘斷鐵，來得極快，他道：「絕不，我們一毫錢也不會出，因為那些錢在保險箱中，始終是安全的，除了知道密碼的一個人之外，誰也打不開！就算隔上十年八年才找回來，錢還是安全的。」記者叢中又發出了一陣讚歎聲和議論聲。

年輕人向公主望了一眼，低聲道：「可憐的伯爵，可憐的玲瓏手，可憐的土耳其皇和哥耶四世！」

公主蹙著眉，不出聲。

年輕人又問道：「妳是不是認為，妳的工廠可以將這具保險箱弄開來？」

公主嫣然而笑，道：「正如他所說，到時，保險箱才被切開一道縫，就會有一股煙從保險箱中冒出來——一股四億美金化成的煙！」

年輕人嘆了一口氣，道：「多麼浪費的結局！」

公主笑了起來，在年輕人的掌心之中，縮回了自己的手，同時，她的身子也縮了起來。她這時的姿勢，使人聯想起一頭快出擊的豹，總要先將身子縮起來，然後再陡地彈開來，發出致命的一擊。

年輕人立時提高了警覺，果然，公主明澈的眼睛，望定了他，道：「我要那四億美金！」

年輕人還維持著他應有的鎮定，他很冷靜地道：「妳這種說法像是一個被寵壞的小女孩，吵著要天上的月亮，而妳，已經不是一個小女孩了。」

公主的眼中，現出了一股冷酷的神情，道：「我要那四億美金！」

年輕人感到自己臉上的肌肉，多少有點僵硬，他道：「要是得不到……」

公主又露出了她潔白的牙齒，不過這時，她絕不是在笑著，她道：「你一定要得到，不然有什麼結果你自己會知道！」

年輕人陡地欠身，抓住了公主的手臂，盯著她。

年輕人的聲音低沉，是從喉嚨中迸出來的，他道：「妳在玩火，妳以為我會任由妳將我的祕密，宣揚出去！」

公主揚了揚眉道：「當然不會，因為你一定會替我將那四億美金弄到手的！」

年輕人慢慢鬆開手來，他覺得自己遇上一個真正的對手了，他挺了挺身子，道：「事實上，沒有人可以從那保險箱中得到那筆錢，妳為什麼不去結識那個流亡政客？我看妳比他的情婦動人得多。」

年輕人的話，已經含有嚴重的侮辱意味，可是公主卻縱聲笑了起來，道：「謝謝你的稱讚，我不是沒有想過這一點，不過我認為，叫別人去做一件事，比自己親自去做好得多了。」

怒意在年輕人的體內上升，他甚至變得有點惡狠狠地瞪著公主，而公主卻笑得更甜了，她指著年輕人，道：「看，你發怒了，你知道麼？當一個人開始發怒的時候，就是這個人知道自己快失敗的時候，我給你三天的時間……」

年輕人叫了起來，道：「絕不行，那保險箱甚至不在我們的手中！」

公主笑了笑，道：「那麼，你說要多少天？」

年輕人用手撫著臉，神情仍然很惱怒，一句話也說不出來。公主姿態美妙地揚了揚手，道：「好吧，我不限制你時間，你儘快弄到手，就通知我，我並不是一個很有耐性的人。」

年輕人仍然乾瞪著眼，如果對方是一個男人，他可能早已揮出了他的拳頭，可是，如此咄咄逼人的，偏偏是一個看來如此艷媚的女人。要不是他不想給對方知道自己已真正無法可施，他會不住長歎起來的！

奧麗卡公主毫不放鬆的聲音組成的尖銳的語句，不斷地自她齊整、潔白的牙齒中吐出來，她又道：「或許你在想，如果我死了，那麼，你的這個祕密，就不會再有人宣揚出去了？」

年輕人簡直感到沒有了招架的力量，他只喃喃地道：「我還不致於這麼蠢！」公主攤了攤手道：「我也這樣想。」

她嫣然一笑，翩然轉身向外走去，來到艙門口的時候，她才略停了一停轉回身來，指著年輕人，道：「你知道麼？你在發怒的時候，看來很可愛！」

年輕人實在無法再忍受下去了，他陡地吼起來，道：「快滾！」

公主「格格」地笑著，步伐輕盈，走了開去。

公主走了之後，年輕人不由自主的大口地喘著氣，過了好久，他才發現他的叔叔正望著他，看來一直在笑著。年輕人不禁有點惱怒，大聲道：「我看不出有什麼好笑的地方！」

「中國人」走過來，拍了拍年輕人的肩頭，道：「我一直認為，一帆風順的生活是最乏味的生活，恭喜你生活的多姿多采！」年輕人有點啼笑皆非，坐了下來，「中國人」又道：「猜一猜，玲瓏手他們，現在幹什麼？」

年輕人沒再回答，因為他根本不用想，也可以知道玲瓏手他們在幹什麼。

玲瓏手、伯爵、土耳其皇和哥耶四世全在海底，深度是一百六十公尺。

他們四人，都有著最好的潛水配備，相互之間可以通話，他們也準備了最好的工具，而那具裏面有四億美金的保險箱，就在他們的面前，擱在一塊相當平整的大石之上，透過潛水面罩上的玻璃，他們可以清楚地看到那具保險箱的每一個部份。

他們在忙碌地工作著，而他們這時所想的都相同，那是他們在想像著保險箱的門打開，四億美元的鈔票在海水中沉浮的情形，那應該是世界上最誘人的舞蹈！

直升機已被沉在一浬外的另一處海底，伯爵駕遊艇出海，和其餘三人會合，保險箱沉進了海底，一直到他們也潛進了水中，圍在保險箱的旁邊，事情進行到這裏為止，可以說是順利之極。

但是再下去，事情是不是同樣順利呢？

玲瓏手一來到保險箱前，就立時去轉動保險箱門上的數字鍵盤，他只動了一下鍵盤，保險箱就傳出了警號聲，在一百公尺以上的海底，警號聲被掩遮得幾乎聽不到，玲瓏手緩緩轉動著數字鍵盤，自他的潛水盔中，有微音波擴大器連接到保險箱的門上，如果是普通的保險箱，以玲瓏手這樣的高手來說，不到一分鐘，他就可以在數字鍵盤轉動時，所發出的聲響極低微的差別上，來肯定哪一個數字才是配合密碼的正確數字了。

可是，整整十分鐘過去了，頭盔下，玲瓏手的胖臉上已開始冒著汗，冒出來的氣泡數量也在增加，這證明他的呼吸急促而不正常，但是他仍然找不到第一個正確的號碼，數字鍵在轉動時，聽起來每一個數字的聲音，全是一模一樣的，玲瓏手有點懷疑自己是不是太老了，耳朵已經不像以前那樣靈敏了。可是事實上，他那種懷疑是多餘的，因為就在他的身邊，哥耶四世的手中拿著音波測定儀，以補充玲瓏手聽覺之不足，音波測定儀上的曲線顯示出，不論怎樣轉動數字鍵盤都沒有任何差別。

伯爵也沒有空著，他和土耳其皇，正在裝置一套十分複雜的儀器。這套儀器即使在陸地上使用也是極其複雜，何況是在海底！那是一套X光連接電視顯示屏的設備，而使用這一套設備，要具備極其豐富的各方面的專門知識。

玲瓏手的汗越冒越多，在海底工作使他有一股窒息的感覺，但是他的手指，還是不停地在轉動著數字鍵，那對他來說就像是一個無休無止的噩夢一樣——毫無結果，但是卻得重覆著同樣的動作。

一小時過去，伯爵游過來，拍了拍玲瓏手的肩頭，玲瓏手擺著他肥胖的身子，游了開去，伯爵將已裝配好了的鏡頭，緊接在保險箱的右側，向土耳其皇做了一個手勢，土耳其皇接連按下了好幾個掣鈕，一具在玻璃罩內的電視機，螢光屏開始閃動，接著，便現出了模糊的東西來。

畫面雖然不夠清晰——那是必然的，因為X射線要透過極厚的金屬壁，但是也已經足夠使人看得清楚，在螢光屏上所顯示出來的，是一疊一疊的鈔票。

他們四人，都深深地吸進了一口氣，然後一連串氣泡，自他們的頭盔之中冒了起來，那是令人瘋狂的，他們離整整一箱鈔票距離不到一尺，而通過科學儀器的幫助，他們還可以看到那些鈔票，可就是碰不到那些鈔票。

齊泰維伯爵緩緩移動著按在保險箱上的鏡頭，希望可以看到保險箱門內的密碼，半小時後，他們在螢光屏上看到保險箱門內的情形，密碼被一塊金屬牌遮著，而那塊金屬牌，是X光所不能透過的，四個人的動作，在五小時之後，都有點瘋狂，他們在海水中手舞足蹈，好像他們已經得到了保險箱之中的鈔票，但事實上，他們什麼也沒有得到。

時間慢慢地過去，他們四個人的心中越來越明白，他們想得到保險箱中那批鈔票的希望，已越來越小了！

可是他們還在努力地工作著，用著各種他們所能想像得到的方法，一直到了兩天之後，他們才略事休息。當他們在遊艇上除下了頭盔之後，他們的臉色看來是暗綠色的，就像是海水中的海藻！

「中國人」神態悠閒的望著遼闊的海面，年輕人站在船舷，看來更是輕鬆，而玲瓏手他們四個人這時的臉色，就算不像海藻，也像是弄污了的抹布。

齊泰維伯爵雖然竭力想裝出低聲下氣，有求於人的神態來，可是誰也看得出他心中正懷著滿肚子的不服氣，他講話的時候，甚至像在嚷叫，他道：「你——連去看一看的興趣都沒有？」

「中國人」顯得毫不在乎地道：「這種保險箱，我見得太多了！」

玲瓏手喘著氣，道：「可是你未曾見過一個，其中有著四億美鈔的！」

「中國人」笑了起來，說道：「不論裏面有什麼，四位，為什麼你們不肯正視現實呢？只要打不開，那就等於什麼也沒有！」

哥耶四世的眼光，看來像是充滿著哀求，他道：「中國人，你去看一看，或許你能將它打開來。」

土耳其皇的笑聲很勉強的道：「要是你能將它打開來，我們一半給你！」

「中國人」歎了一口氣道：「自從保險箱被你們劫走之後，你們一直在海底，對於岸上的情形，可能不怎麼了解。」「中國人」講到這裏向年輕人望了一眼。

年輕人立時接下去道：「當地警方總動員，而且，請了將近五十個隸屬於國際刑警組織最厲害的警探到這裏來，而且你們的照片，被印了幾萬份，幾乎每一個警員的手中就有一份，所以……」

年輕人又向「中國人」望去，「中國人」也立時道：「趁你們還有機會逃走的時候，趕快遠走高飛吧！」

齊泰維伯爵大聲道：「不！我要你們到海底，去看看那具保險箱！」

「中國人」和年輕人互望一眼，「中國人」有點無可奈何地攤攤手道：「好吧！如果你堅持的話！」

玲瓏手叫了起來，道：「好！那還等什麼？」

「中國人」向年輕人使了一個眼色，年輕人轉過身去，在他轉過身去的一剎間，他幾乎忍不住要大聲笑了起來：一切全和他叔叔計畫的一樣，玲瓏手他們憑著卓越的身手，得到了那具保險箱，可是他們打不開，要來求他們，他們可以輕而易舉地知道保險箱沉在什麼地方，而且是由齊泰維等帶他們去。

如果沒有奧麗卡公主的突現出現，那麼，一切真可以說是十全十美的了！

想到了奧麗卡公主，年輕人的眉心，不禁又打了一個結，他來到駕駛艙，他的遊艇開始慢慢向外駛去。

「薑是老的辣」，在年輕人幾乎忍不住想笑出來之際，「中國人」卻還是一副無可奈何的神情，對著眼前的四個人。而在他面前的四個人，看來好像有了一線希望，雖然「中國人」一再表示，他一樣沒有法子打得開那具保險箱，但是他們總有了另外的希望。

遊艇向外駛去，由玲瓏手指點著航程，七小時之後，天色已經完全黑下來了，他們才到達了目的地，然後，六個人一起配備了最好的潛水設備，潛下海去，在海底照明設備之下，他們又來到了那具保險箱的旁邊。

「中國人」和年輕人沒有多說什麼就開始工作。雖然他們兩個人的心中也知道那具保險箱是根本打不開的，但是他們更知道，最重要的是要使花了極大的本錢，將保險箱弄到手的那四個人相信這一點，所以他們必須裝模作樣努力地去做。

要使這四個人相信這一點，並不是容易的事，因為保險箱中有四億美鈔，要他們相信這一點，等於是要他們放棄四億美鈔。

世界上，有哪一個肯放棄四億美元的？

四億美鈔的美景

在「中國人」和年輕人努力工作間，這四個人也幫著手，提供著意見。他們在海底工作了六小時，才又冒上海面，當頭盔除下來的時候，「中國人」知道自己成功了。因為從這四個人臉上的神情看來，他知道自己不必再多費什麼唇舌，他們已經相信這具保險箱是無法弄得開的了。

四個人像是死屍一樣地癱在甲板上，只有從他們肚子的起伏上，才可以看出他們是活人。年輕人拿著酒出來，「中國人」道：「我還是那句話，趁你們還能走的時候，趕快走，然後，通知警方保險箱在這裏，警方找回保險箱，也不會再找你們麻煩了。」

土耳其皇最先坐起來，從年輕人的手中搶過酒來，咕嚕咕嚕喝了半瓶，一面抹著口，一面講了一大串土耳其話，誰也不知道他在講些什麼。接著，是齊泰維伯爵站了起來，他的神情，像是快要被驅進羅馬鬥獸場中餵獅的人一樣，他道：「中國人，借你的通訊室用一用。」

「中國人」點了點頭，伯爵走了進去，年輕人大聲道：「你們那批偽鈔，印得很精美，本錢總可以撈回來的！」哥耶四世陡地呻吟起來，神情苦澀那是必然的，因為他們的目的不是行使偽鈔，而是要偷天換日。

齊泰維伯爵在進去了之後，不到五分鐘就走了出來，然後，大家在甲板上，可是沒有一個人出聲。直到看到一架水上飛機，飛了過來，玲瓏手才道：「我們下一個行動的計畫，我已經有了草稿！」

伯爵狠狠地道：「用火箭襲擊那家保險箱製造廠！」

「中國人」呵呵地大笑了起來，道：「四位，你們不能因為自己的失敗，而喪失了紳士風度的。」

水上飛機越飛越近，在低空打了一個盤旋，就停了下來，恰好停在遊艇的旁邊。

飛機是齊泰維伯爵剛才召來的，機上是他的手下。艙門打開，橡皮艇放了下來，這四個人的神情，都有點黯然，上了橡皮艇，向「中國人」揮手道：「再見！」

「中國人」的聲音之中，也充滿了傷感，道：「再見！」他頓了一頓，道：「如果你們不想通知警方，由我來代你們通知也可以。」

玲瓏手連想也沒有想，立時就道：「好，這件事我們也算是合作過，大家一起分享失敗。」

四個人上了水上飛機，飛機立時起飛，平靜的海面上，被飛機劃出了一道極長的水波。但立時又恢復了平靜，等到水上飛機在視線中消失之後，「中國人」和年輕人的神情，立時變得緊張了起來，剛才，他們還像是躺在太陽下在晒太陽的綿羊，但現在，卻十足是兩頭準備獵食的黑豹一樣。

他們的行動快捷，互相配合得極好，而根本不必再多講什麼話，「中國人」先推開了甲板上的椅子和機艙，年輕人立時開了一塊艙板。

在被移開的那塊艙板之下，是一個長方形的暗格，在那個暗格之中，是一具保險箱，這具保險箱和沉在海底的那具完全一樣，上面纏著鍊子。

保險箱才一出現，「中國人」已經將一具油壓型的起重機拉了過來，起重機鉤子鉤住了保險箱，將保險箱吊了起來。

而在那時候，年輕人已經配上了潛水的配備，跳進了水中，他一到水中，起重機吊著的保險箱，也沉進了水中，他和保險箱一起向下沉著一直到海底，直到保險箱落到了那塊大石之上，流亡政客的保險箱旁。

他解下鍊子，套在流亡政客的保險箱上，流亡政客的保險箱被慢慢地吊了上去。年輕人轉動了一下沉下來的那具保險箱的號碼盤，讓沉下來的保險箱也發出警號聲，然後，他才浮上海面。

當年輕人升上海面之際，流亡政客的那具保險箱，已經漸漸落到那個暗格之中了，保險箱一出了水面，警號還在響著，聽來極其刺耳，可是當保險箱落進那個暗格之後，聲音就聽不見了，因為暗格中早有著消除聲音的裝置，年輕人推上艙板，「中國人」將起重機推開去，年輕人再移上椅、几，一切的經過不到二十分鐘。

那是他們計畫了千百遍的行動，所以做起來純熟得就像他們曾經練習過幾遍一樣，順利得一點意外也沒有，然後，他們一起回到艙中，各自吸著煙，「中國人」轉動著無線電通訊儀的頻率，道：「請郭上校講話，我要報告被劫走的保險箱的下落……」

當他們的遊艇，在碼頭上泊定之後，電視新聞報告已經起勁地報告著這轟動的新聞了：「劫匪劫走了內中藏有四億美鈔的保險箱，可是沒有法子將它打開，宣佈放棄，警方已經在打撈沉在海底的保險箱了，這種保險箱的製造人蘇先生，今天早上來到，我現在向他訪問。問一問他這種保險箱的構造……」

電視螢光屏上，出現了蘇振民，蘇振民一副洋洋得意的神態，自然，這件事，是他這種保險箱的最好宣傳，難怪他得意的。

年輕人向「中國人」望了一眼，道：「叔叔，你連蘇振民會來都料到了！」

「中國人」徐徐噴出一口煙來，道：「他一定來的，他怎肯放過那麼好的宣傳機會？」

年輕人伸了一個懶腰，躺了下來。

接下來的一天，電視上播映的，幾乎全是有關這具保險箱的新聞，保險箱本身不是新聞，但是四億美元，那無論如何是新聞了。

電視上直接轉播警方人員打撈保險箱的過程，在海中被撈起來的不單是一具保險箱。而且還有歎為觀止，為了打開保險箱而備的各種儀器和工具。

不過誰也可以看得清清楚楚，保險箱在海中被吊起來的時候，是完整無缺的，根本沒有被打開過。

第二天，已經到達瑞士的流亡政客，也對著上百個記者，發表了聲明，他的聲明，表示他感謝當地警方，也感謝這種保險箱的製造商，他的聲明表示，他從來也沒有憂慮過，因為他相信，除了他自己之外，沒有人可以打開這具保險箱。

流亡政客的聲明更表示，他還會再來，當眾打開保險箱捐出一部份錢，作為當地警方的福利基金。

自從保險箱上岸，一直到被運到警局，真可以說是萬家歡騰，比任何國王出巡還要熱鬧，人人都想看看那具保險箱的真面目。

保險箱的警號聲一直響著，聲音是那麼刺耳，以致整個警局的上下都聽得見。局長郭上校曾請蘇先生停止警號聲，但是蘇振民的回答是除非轉對了正確的號碼，不然他也沒有法子，而正確的號碼不是任意選擇的，只有流亡政客一個人知道。

於是，所有的警局人員，就二十四小時不斷忍受著那種刺耳的警號聲，等候流亡政客來到。

流亡政客終於來了！

警方並沒有講出來是由於接到了通知，才找到保險箱的，因為那樣做會減少警方「神速破案」的功勞。所以，當流亡政客一下他那架私人飛機，又登上了他那幾輛特製的汽車，進入市區之際，警局的高級人員幾乎全部出動。當天的報紙上，連篇累牘地在講述著警方如何「破案神速」。

而在所有的人之中，最活躍，最起勁的，要算是那位保險箱的製造商蘇先生了，即使在他逗留在蒙地卡羅的期間，他也接到了上百個訂單，而且，「由於製造成本的提高」，他將保險箱的售價，在短短三天之內提高了兩次。不過，富翁們總算找到了一個保護他們財產的最佳選擇，就算保險箱的價格一天提高八次，他們也不會在乎的。想想看，世界上第一流的劫匪，已經成功地搶走了保險箱，用比軍事行動更完美的手法得到了保險箱。而且，配備了那麼多開保險箱用的儀器和工具，可是結果，還是不得不放棄，使得物主一點損失也沒有！只要想一想這一點，已足夠令訂單從世界各地飛來了。

流亡政客直接來到了警局大廈中的空地中，空地上搭起了一個臺，像是警務處長在周年大檢閱一樣，不過這一次，主角是那具保險箱，或者詳細一點說，是那具「嗚嗚」不斷響著警號聲的保險箱。

警方人員容許兩千人聚集在空地上參觀，這屬於警方的一個大日子，不但「破案神速」，而且，警方可以獲得一千萬美金的捐贈，這是一筆相當大的數目，可以使警方有自己的禮堂，自己的球場，自己的一切。

兩千人中，沒有正式的統計，但是來自各地的記者，至少佔了三百人，其餘有近一千人是有地位人士受到邀請，至於普通市民能夠進入的，據說全是天沒亮就已經開始排隊的人，真是夠得上轟動的了。

流亡政客要到來的那一天，市區的交通好像也變得擁擠得多，年輕人駕著車，自碼頭前往奧麗卡公主所居的酒店，比預算的時間超出了五分鐘，所以當年輕人看到公主之際，他的第一句話就是：「對不起，我遲了！」

公主站在窗前，望著下面的行人和車輛，當她轉過身來時，她的臉色很難看，她沉著聲，說道：「你是什麼意思?完全放棄?」

年輕人的笑容，看上去十足是苦澀的和勉強擠出來的，他道：「妳也看到了，妳當然知道玲瓏手、土耳其皇、齊泰維伯爵和哥耶四世是什麼樣人物！」

公主顯得很煩躁，她來回走著，又陡地站定，道：「我當然知道，何必你提醒我？」

年輕人又歎了一聲，道：「他們四個人將保險箱弄到了手，還不得不放棄，妳以為警察是自己找到保險箱的？不是！是他們自知無法打得開它，所以才通知警方的。」

公主冷冷地道：「我也知道，而且，在勸他們放棄的過程中，你和你的叔叔彷彿很起勁！」

年輕人略震動一下，他和他的叔叔，曾力勸玲瓏手他們放棄，這一點，除了他和他叔叔外，就只有他們四個人知道。

而如今，奧麗卡公主也知道了！

這正和他以前幹過的那件事一樣，只有六個人知道，可是公主也知道了，不但知道，而且用來威脅他。那也就是說，在玲瓏手、土耳其皇、伯爵和哥耶四世之中，有一個人出賣了他！

年輕人一想到這裏，不禁感到了極度的氣憤，可是他隨即心平氣和了。

因為他立即想到，人和人之間的關係，本來就是爾虞我詐的，他向那四個人洩露了自己重大的祕密，這一點本來也就是有作用的，作用是在於要那四個人毫無保留地相信他的話，那看來是一著沒有用，甚至有點愚蠢的閒棋，但是天知道，在他們四個人決定放棄到手的保險箱之際，這著閒棋起多大的作用，如今讓公主藉此來威脅自己，只好算是副作用而已。

而如果他們四人，不肯放棄流亡政客的保險箱，它又怎會平平安安的躺在自己遊艇的暗格中？自己既然從頭到尾都在利用別人，又有什麼資格去責備人家出賣了自己？

但是，無論如何，是誰出賣了自己，這是必須要找出來的！年輕人又苦笑了一下，道：「是的，我極力主張放棄，因為這根本是不可能的事！」

奧麗卡公主睜大眼睛，年輕人立時又道：「他告訴妳的還不夠詳細，事實上，我們早已發現他和妳有聯絡，所以避開了他，和另外三個人，商量過一件更機密的決定，這個決定——」

年輕人講到這裏，故意頓了一頓。

奧麗卡公主的呼吸有點急促，立時道：「你們商量了一些什麼？你是怎樣發現我和他——」

公主講到這裏，陡地停住，並且用十分疑惑的眼光望定了年輕人。可是年輕人卻完全是一副若無其事的神氣，雖然他已經證明了那四個人之中，的確是有一個人和公主是有聯絡的。

他只是嘆了一口氣，道：「那是他自己不小心，炫耀出來的，事實上，要是我像他一樣，和妳有那樣不尋常的關係，我也會忍不住對人炫耀的。」

奧麗卡公主的臉立時紅了起來，而且，在剎那之間，她那種憤怒的神情，也有點令人不寒而慄！

年輕人心中暗自好笑，因為他知道，不必再做任何功夫，出賣他的人就會受到懲罰，會被公主銳利的爪所抓傷，而且，他也可以很容易就知道，誰是那個不識趣的混蛋了。

公主的神情，不久就恢復了鎮定，道：「你們的祕密決定是什麼？」

年輕人歎了一口氣，道：「說出來非常洩氣，我們的決定是以後永遠不再去碰這一類的保險箱，而且，不作任何對付這種保險箱的計畫。要知道，他們這次花了巨大的本錢，而且一無所獲，這是件極其丟臉的事！」

公主仍然望著年輕人，深深地吸了一口氣，接著，她又露出雪白的牙齒，笑了起來道：「算是你將我說服了，不過，我們之間，不能就這樣算了。要印度老虎不知道你的祕密……」

年輕人不等公主講完，就做了一個手勢，道：「我同意，算我欠妳一樣東西，妳喜歡什麼？要羅浮宮中蒙娜麗莎的微笑，還是要英國皇帝冠上的大鑽石？」

公主笑了起來，側著頭想了想，道：「我還沒有決定，但是我會通知你的。」

年輕人點了點頭道：「我一定答應，但是妳要記得，我只欠妳一樣東西，妳不能藉此永遠勒索我。」

公主輕盈地笑了起來，道：「那當然！我想去看看那流亡政客打開他的保險箱，我的請柬可以帶一個伴侶去，你肯和我一起去麼？」

警局門口維持秩序的警員，列成了人牆，擠出一條通道來，讓記者和嘉賓來回走著，當公主和年輕人通過了人牆，來到了警局的空地上時，空地中的人，看來絕不止兩千人。

每一個人都在交頭接耳，但聲音卻全被保險箱所發出的警號聲掩蓋了下去。那種刺耳的聲音，令得有座位的高貴仕士，都皺著眉，顯得很不耐煩。但是即使是第一流的富翁，也不是時時有機會可以看到四億元美鈔的。所以並沒有人離去。

公主和年輕人坐了下來，他們的座位離臺很近，離保險箱不到二十呎，公主輕歎了一聲，在年輕人的耳際道：「一個七位數字，就阻隔了四億美元，那實在太不公平了！」

年輕人笑著，道：「對於物主來說，自然公平之至！」

他們在交談著，警局的建築物上，突然響起三排槍聲，每一個都轉過頭去看，他們看到流亡政客的車子，已經駛了進來。警方的保安人員圍在車子周圍，車門打開，保鏢先下車，然後，戴著黑眼鏡的流亡政客也下了車，空地中傳出了熱烈的掌聲。

高層人員擁簇著流亡政客來到臺上，蘇振民不知從什麼地方鑽了出來，當他被保鏢抓住胸口之際，他大聲叫道：「是我製造這保險箱的，是我！」

他的叫聲，令流亡政客抬頭向他望了望，而且還點了點頭，蘇振民整了整衣服，也擠上了臺，臺下也有很多人向他指點著。警方高層人員致了歡迎詞，流亡政客站了起來，蘇振民也忙著站起，搶先來到保險箱身旁。

流亡政客也來到了保險箱旁，轉動著保險箱上的數字鍵盤。公主取出了一具小型望遠鏡來看，年輕人卻若無其事地東張西望。

七列數字鍵盤上的數字固定了，在剎那間，人人都在期待著保險箱的門打開，是以沒有人留意蘇振民的神情，變得十分古怪。

蘇振民比在場的任何人更熟悉這種保險箱，他知道，當七個正確的號碼固定之後，警號聲首先應該停止，可是現在，警號還在響著。流亡政客是第二個現出詫異神情的人，但是他立時去拉保險箱的門，公主陡地講了一句粗話，道：「一九七三六二四，那是他被轟下臺的日期！」

年輕人也「啊」地一聲，道：「我們應該想到這個號碼的，對那個流亡政客而言，自然沒有什麼比這個日子更印象深刻的了。」

公主握拳歎了一聲，道：「真可惜，下次他當然不會再選擇這個號碼了！」

年輕人道：「當然不會，他又不是白痴！」

在他們交談之中，場內兩千多人全都靜了下來，只有保險箱的警號聲，還在響著，聽來特別刺耳。

而那個流亡政客，他已經不是擺出優雅的姿勢在開門，而是在用力地拉著，他的兩個保鏢也在幫著拉，流亡政客面部肌肉扭曲，如果他不是倒了臺，而又是在他原來的國家中的話，只怕他又要下令殺人了。

空地上的所有人，因為突如其來的驚愕而靜寂，靜寂陡地被一個女人的尖叫聲所打破，那女人叫道：「天！開這種保險箱要用這麼大的氣力？」

在那女人身邊的一位紳士立即道：「當然不用，我就有一具保險箱。」

隨著這一男一女兩人的交談聲，幾乎所有的人都轟然叫了起來，警局局長頻頻抹著汗，兩個高級警官過來幫著拉保險箱的箱門。

蘇振民叫著，道：「你弄錯號碼了，要是號碼對，警號聲應該停止！」

流亡政客怒吼著：「你知道還是我知道？」

他這一聲怒吼，兩個保鏢立時趕過來推蘇振民，公主站了起來，事實上，所有的人，幾乎全都站了起來，公主急促地道：「怎麼一回事？」

年輕人道：「我也不知道！對不起，讓一讓！」

年輕人推開身前的人，向前走去，當他來到臺前的時候，蘇振民恰好被兩個保鏢，推得跌下臺來，年輕人連忙將他扶住，笑著說道：「蘇先生，記得麼？放在保險箱中的珍寶，可能永遠取不出來！」

流亡政客未能打開保險箱，各人意見不同，有的認為他記錯了號碼，有的認為可能劫匪在搬運時震動了保險箱，以致出現了故障，不論怎樣，保險箱是無法打開來的了，不過好在流亡政客並不在乎。因為四億美鈔，只不過是他全部帶出來流亡的財產的五分之一，他將那只保險箱運回了瑞士，作為他豪華別墅中一件最豪華的擺設。

據說，保險箱一直到了運回瑞士後的第八天，警號聲才自動停止了。

蘇振民在流亡政客運走了保險箱之後，接受了幾百位記者的訪問，他堅稱一定是流亡政客故意弄錯了號碼，目的是省下他答應捐出來的那一千萬美金，好在流亡政客已失了勢，聽了之後雖然暴跳如雷，但是卻也無可奈何，當地警方自然更失望。

奧麗卡公主也很失望，她和年輕人一起擠出空地時，一言不發，年輕人也不說話，一直到上了車，公主才道：「很奇怪，是不是？」

年輕人點頭道：「是的，很奇怪。」

奧麗卡公主又道：「最可惜的是，我們沒有想到那個日子恰好構成一個七位數字，而這個日子給他的印象，又是如此之深刻！」

年輕人攤了攤手，道：「知道了也沒有用，他用了這個號碼，可是打不開保險箱來！」

公主又沉默了片刻，才道：「真奇怪，是不是？」

年輕人又重覆了一句，道：「是的，真奇怪！」

年輕人送公主回酒店，獲得了公主的一吻，回到了他自己的遊艇之上。

「中國人」在甲板上迎接著他，年輕人高興地道：「那流亡政客在用力拉保險箱門的時候，神情難看極了。」

「中國人」笑著問：「那位公主沒有什麼疑問？」

年輕人道：「有，不過她只是不斷地說：很奇怪，是不是？」他停了停，又道：「叔叔，你想他們是不是會猜得到？」

「中國人」還是笑著道：「會猜到的，不過他們就算猜到了，也不敢肯定！」

年輕人道：「為什麼？」

「中國人」大笑起來，道：「因為這個方法太簡單了，越是簡單的方法，就越叫人猜不到，或者就算猜到了，也以為自己猜錯了。例如，我問你，有什麼法子，使你戴上一枚七十九點五克拉的鑽石戒指，而又不被人看到？」

年輕人眨著眼，半晌，道：「戴上手套？」

「中國人」大笑著，拍著年輕人的肩頭，道：「一九七三六二四，來，讓我們去欣賞一下四億元美鈔！」

四億元美鈔的確值得欣賞，而且百看不厭，即使夕陽西下，海上的風光是如此美麗也比不上它們。

「中國人」和年輕人當晚就離開了蒙地卡羅，遊艇在大海中航行，他們下一站在什麼地方沒有人知道，他們也沒有決定。事實上，有了四億美元，到那裏去，都是一樣的了，不是嗎？

這是在馬德里齊泰維伯爵的那間房間中，還是那四個人一樣坐在那張桌子之旁。伯爵在翻著厚厚的報紙，抬起頭來，道：「我手下的那報告書，那只保險箱到現在還沒有打開來。可能是給我們弄壞了什麼？」

哥耶四世喃喃地道：「這可以說是全世界最大的浪費，唉，四億元美鈔！」

土耳其皇在玩弄著一柄小刀，他陡地飛出小刀，插在門上，道：「我倒並不懷念我們花出去的本錢！」

只有玲瓏手不出聲，三個人都覺得有點奇怪，一起向玲瓏手望過去，房間中的燈光雖然不夠明亮，但是其餘三個人，還是可以看得到，玲瓏手的胖臉上，貼著肉色的膠布，膠布的面積還相當大。

伯爵揚了揚手道：「咦！怎麼了？」

玲瓏手的神情很尷尬，牽著口角，道：「沒有什麼，叫一頭野貓抓了幾下！」

土耳其皇陡地發出轟然的笑聲，道：「玲瓏手，你這樣的身形，最適宜和十歲以下的女性來往，不然，實在太危險了！」

玲瓏手憤怒地站了起來，哥耶四世忙站在兩人之間，道：「別說這些了，有『中國人』的消息沒有？」

齊泰維伯爵搖著頭，道：「沒有，我一直在想一個問題，但是沒有答案！」

三個人全向伯爵望去，伯爵道：「你們想，中國人和他的姪子，到蒙地卡羅去幹什麼？」

哥耶四世攤了攤手，道：「那要問他們自己才知道了，我看，怕是來看熱鬧的罷！」

玲瓏手大聲道：「無論如何，我可以肯定，中國人和他的姪子，也一樣沒得到什麼！」在各人向他望來之際，玲瓏手沒有再說什麼，只是伸手按臉上的膠布，又神色尷尬地坐了下來。

伯爵拉開了百葉簾，各人又坐了下來，他們又開始另一個計畫，那四億美元雖然令人懷念，但在這樣的情形下，也只好咬咬牙關，不去想它了！

〈完〉

金
剛

黃金私梟的故事

以下是一個故事，這個故事流傳在黃金私梟之中：

誰都知道印度人民崇拜黃金，印度是黃金走私者的天堂，從外地走私黃金到印度去，可以獲得極高的利潤。於是黃金私梟，就利用種種方法，設法將黃金偷運進印度的國境之內，獲取暴利。

印度政府為了防止黃金走私，做了種種努力，有著完善的緝私隊組織，使得很多黃金私梟，無所遁形。但是道高一尺，魔高一丈，走私而來的黃金，還是源源不絕地進入印度國境之內。

有一單黃金走私案，一直到現在，還為人所稱道。某年，一隊著名的足球隊伍，應邀到印度去作表演賽，足球隊的教練、職員、正式球員和後備球員，一共是二十個人，足球隊的成員下飛機受到了盛大的歡迎，海關當然循例檢查行李，但是絕無可疑之處，可是結果，卻有大量黃金，走私進口。

原來，當足球隊成員下機時，每一個球員的手中，都提著一隻足球，著名的球隊球員，手上提一隻足球，當然沒有人疑心，而且又是堂而皇之地通過海關的，所以連最精明的檢查員也被瞞過了。因為檢查員一般來說，不會注意最起眼的東西，這是利用人類的心理而成功的例子，事實上，每一隻足球，都是純金的，只不過在球的表面上，用油漆塗成足球的顏色而已。這次走私成功，最為私梟所樂道，主持這次走私的人，也在黃金私梟中，獲得了極高的地位，為其他私梟所推崇。

故事的節縮，自然很粗糙，但是卻也概括了整個事情的經過。

這個故事，看來沒有甚麼特別，也不見得特別精采。不過卻有一個很有趣的地方，就是這個故事，根本是不成立的！也就是說，在這個簡單的故事之中，有一處地方，是為大家所忽略的，看來故事好像順理成章，但若是揭露了這一點，任何人都可以明白，這種事，根本不可能發生，這個隱藏著的破綻，使得整個故事無法成立！

這個隱藏著的破綻是甚麼呢？是著名的足球隊不可能被利用來走私？還是精明的關員，不會如此疏忽？還是純金製造的足球，不可能做得如此逼真，還是儀器不應該疏忽了對金屬的反應？

都不是，這一切，都不是絕對不可能的，足球隊可能被利用來走私，再精明的關員，也可能疏忽，純金可以鑄成和真足球一樣。

而那隱蔽的破綻，是絕對不可能的！

以下是兩個人的對話，不必研究講話這兩個人是甚麼樣的人，事實上也無法知道，因為能夠聽到這兩個人的對話，只不過是拜錄音機所賜，也就是說，那兩個人的說話，是由錄音機播送出來的。

「你知道最成功的一次白金走私是甚麼？」

「知道，緝私隊已經知道一艘遊艇要走私白金進口，一切全布置好了，遊艇一到就登船搜查，可是，結果卻一無所獲，只好撤退，但事實上，白金還是運進來了。」

「對了，整艘船的船身，就是白金鑄造的！」

「那有點像一部電影，一輛名貴的汽車，用來走私黃金，檢查人員也查不出來，原來，整輛車的車身，就是用黃金造的！」

「遊艇的船身全用白金製造，也是電影中的情節，唉！真可惜，那只是電影中的情節，實際上無法做得到。」

「為什麼？雖然技術上絕不簡單，但也並不是完全不能做到，金子可以造成任何東西！」

「是的，金子可以造成任何東西，可是你有沒有想到，金子是多麼重？一輛由純金鑄造的汽車，車身會重到什麼程度？要什麼樣的馬力才能帶動它？一艘由白金鑄造的船，它的吃水線，只怕就在船艙的艙頂上。」

「你聽過那個足球隊利用純金做足球，偷運進印度國境的那個故事？」

「當然聽到過，我還見到過那個主持人。」

「那個所謂的主持人，是世界上最大的說謊者，他將一件根本不可能的事，當成真的一樣來說，而且，說得每個人都相信。」

「不可能？我並不覺得有甚麼不可能！」

「那是你忽略了這個故事中，有個隱藏著的破綻之故，你忽略了的，是黃金的重量。」

「黃金的重量？誰都知道，金子很重的。」

「是的，但是究竟有多重？黃金的比重，是十九點六，也就是說，一立方公分的黃金，重十九點六克，一千克就是一公斤，你算算圓球的體積，足球的半徑是多少？算它十三公分，你知道球形體積的計算公式吧，結果是多少？將近九千二百立方公分，再乘比重，等於將近十八萬克，那就是一百八十公斤。一隻純金的足球，重一百八十公斤，除非那些足球隊員全是超人，不然，根本不可能提得動它，這才是黃金真正的重量。」

對話講到這裡結束，再下去，是一連串歎息聲。

在諦聽著那卷錄音帶的，是一個年輕人。

這年輕人一面聽著錄音帶，一面學著他的叔叔用力吸著煙斗，雖然煙斗中燃燒著的煙絲，被他吸得吱吱發響，可是他的舌頭，也有一陣陣疼痛的感覺。

他皺著眉，一時之間，不明白送這卷錄音帶來給他的人，究竟有甚麼意思，不過他卻可以肯定一點：他有麻煩來了，他不能再在這裡住下去了，而他實在喜歡這地方，希望多住一會，所以他才會一想到就皺起雙眉來。

他住在一幢完全用巨大的木頭造成的房子裡，當他坐在屋裡，只要抬起頭，他就可以看到崇峻的，無可比擬的喜馬拉雅山，山上的積雪，和積雪中露出來的岩石，和那種看來特別青藍的天空，都會令人心襟寬敞，感到說不出來的舒服，在這個尼泊爾北面的小鎮上，他已經住了快半年了，可是他實在捨不得走。

他根本沒有要離開的意思，如果不是那卷錄音帶，不是和那卷錄音帶一起來的那封信，和他叔叔轉這卷錄音帶來的時候附上的便條，他根本不會想到自己要離開如此幽靜，美麗的地方，在這裡，完全沒有人來騷擾他，他可以專心欣賞巍峨的高山，和向當地的土人，學習鋒利的彎刀的刀法。

但是現在，這一切好像都結束了！

年輕人歎了一口氣，他欠了欠身，又拿起他叔叔的便條來，他已看過很多次了，他住在尼泊爾北部的一個小鎮上，只有他叔叔才知道。

他叔叔的便條上寫著：「我知道你不喜歡人家來打擾你，也知道你不喜歡被人恐嚇，可是我認為，我還是應該讓你知道這件事，附上錄音帶一卷，和隨錄音帶來的一封信。對不起，我已經看過那封信了。這就是為甚麼要將錄音帶和信轉給你的原因。再者，對這件事，我沒有意見，你可以完全憑你自己的意思去處理。」

年輕人又歎了一聲，他又拿起另一張信箋，淡米色，在一角上，燙淡金色，印著一個徽號，看來很古怪，信箋散發著一股令人心曠神怡的幽香，信是用法文寫的，字跡極其優美：「送上一卷錄音帶，讓你知道難題的所在，我不知道你在甚麼地方，但我知道你叔叔在甚麼地方，他一定會代我轉給你，因為我雖然查不出你躲在哪裡，印度老虎一定查得到的，快和我連絡，我有事要你幫忙！」

年輕人重重放下了那封信，望著錄音機，他自然知道信是甚麼人寫的：奧麗卡公主，那個豹一樣的女人！

年輕人再嘆了一聲，懶洋洋地站了起來，打了一個哈欠，將煙斗中的煙灰倒出來，重新又裝上煙絲，可是他未曾再點著火，就離開那房子。

他駕著吉普車，駛過崎嶇的山路，來到了加德滿都，在那裡，他登上了飛機，經過新德里，又開始進入充滿了囂鬧，紛爭的文明世界中。

兩天之後，他見著了他的叔叔，他叔叔用力拍著他肩頭，道：「小心點，我不想看見你栽在一個女人的手下！」

年輕人吸了一口氣，道：「如果我需要幫忙，你肯幫我麼？」

他叔叔直截了當地回答，道：「不能，你快去見她吧！還好你及時趕到，我看你還得開快車才行，不然，她在酒店會等得不耐煩了，而且，聽說印度老虎也到了這，我看多半是她叫來的，好對你造成一種威脅！」

年輕人苦澀地笑了笑，道：「叔叔，你看，她究竟要我做甚麼事？」

他叔叔皺了皺眉，道：「從那卷錄音帶聽來，我看和黃金走私有關！」

年輕人又苦澀地笑了起來，他用手在臉上摸撫著走了出去，他並沒有闖紅燈，因為他可以肯定，他一下飛機，奧麗卡公主一定知道他到了，而且也一定知道他正是為見她而來的。

酒店的電梯很擠，天氣還不太冷，可是酒店中的暖氣卻已經開放，叫人很不舒服，年輕人踏出擁擠的電梯，在走廊中走了一段，來到了一扇門前，停下，他才要伸出手去敲門，門就打了開來。

開門的是奧麗卡公主。

年輕人由衷道：「妳真動人！」

公主真的很動人，她穿著一襲湖藍色及地的紗衣，黑髮垂肩，有著奶油般皮膚的手背裸露在外，而且柔軟地纏上了年輕人的頸。

年輕人吻了吻她的臉頰，公主迷人地笑著，挽著年輕人進來，華麗的套房中看來只有她一個人。

當琥珀的美酒，開始在杯中蕩漾之際，年輕人已經道：「究竟是甚麼事，妳該說了。」

公主斜靠在年輕人的肩上，轉動著酒杯，道：「你該知道，如果是我自己做得到的事，我不會來找你，你只欠我一件事，我不會浪費的。」

年輕人道：「對，應該留來作救命之用！」

公主低低歎了一聲，說道：「正是如此！」

年輕人陡地挺直了身子，因為在事前，他無論如何也未曾想到那是性命攸關的事，而且，他剛才那樣說，也只不過是宣洩他受人脅制的一種不憤而已，並不是有意的，可是公主的反應，卻出乎他的意料之外。

他望著公主，公主的雙眉蹙著，雖然看來她像是並不想表露她心中的憂慮，但是眉宇之間，還是顯露了出來。當然，年輕人也想到，那可能是她的做作，但是一個人若是能將外表控制的如此之適宜，那麼她無疑是世界上第一流的演員了！

年輕人只呆了片刻，就笑了起來，道：「是麼？是甚麼人在找妳的麻煩？」

公主又苦澀地笑了一下，道：「事情一開始，根本是我自己找來的麻煩！」

年輕人只揚了揚眉，沒有表示任何意見。

公主又歎了一聲，道：「你有沒有聽說過歐洲有人出賞格，給一個能克服困難，達到他們要求的人？」

年輕人搖著頭，道：「沒有聽說——」他立時做了一個手勢，不讓公主開口，又道：「在這大半年來，我在喜馬拉雅山麓隱居，這件事可能很轟動，但是我真的不知道，一點也不知道。」

公主又歎了一聲，道：「我可以相信你，因為如果你知道的話，一定是你出面去幫他們解決難題，而不是我！」

年輕人將坐的姿勢，變得舒服了一些，又道：「那難題是甚麼？」

公主卻並不立即說出來，只是將手指甲在沙發的扶手上刮著，看來樣子有點楚楚可憐，她的長睫毛在輕輕閃動著，聲音也更動聽，說道：「或許我太貪心了，做成這件事的酬勞，是一座位於盧森堡境內，十六世紀建成的古堡，有兩百五十間房間——」

她講到這裡，抬起頭來，眼中閃出了光輝，道：「那是真正的古堡，整座建築，沒有一寸地方不是古董，在古堡建成之後，至少有十個以上的君主，曾在那古堡中住過或舉行過會議。」

年輕人在公主開始提及那古堡的時候，就一直在搖著頭，直搖到公主停止了說話。

公主望著年輕人，道：「你認為那不值得？」

年輕人繼續在搖頭，道：「不值得，為了這座古堡，就算是拾一條手帕，都不值得。妳可想到，維持這樣一座古堡，一個月要花多少錢？」

公主咬著下唇，輕輕地笑了起來。

公主一面笑著，一面道：「我知道，我請專家估計過，維持費大約是一年六百萬美金。」

年輕人攤了攤手，道：「是啊，六百萬美金，可以買很多東西了。」

公主直視著年輕人，道：「你想，如果我得了那座古堡，我會讓它空在那裡，每個月花維持費去保養它？」

年輕人又呆了一呆，才道：「我看不出妳會有什麼特別的辦法，盧森堡實在不是什麼旅遊勝地。」

公主又盈盈笑了起來，道：「佛羅里達是旅遊勝地！」

年輕人陡地一怔，隨即現出恍然大悟的神情來，接著，便呵呵大笑了起來，道：「好主意，像倫敦橋一樣，賣給美國人。」

奧麗卡笑得很高興——雖然她眉宇間看來，仍有點淡然的哀愁，她道：「對！美國人什麼都要，只要那東西比他們的國家歷史更悠久。」

年輕人聳了一下肩，道：「妳得先找到一個買主。」

公主道：「我找到了！」

年輕人揚了揚眉，他沒有出聲，但是他的神情分明是在問「什麼人」！

公主的唇，輕輕閃動著，在她豐滿誘人的唇中，吐出了一個人的名字來：「金剛。」

這一次，年輕人不僅是呆了一呆，也不僅是挺了挺身子，而是霍地站了起來，而且還大聲地叫道：「金剛！」

奧麗卡公主的神情有點苦澀，仍然低聲道：「金剛。」

年輕人來回走了幾步，誰都看得出，他在那一剎間，心中是如何之震驚和不安，他又道：「金剛，唔，金剛。」接著，他也苦澀地笑了起來，說道：「妳真是找到了一個最好買主，唔，金剛！」

公主低嚷了聲，道：「是的，他是好買主，他出得起好價錢，他出四千萬美金購買那座古堡，而古堡的搬遷完全由他負責，他準備將這座古堡的每一寸都拆下來，照原來的樣子，在佛羅里達州建造起來，作為他自己的住所，使他自己真正像一個皇帝。」

年輕人直到公主停了口，才坐了下來喃喃地道：「其實，他早就是皇帝了！」

年輕人說得不錯，金剛就算不是皇帝，也和皇帝相若無幾，金剛其實不是他的姓名，只是他的外號，他可以極有效地控制他五萬以上手下的生或死，他是他統治的那個集團的皇帝。

金剛的手下有著各種各樣的人才，金剛首次的資金是怎麼來的，已不可考了。但是現在，他卻僱用了三十名以上，年薪二十萬美金的專家，專門處理他的財產，使他的財產到達了天文數字，但即使這樣，直到現在，金剛仍然控制著若干不法組織，這也是公開的祕密了。

有一個傳說，金剛為了怕別人買兇暗殺他，所以他早就聲言，任何職業殺手，只要能提供對他不利的情報，就可以獲得十倍的報酬，所以前五年，想買兇殺他的人，總是死在自己買通的兇手手下，而近五年，已經沒有人再傻到去和金剛比鈔票了。

金剛也幾乎網羅了世界上所有的第一流職業殺手，他是一個會動生意腦筋的人，不會白養著那批職業殺手，於是，他也成為這批一流職業殺手的經理人，接受買兇的委託。他著實幹了幾件轟動一時的暗殺事件，都是無論怎麼調查，也查不到他身上的十全十美的犯罪。

這樣的一個人物，年輕人又不禁搖了搖頭。

公主望著年輕人，道：「本來，事情很簡單，只要我做妥了這件事，古堡到了我的手中，我向金剛收錢，就解決了，可是我——」

年輕人道：「可是妳解決不了那個難題！」

公主有點幽幽地道：「是的！那也不成問題，問題是我已經向金剛收了一成定金，而金剛最不喜歡被人欺騙，要是交貨的日子到了，而我交不出古堡來的話，金剛就會認為我是欺騙他，他就會——」

公主說到這裡，面色變得很蒼白，而且，不由自主，打了一個冷戰。

年輕人沒有出聲，公主的聲音，聽來幾乎像是在哽咽，她道：「離預定交貨的日子，只有二十天了！所以我想起了你，只有你能幫我解決那個難題！」

年輕人又站了起來，來到了窗口，道：「究竟是什麼難題？不見得是三角等分吧？」

奧麗卡公主苦笑著道：「我無暇欣賞你的幽默，你答應過代我做一件事的！」

年輕人陡地轉過身來，道：「是，但這件事必須是要做得到的：妳叫我上月亮去，或者我還可以躲在太空船裡，但是妳如果叫我將整個月亮搬下來，那就是絕無可能的事情。」

奧麗卡公主皺著眉，過了半晌，才道：「你首先得跟我到一個地方去。」

年輕人沒出聲，公主又道：「到南非去！」

南非是一個很奇怪的地方，或者，是僅存的幾個奇怪地方之一，在那裡，有色人種受到公然的排擠和歧視，且成為立國之根本。

當年輕人步出約翰尼斯堡的機場之際，雖然在他身邊的是一個人人注目的黑髮美人，而他也受到了第一流的待遇，但是他仍有一種說不出來的異樣之感。

不過年輕人並沒有花太多心思在這方面，在整個旅程中，他只是在想著：奧麗卡公主所遇到的難題，究竟是什麼事？

他叔叔曾經告訴他，事情可能和黃金走私有關，而當他一知道公主要帶他來南非之後，他也可以肯定這一點，因為南非正是黃金的出產地。

然而令他不明白的是，世界上每一個角落，幾乎都有黃金私梟，都有他們自己的辦法，將黃金運來運去，奧麗卡公主為什麼一定要來找他呢？

在旅程中，公主並沒有向他提及任何有關這次難題的事情，即使下了飛機，上了車，她也沒有提。

可是年輕人卻可以在公主的臉上，看到她的心事，越來越沉重，年輕人並不心急想知道，因為他可以肯定，離揭曉的時間，不會太遠了。

車子經過約翰尼斯堡的市區，在一座宏偉高聳的建築物之前停了下來，那是一家著名的、貴族化的酒店，車子才一停下，酒店門口，穿著鮮豔顏色制服的侍者，就搶過來開車門。

可是，那侍者的手還未曾碰到車門，在他的身邊出現了一個穿著雪白西裝，身形高大，皮膚和他身上的西裝相比，看來更顯得黝黑的大漢，伸手將侍者推了開去，接著打開了車門。

年輕人先出了車子，自然而然地，他向那大漢看了一眼，心中也陡地升起了一個疑問。

那大漢的身量極高，超過六尺，深目高鼻，再加上鬈而濃密的頭髮和鬍子，一望而知是雅利安人種，也就是說，是一個印度人。

接著，公主也出了車外，年輕人向公主望了一眼，公主像是有著一層歉意，低聲道：「他是我們要來見的朋友的僕人！」

年輕人又略怔了一怔，一句話，已幾乎要衝口而出，可是卻在剎那間忍了下來。他想要問的那句話，是：「我們要來見的是什麼人？」而他之所以沒有說出口來，是因為他立時想到，他要見的是什麼人了。

年輕人在想到自己將會見到什麼人之際，又向公主望了一眼，公主抱歉地向他笑著，將聲音壓得更低，道：「對不起，我事先沒有告訴你。」

年輕人只是微笑著，挽著公主的手臂向酒店的大門走進去，同時，他用一種毫不在乎的聲音道：「為什麼事先不告訴我？怕我知道了不敢來！」

公主笑得很迷人，道：「我也不知是為了什麼，不過我知道，就算我告訴了你，你也一定會來的！」

年輕人又淡淡笑著，道：「我以為，這是妳和歐洲集團之間的事情。」

公主微笑著，道：「是的，不過他是原始的委託人。」

年輕人「嗯」地一聲，道：「不錯，黃金只有在他的國家裡，才能賣到最高的價錢！」

公主吸了一口氣，雖然她只是望了年輕人一眼，但是在那一眼的眼神之中，她無法掩飾她心中對年輕人的那種由衷的欽佩。

他們穿過大堂進入電梯，那身高六呎以上的大漢跟著他們一起進來。當電梯門快關上之際，才有一個老年紳士，匆匆趕了進來。

那老紳士並沒有吸煙，可是手中，揑著一隻煙斗，而且他的身上散發出一股煙草的香味，那種香味是年輕人再熟悉不過的。

年輕人笑了起來，向那老年紳士偷偷眨了眨眼，可是那老紳士卻像是完全沒有注意到他一樣。年輕人當然並不會因此而感到有絲毫懷疑，他絕對不用懷疑，那種熟悉的煙草氣味，是他開始學步的時候，就聞慣了的。他的叔叔來了，雖然他叔叔曾對他說過，不能提供任何幫助，但是他還是來了。

年輕人覺得心神舒泰，電梯升到十二樓，老年紳士走了出去，電梯中只剩下了六個人，繼續向上升，到了十八樓，電梯門打開，外面早有一個同樣高大，也穿著白西裝的印度人在等著。

公主挽著年輕人走出電梯。經過走廊時，年輕人已發現，在這一層裡，酒店原來的侍者都已經被調開，在走廊中來來去去的人，全是身高八呎以上，穿著白西裝的印度人，而且他們有一個共通的特點，那就是他們的神情，完全像是鑄模製出來的一樣，臉上的肌肉全是刻板的，不懂得活動的那一類型。

年輕人和公主，一直來到了一扇有兩個白西裝大漢把守的門前，才停了下來。

他們才一停下，守門的兩個大漢中的一個，就側了側身打開了門，立時又退回到原來站著的地方，公主挽著年輕人，走了進去。

年輕人一進去，還未曾看清楚房間中的情形，就聽到了一聲怒吼，一個粗啞的聲音喝道：「你來遲了，娃娃！」

年輕人停了一停，一個大漢穿著一件鮮艷的睡袍，已向著他和公主直衝了過來，公主不由自主的發出了一下低號聲，閃到了年輕人的身後，年輕人也忙伸手向前，按了一按。

他的手並沒有碰到那人的身子，那人已經停了下來，這證明那人的身軀雖然龐大，但是他對於他自已全身的每一根肌肉，都能控制自如。

年輕人望著那人，那人也望著年輕人，那人當然也是印度人，事實上，年輕人還可以知道這個人的準確籍貫，和他過去的一切。

年輕人知道，那人是印度北部無數支幫之一，巴哈瓦浦耳邦的人，他出生在一個總管之家，他父親是巴哈瓦浦耳土王的總管，總管的職位是世襲的，到他父親逝世之後，他卻沒有繼續當總管，而是毒死了土王，佔據了土王的三十七個姬妾，足足逍遙了三年，事情才被揭發，在效忠土王的軍隊圍攻之下，他放火燒了土王的宮殿逃走，從此之後，他就成了印度，或者說整個東方最危險的人物之一，他原來叫什麼名字，已經沒有人知道了，但是他的外號，卻人人皆知：印度老虎。

年輕人裝著不認識地打量著印度老虎，印度老虎也打量著年輕人。

老實說，世界上最不舒服的事，莫過於被印度老虎這樣的人，用他的眼珠這樣瞪著來看的了。

印度老虎的眼睛不大，且向外突出，他的眼珠是一種奇怪的灰色，彷彿不是生在眼眶之內，而是生在眼眶之外，浮在眼白之上，隨時可以落下來的兩塊小石頭。當然，如果真是兩塊小石頭的話，絕不會引起被望的人有如此不舒服之感的，偏偏，那兩塊「小石頭」，又是有生命的，迸射出一種難以形容的邪毒、暴虐的神采來。

年輕人和印度老虎對望了約莫半分鐘。印度老虎又吼叫了起來，聲音高而嘶啞，聽了令人牙齦發痠。他向在年輕人身後的公主叫道：「娃娃，妳帶這樣一個人來見我，是為了什麼？」

公主已經定過神來，她居然在看來盛怒的印度老虎之前，還能保持著微笑。

奧麗卡公主微笑著，道：「如果他不能幫你解決難題，那麼，世界上沒有別的人可以幫你解決了！」

印度老虎又瞪了年輕人一眼，陡地怪聲笑了起來，伸手直指公主的鼻尖，道：

「娃娃，不是幫我，是幫妳的！」

公主苦笑了一下，又向年輕人望了一眼，說道：「如果我早知道那歐洲集團的幕後委託人是他，我也絕不會去攬這件事。」

年輕人儘量使自己的臉上出現微笑，可是事實上，他臉上的肌肉，卻因為僵硬而有點麻木了。

這真是意想不到的事，他會和印度老虎面對面地站著！年輕人沒有什麼可怕的事，但如果他在上機之前，確知自己要面對印度老虎的話，他真的可能考慮逃走，逃到不為人知的地方躲起來。

他這時也知道他的叔叔為什麼要趕來了，他叔叔當然知道了印度老虎將會和他會面之故，而印度老虎是一個如此危險的人！

就算是同樣危險的人，年輕人此際，也不會如此緊張，但是印度老虎不同。因為年輕人曾經偷走了印度老虎黑組織金庫中的藏金，令得這個黑組織瓦解，而在這件事發生之後，印度老虎將他恨之入骨，出了極高賞格要取他的性命。他答應奧麗卡公主幫助她，就是因為公主知道他的這個祕密。可是他再也想不到，因為要幫助公主，竟會要和印度老虎面對面在一起。

年輕人不由自主的望了公主一眼，公主顯然不太有被人指著鼻尖呼喝的經驗，是以她顯得手足無措，還是年輕人伸手將印度老虎的手推開了些，道：「不管是什麼人的難題，總之是有難題，對不對？」

印度老虎後退一步，瞪著年輕人，陡然以極其急驟的聲音喝道：「姓名，來歷，有關你自己的一切資料，快說出來！」

年輕人聳了聳肩，道：「沒有，什麼也沒有！」

印度老虎的神情，已經很憤怒，可是當年輕人伸出手來，也指著他的鼻尖之際，他變得真正暴怒了。

年輕人指著他的鼻尖，道：「聽著，是你有事來求我，不是我求你！」

印度老虎一聲怒吼，伸手來抓年輕人的手腕，年輕人早已料到這一著，立時反手抓過去，兩個人的手，立時緊緊捏在一起。

兩個人的手緊握在一起，同時向後用力一拉，誰也沒有將誰拉動。印度老虎一腳向年輕人踢來，年輕人手上的力道突然一鬆，印度老虎的身子向後仰去，年輕人的身子已經趁機躍起，印度老虎一腳踢空，年輕人已在他的頭頂疾翻了過去，兩個人的手仍然緊握著，年輕人一翻到了印度老虎的背後，將印度老虎的手臂，完全反扭了過來。印度老虎發出一下怪叫聲，四個白西裝的大漢疾奔了過來，年輕人轉身鬆手，伸手在印度老虎的肩頭上，輕輕拍了一下，道：「這是小孩子的遊戲，我實在不想再玩下去了！」

印度老虎也疾轉過身來，盯著年輕人，雙眼不斷眨著，足足過了一分鐘之久。

在那一分鐘之間，年輕人捏著拳，拳心不斷在冒汗，因為根本沒有人可以預測，印度老虎在凶性大發之下，會有什麼行動！

這一分鐘的時間實在太長了，直到印度老虎慢慢轉過身去，年輕人才輕輕地吁了一口氣。印度老虎走開去，伸手推開了兩個穿白西裝的大漢，坐了下來。

公主連忙來到年輕人的身邊，年輕人向公主使了一個眼色，他們也一起坐了下來。

印度老虎望著他們，說道：「我並不是不講理的人，但是我不能容忍被人欺騙，我委託一個歐洲集團做事，這個集團的人答應了我，可是他們又去託別人，託了她。」

印度老虎向奧麗卡公主指了一指，公主立時現出苦澀的笑容來了。

印度老虎又道：「這已經是對我的一種欺騙，所以，我懲罰了這個集團的三個首腦。」

印度老虎講到這裡，公主的身子，不由自主的震動了一下，而且當年輕人向她望去的時候，她側著頭，避開了年輕人的目光。

年輕人心裡明白，她一定早已知道這件事的，只不過像是要帶他來和印度老虎見面一樣，瞞著他未曾告訴他而已。

印度老虎忽然笑了起來，道：「要知道我怎樣懲罰這三個人麼？哈哈！」

他一面笑著，一面揮著手，一個穿白西裝的大漢，立時遞過了一隻極大的牛皮紙袋來，印度老虎接過，打開紙袋，抽出三張放得足有兩平方呎大的彩色照片來，奧麗卡公主立時發出了一下驚呼，將臉轉過來，抵在年輕人的肩頭，年輕人也感到了一陣噁心！

印度老虎卻像是十分欣賞照片上的形像，他一面看，一面還指著一張照片，抬頭向他身邊的大漢，道：「這一刀砍得不夠直，應該將他的鼻子，齊中割開來的，左、右完全一樣，不應該是斜的！」他又抬頭，向那年輕人道：「將欺騙他人的人，用刀在臉上砍二十刀，這是我們家鄉的一種習俗。」

年輕人「哼」地一聲，他也不想多看那些照片一眼，因為照片上那被砍成血肉模糊的臉，實在令人噁心。

印度老虎得意地笑著，將照片放在几上，盯著年輕人，道：「她接受了委託，要是也不能完成，那麼，她所受的懲罰就完全一樣。」

年輕人吸了一口氣，到現在為止，他總算完全知道奧麗卡公主的處境了，也明白了奧麗卡公主，真正是在生死關頭之間。

年輕人伸手，將几上的照片，翻了過來，他顯得很鎮定，道：「一個人要是做不成這件事，就算你威脅著要在他臉上砍八十刀，也一樣是做不到的。」

印度老虎陰森地道：「不一定，那至少會使得這個人拚命地去做！」

公主已經坐直了身子，面色十分蒼白，當年輕人向她望去的時候，她眼中的歉意更甚，年輕人在她的手背上，輕輕的拍著。

年輕人道：「我看黃金走私，並不是什麼大難題，何以你看得那麼嚴重？」

印度老虎瞪大了眼睛，道：「問題是在於多少，一百公斤？一千公斤？我全可以運回去。」

年輕人道：「你不見得想將南非金礦，搬回印度去吧！」

印度老虎點頭道：「你猜對了！」

年輕人陡地站了起來。

將一座金礦，搬到印度去，如果不是他的耳朵有毛病的話，那就一定是印度老虎在發神經病了，那是絕對不可能的事情。

印度老虎冷冷地望著年輕人，道：「那是一座小型金礦，我已經經營了十年，沒有人知道我是這座金礦的主人，這座金礦，每年生產純金四千六百公斤，十年來所生產的接近五萬公斤，而現在，已經開採完了，金礦也已經封閉了，我要將這個金礦中提煉出來的金子全運回去。」

年輕人吁了一口氣，是的，這種情形可以說是要將整座金礦運回印度去，但形式上當然不同，所要運的是五萬公斤黃金，而不是整座金礦。

年輕人又坐了下來，在剎那間，他迅速地在轉著念，他是在計算，五萬公斤的黃金，體積是多少，體積並不大，大約是兩點五立方公尺，如果將五萬公斤黃金，鑄成一塊，和一張普通寫字檯所佔的空間差不多，可是它的重量，卻是五萬公斤，超過七萬磅。

年輕人眨著眼，道：「這些黃金，你放在什麼地方？」

印度老虎突然發出了一連串的咒罵聲，他在罵的時候，所用的語言，是印度北方的土語，年輕人一個字也聽不懂，可是從他面肉抽搐的那種神情來看，可知他的心中，一定十分憤恨。

公主低聲道：「別問他，他做了一樁蠢事，他相信了那個足球隊走私黃金的故事。」

年輕人陡地縱聲笑了起來，道：「他不是將所有的黃金，全鑄成了足球吧！」

公主也忍不住笑了起來，道：「正是，一共是兩百八十二個。」

要不是印度老虎的臉色變得如此之難看，年輕人一定會忍不住大笑而特笑，兩百八十二個純金的足球，只有白痴才會想到用這種方法，將這五萬公斤黃金運進印度去！

印度老虎面色鐵青，惡狠狠地說道：「別笑，這是你們的事情，黃金到不了印度，你們的臉上——」

他講到這裡，陡地翻回几上的照片來，神情更加凶狠。

年輕人又將照片翻回去，道：「你想要這批黃金到達印度，首先就要停止對我們的威脅。這件事，在你看來，好像是做不到，但是在我看來，卻再簡單也沒有，不過，我需要時間。」

印度老虎用極疑惑的眼光，望著年輕人，然後問道：「你要多久？」

年輕人道：「你在這裡，將金子移交給我，一個月之後，你在印度收黃金。」

印度老虎的神情，更加疑惑，年輕人立時伸出手來，道：「不必問我用什麼法子，那是我的祕密！」

印度老虎笑了起來，道：「你應該知道，如果你欺騙了我的話……」

年輕人冷冷地道：「別再多說了，我知道你吃過大虧，你的賞格再高，到現在也還沒有什麼結果！」

公主現出吃驚的神色來，印度老虎的臉色鐵青，雙手握著拳，年輕人卻神色自若，印度老虎緩緩鬆開了緊捏的手，向一個大漢揮了揮手。

那大漢提著一個公事包，走了過來，放在几上，印度老虎道：「拿去，全部資料都在裡面，你可以憑裡面的文件，得到那批黃金。」

年輕人笑了笑，道：「兩百八十二隻金足球！」

印度老虎的神情有點尷尬，但立時又凶狠地道：「從今天起，我給你一個月時間！」

年輕人嘆了一聲，手按在公事包上，奧麗卡公主望著他，年輕人的心中在苦笑，一邊是印度老虎，一邊是金剛，而他只有一個月的時間。

印度老虎面上的肉抽搐著，公主不由自主向年輕人靠近些，印度老虎重複地道：「記住，一個月！」

年輕人提著公事包，站了起來，道：「好吧！」

印度老虎的神情，既凶狠又不放心，他盯著年輕人，又加了一句，道：「你要知道，如果你不能為我做到這件事，會有什麼後果！」

年輕人已經挺直了身子，他直視著印度老虎，並且，緩緩地伸出手指來，在印度老虎的肋骨上，輕輕戳了一下。印度老虎的一生之中，顯然很少遇到這樣的事，是以他陡地後退了一步，怪聲叫了起來。

年輕人冷冷地道：「你要記住兩點，第一，我不是為你做這件事，我是為奧麗卡，第二，你自己做不成的事，要求別人做，最好就是完全相信別人！」

印度老虎的雙眼睜得極大，眼珠轉動著，面肉在不住地抽搐。

年輕人說完之後，向奧麗卡望了一眼，就提著公事包向門口走去，當他和奧麗卡來到門口的時候，聽得印度老虎發出了一聲怒吼，道：「站住！」

年輕人站住，但是並不轉過身來，奧麗卡公主緊張地握住了年輕人的手，印度老虎的聲音之中充滿了憤怒，大聲道：「我不是做不成這件事，而是我太出名了，不能做；而你能做，因為你是一個無名小卒！」

年輕人只是聳了聳肩，並沒有其他任何表示，打開門，輕輕推開了站在門外的一個穿白西裝的大漢，奧麗卡公主緊緊挽著他，走廊看來好像特別長，好不容易來到了電梯門前，進了電梯。公主才吁了一口氣，低聲說道：「對不起，真的，對不起。」

年輕人沒有出聲，只是皺著眉，他們一起走出了酒店，一路上，公主大約說了十遍以上「對不起」，聲音一次比一次低，眼中流露出來的歉意，也一次比一次為甚，可是年輕人卻始終不出聲。

一直到公主第十五次說「對不起」之際，他們已經來到了另一間酒店的房間中了，年輕人才道：「沒有什麼，我知道妳現在有點後悔了。」

公主咬著下唇，低下頭去。

年輕人放下手中的公事包，托著公主的下頷，令她抬起頭來道：「妳像是一個頑皮的孩子，專喜歡玩危險的遊戲，我不相信妳在乎出賣那座古堡所得的錢，妳早就知道妳做不成這件事，妳也早想到了我，妳的目的只不過是想看看，我是不是做得成這件事而已。」

公主垂著眼，長睫毛在輕輕抖動著，年輕人顯然已說中了她的心事。

年輕人繼續說道：「妳可能會失望，因為有一些事情，在想像中往往熱鬧有趣，可是，在實際進行之中，可能乏味得很。」

奧麗卡公主沒有出聲，只是後退了幾步，坐了下來，仍然垂著頭，低聲道：「現在我們可以退出麼？」

年輕人忽然笑了起來，他的心中忽然起了一股衝動，很想衝了過去，拉住公主黑色的頭髮將她提起來，在她的面上狠狠摑上兩掌——這是懲治頑童的最好方法。

可是他沒有那麼做，只是有點僵直地站著，連他自己也不知道為了什麼。

就在這時候，房門上傳來了敲門聲，年輕人揚了揚眉，走過去將門打開。

站在門口的，是一個身形十分魁梧的中年人，年輕人攔在門口，並不準備讓這個人進來，而且，用一種疑惑的眼光，打量著他。

那中年人伸手，取出了一份證件來，打開，送到年輕人的面前，道：「我是弗烈警官，可以進來麼？」

年輕人沒有出聲，只是讓了讓身子，弗烈警官走了進來，銳利的目光四下掃射著，又向公主禮貌地行了一個禮，年輕人站在他的身後，道：「怎麼樣，不是我的旅行證有問題吧？」

弗烈警官有點誇張地道：「不是，當然不是，歡迎你光臨！」

年輕人笑了笑，道：「你們的歡迎方法很特別，相信我一踏上你們的土地，就已經受到了特別的照顧。」

弗烈警官也笑了笑，道：「先生，那是因為你是一個特別的人物，我們花了很多時間和各地聯絡過，可是完全沒有你的任何資料。」

年輕人陡地放聲笑了起來，指了指身邊的沙發，示意弗烈警官也坐下來，然後他道：「警官，根據聯合國最近的統計，世界上的人口，是三十一億三千六百萬，不見得每一個人都在警方存有資料。」

弗烈警官直視年輕人，道：「當然，但是也不是每一個人一到就和印度老虎見面的。」

年輕人將身子靠在沙發背上，道：「如果印度老虎在這裡犯法，你們應該去對付他！」

弗烈警官忙搖著手，道：「沒有，他在這裡完全是合法的——」他講到這裡，身子向前略俯了俯，壓低了聲音，道：「不過我們知道，過去十年來，他一直擁有一個金礦，這個金礦所生產的黃金，從來未曾申請過出口，估計十年來，已到三萬公斤這個數字。朋友，如果你想將這批黃金私運出口，那麼，我們的監獄中，日子並不怎麼好過，和這裡差得遠了。」

年輕人神態很悠然，道：「我想世界上不會有什麼監獄是有趣的，多謝你提醒我，不過，作為一個好的警務人員，你的做法，好像有點不對頭，因為我可以告你恐嚇我。」

弗烈警官略怔了一怔，但隨即笑了起來，道：「謝謝你提醒我，為了報答你，我再提醒你一件事，不但將三萬公斤黃金私運出口，是不可能的事，想將三萬公斤黃金，運到印度去，更是不可能的事，你很聰明，奧麗卡公主也是世界上最可人的女友，朋友，你自己想想吧！」

年輕人伸了一個懶腰，道：「警官，我百分之一百同意你的話，要是誰想那樣做，那麼，他不是超人，就是白痴了，對麼？」

弗烈警官站了起來，道：「完全同意！對不起，打擾了兩位，我告辭了。」

他轉過身，向門口走去，年輕人也站了起來，說道：「等一等，忘了請問一句——」

弗烈警官轉過身來，直視著年輕人，年輕人道：「如果將三萬公斤黃金，要公開申請運出貴國，有什麼手續？」

弗烈警官略怔了一怔，攤了攤手，道：「很困難，每年黃金出口的數字，有一定的限制，只怕要全部運出口，至少要等上十年八年，而且，還未必批准！」

年輕人「啊」的一聲，道：「原來是這樣！」

弗烈警官又瞪了年輕人一眼，看他的樣子，像是想說些什麼，但是他未曾講出來，就走了出去。

弗烈警官走了之後，年輕人又坐了下來，奧麗卡公主低聲說道：「你準備怎麼辦？」

年輕人又呆坐了一會，才抬起頭來，道：「妳可知道有什麼地方，可以躲藏起來，不被人找到？」

奧麗卡公主咬了咬下唇，道：「那要看找你的是什麼人，才能有答案。」

年輕人道：「印度老虎和金剛！」

公主苦笑了起來，道：「據我知道，世界上還沒有這樣的地方。」

年輕人站起來，來回踱了幾步，來到了電話旁，將電話聽筒拿了起來伸向公主，道：「打電話給玲瓏手，他或者會想到有這樣一個地方，他一定會替妳找到這樣一個地方讓妳躲起來。」

公主的神情有幾分驚訝，也有幾分尷尬，年輕人冷冷地說道：「快！我早就知道，妳是在玲瓏手那裡，知道我的祕密的了。」

公主走了過來，從年輕人的手中接過電話，年輕人立時提起公事包向門口走去，一面走，一面道：「妳一找到了可以躲藏的地方，就立即去躲起來，直到聽到印度老虎和金剛不再找妳為止！」

公主有點焦急，道：「你——」

年輕人道：「別理我！」

公主吸了一口氣，道：「我怎麼和你聯絡？」

年輕人繼續走向門口，道：「根本沒有必要再聯絡！」

年輕人已經來到門口了，公主的聲音更焦急，道：「你至少應該知道我躲在什麼地方！」

年輕人已經抓住了門柄，他並不回頭，道：「沒有必要！我不想知道妳躲在什麼地方，不論在什麼情形之下，危險的只是我一個人，妳是安全的，只求玲瓏手不要像出賣我一樣出賣妳，那就好了。」

公主呆呆地站著，年輕人已經拉開了門，向外走去，公主的神情更焦急，她實在想說些什麼再將年輕人留住一會，可是她發覺心頭一片茫然，竟然一句話也說不出來。

年輕人走出了房門，反手將門關上，房門關上的聲音並不大，可是那「砰」的一聲，卻像是在公主的心頭，造成了重重的一擊。

她呆呆地站立了好久，才按了按電話上的數字鍵，用低沉的聲音，道：「接線生，請替我接羅馬的長途電話。」

然後，她放下了電話，坐了下來，坐著發怔，心頭感到一片空虛。

金足球

弗烈警官接到的報告是：曾和印度老虎會晤的年輕人，當日就離境，目的地是肯雅。

第二份報告是，奧麗卡公主在第二天離境，目的是羅馬。

這兩個人離境之際，都受到特別的「照顧」，但是在他們身上，別說沒有三萬公斤黃金，連三公斤黃金也找不到。

弗烈警官有點大惑不解，不過他是一個很有韌性的人，他知道，印度老虎一定會將那批黃金運出去，他只要等著，魚兒就會落網，所以，在他接到報告之後，只是驚訝，並沒有什麼別的表示。

而印度老虎在接到報告後，卻大不相同，年輕人一走，他立時打電話給公主，不過公主的回答很冷淡：「一個月的期限，是你自己訂下的，在這一個月之內，如果他的行蹤能讓你知道，警方還有不知道的麼？」

等到奧麗卡公主也失了蹤，印度老虎又曾跳了一陣腳，可是一個月的期限，是他自己訂下來。他花了很多工夫，動員世界各地的手下，和與他有聯絡的各組織，調查那年輕人，可是所得的資料，卻少得可憐。

其實印度老虎根本不必擔心什麼，他不必擔心那批藏在祕密地方的黃金會有什麼閃失，因為根本沒有什麼人搬得動它們，就算有人能搬得動它們，也絕沒有辦法運出去，要是有辦法的話，印度老虎他自己早就這樣做了，還用在歐洲招請高手嗎？

印度老虎耐心地在約翰尼斯堡住了下來，等候消息。

奧麗卡公主一到了羅馬，就和玲瓏手見了面，玲瓏手看到公主的時候，上身向後仰著，因為他唯恐又像上一次一樣，公主突然在他臉上用力抓上一下。臉上貼上一個星期的膠布，究竟不是怎麼體面的事。

玲瓏手立時用私人飛機，將奧麗卡公主送到了義大利北部，小飛機在飛行途中，奧麗卡公主跳傘著落，印度老虎和金剛派出來的跟蹤人員，當小飛機在機場降落，而未見奧麗卡公主下機之際，都知道自己上了當，可是他們卻無法知道公主在何時何地離開飛機的。

玲瓏手的安排十分妥善，他的身子雖然胖得行動不便，但身手還很靈活。他將奧麗卡公主，安排在一間建造在高山之山巔，要靠吊籃才能上下，幾乎與世隔絕的修女之中。當然，玲瓏手所負責的，只是奧麗卡公主的安全，讓印度老虎和金剛的手下找不到她，至於修女院中的生活是不是舒服，玲瓏手是管不到的了。

在南非角城的碼頭，日夜不分，都是鬧鬨鬨的，在高大貨倉的隙縫中，開設著低級酒吧，各種國籍的水手混雜在一起，煙霧騰騰，廉價香水和劣等酒的氣味混雜在一起，年華老去卻還在賣弄風騷的吧女，發出充滿淒酸的笑聲，夾雜在沙沙發聲的舊唱機聲音之間，這種環境或許也是最安全了，因為在這裏誰也不會問誰的來歷，完全沒有人來管你。

年輕人在離開約翰尼斯堡之後，的確到了肯雅，只不過他一下機，就擺脫了監視他的人，然後，他偷上一艘開往角城的貨船，在悶熱的貨艙中過了四天，當他再偷出那艘貨船之時，他頭髮凌亂，神情疲倦，雙目無神，鬍子很長，已經十足是一個落魄和混跡天涯的水手了。

那種酒店也是安全的，完全沒人過問，只要進門的時候，交出當天的房租就行了，年輕人在離開酒店之前，經過精妙的化裝，使他看起來更像是一個水手，他在角城碼頭上，走了一個小時，來考驗他自己的化裝。

要是在那一小時之中，有人向他額外地多望一眼的話，那麼他一定會考慮更換化裝的，但是完全沒有，他普通得沒有人肯多望他一眼。

年輕人在將近中午時分，離開了角城，他採用了最廉價的旅行方法，乘搭貨車，三等火車。

兩天之後，他又來到了約翰尼斯堡，他離開了足足一個星期。在這一個星期之中，他所做到的只是一點：當他再進入約翰尼斯堡時，可以肯定的是，弗烈警官絕對不知道他已經來了。

不過他還需要克服一點：他的到達，連印度老虎都不能知道。

這幾乎是不可能的，因為他一定要先去檢視那批黃金，而印度老虎的得力手下，一定在守護著那批黃金。

印度老虎給他的那公事包中，有著詳細的指示，他知道黃金是藏在市內一幢大廈的地窖中。他早詳細地研究了那大廈所在的地址，所以他有辦法不讓印度老虎知道他的到達。

他住在黑人區的低級旅店中，一連兩天，忙著購買或者偷竊他需要的東西，例如一具強力風鎬，就是偷來的。

手。另外一樣，他根本不能買得到，而只好用偷的，是一份那幢存放金子的大廈地下水道系統圖，那花了他不少時間，在工務局的檔案室中，進出了兩次，才算弄到

第三天開始，他就一直在下水道中，與污水為伴，他弄了一條直徑三十公分的地道，僅僅可供一個人爬過去，直達那幢大廈的地窖。由於地窖的水泥牆十分厚，最後的一呎，他需要使用炸藥，然後，他進入了那個地窖，這已經是又一個星期後的事了。

當他進入了那個藏金的地窖之後，他實在忍不住想笑起來，地窖很大，五萬公斤的黃金，或者說，兩百八十二隻黃金鑄成的足球，並沒有佔據多少空間。

他在一隻金足球上，坐了下來，腳踢著另一隻足球，那隻「足球」只是微移動了一下。

他才一見那麼多黃金鑄成的足球之際，心中只想笑，笑印度老虎的愚蠢，但當他坐下之後，笑不出來了，這批黃金，他能用什麼方法運出去？

他甚至無法改變這些黃金現有的形狀，因為這麼多黃金一離開這裏，弗烈警官立即就可知道的：他不待有任何行動，就會瑯璫入獄了。

地窖中極度黑暗，年輕人仍坐在金足球之上，燃著了一支香煙，地窖中也很

靜，他可以聽到地道外面，下水道中污水流過的聲響。

在打通那條地道之際，他已經有過計畫，所以他那條地道是斜的，斜向上。而且，地道也可以供金球滾過去，他也帶備了小型起重機，可以將金球吊起來，從地道中滑到下水道去。

當然，他也查過這一系統的下水道最近的出海口，下水道中，污水的流動可以減輕黃金的重量，他考慮過，將兩百八十二隻金球，運到下水道的出口，以他一個人的力量，日夜不停地工作，至少也要五天。

他再吸了一口煙，然後怎麼辦呢？那絕不是他一個人的力量所能夠負擔得了的。

他吸了一口氣，他的叔叔，在約翰尼斯堡的，他的叔叔，應該能幫他解決再下去的困難。

他又爬出了地窖，離開了地下水道，回到低級酒店，打了一個電話，半小時之後，在路邊，他和他的叔叔見面，年輕人先將這些日子來的經過，講了一遍，他的叔叔咬著煙斗，用心聽著，在年輕人講述的過程之中，他一點也沒有表示他的意見。

年輕人講完，他的叔叔仍然不出聲，年輕人道：「我要一艘貨船，和靠得住的水手。」

年輕人的叔叔，敲了敲菸斗，將菸灰敲了出來，又吹通菸斗的管子，道：「貨船？我看你弄錯了！」

年輕人瞪大了眼睛，道：「我已經計算過了，我將這些金球，全由下水道一直推到水道的出口處，是在海邊，如果有一艘船的話，我可以將這些金製的足球，用起重機吊起來。」

年輕人的叔叔在菸斗中塞上煙絲，慢條斯理地道：「你想過沒有，用起重機將金球吊起來，難道不會有人看到，看到的人又不會起疑？」

年輕人怔了一怔，可是他隨即笑了起來，道：「叔叔，你別忘了，那些球外面上看來，完全和足球一樣，人家就算看到了也不會起疑的。」

年輕人的叔叔望著年輕人，年輕人知道他叔叔這樣望著他，一定是他的想法有什麼不對頭的地方了。可是一時之間，他卻又想不出來。

他叔叔在望了他近一分鐘之後，歎了一聲，道：「你太疲倦了，這不能怪你，你想，要是你看到有人用起重機，從水底將足球吊起來，你會怎麼想？」

年輕人「啊」地一聲，伸手在自己的額頭上，拍了一下，道：「真的，我怎麼沒有想到這一點，看來，我不應該要一艘貨船，應該要一艘——」

他停了片刻，在想著應該要什麼，他叔叔已經接上了口，道：「一艘挖泥船，將金球連海底的泥，一起挖上來，那樣才行！」

年輕人忽然笑起來，道：「不，一艘駁船，我又想到了運輸的方法，我們根本不必將金球吊到船上來，只要吊在水──」

年輕人的叔叔陡地一拍手掌，道：「對，利用水的浮力減輕重量，將金球吊在水中航行。」他又用力拍著年輕人的肩頭，說道：「看來不可能的事，已經做了一半了，我會去準備一切，駁船、潛水人，當然全用我們的人，最可靠的。」

年輕人搓著手，說道：「我還要設計一種機械，可以將金球推著，在下水道前進。」

他的叔叔笑著，道：「我已經準備好了，這是圖樣！」

年輕人和他叔叔互望著，會心地笑起來。

年輕人對他叔叔，有著衷心的佩服，他從下水道，進入那個大廈的地窖，從計畫到行動，從未曾和任何人談起過，但是他叔叔卻早已為他準備了應用的機械，證明他叔叔早已料到他除了這個方法之外，根本沒有第二條路可以走。

年輕人也可以肯定，印度老虎一定猜不到這一點，就算他將地窖中的金球全運走了，印度老虎也不會知道，以為他那一批黃金，還在地窖之中。

年輕人想到了這一點，心中陡地一動，他心中陡然之際所想起的那件事，是如此之大膽而危險，以致不但令得他心中一怔，而且身子也不由自主，震了一震。

他立時向他的叔叔看去，他叔叔也正望著他。從他叔叔的神情中，他立時知道，他所想到的是什麼，已經被他叔叔料到了。不但料到，而且，他叔叔一定早已經想到了這一點。

年輕人不由自主吸了一口氣，道：「行得通麼？」

他叔叔的態度很悠然，道：「天下沒有什麼行不通的事情！」

年輕人站了起來，來回踱了幾步，他叔叔笑著，道：「當然，如果你不同意的話，我不會做的。」

年輕人笑了起來，道：「叔叔，你已準備了什麼？」

他叔叔伸了一個懶腰，道：「你還用問？當然是兩百八十二個足球。」

年輕人大聲笑起來道：「鉛製的？」

他叔叔點了點頭。

年輕人又來回踱了幾步，皺著眉，鉛的重量和金的重量不同，如果拿起一個足球去秤一下重量，印度老虎當然立時可以發現他那批黃金，叫人掉了包。

但是，印度老虎不會這樣做的，因為印度老虎對著這批黃金束手無策，當他答應替印度老虎弄走那一批黃金之際，印度老虎也不帶他自己來，由此可知，這件事是不會揭穿的，金製的也好，鉛製的也好，那批「足球」，可能永遠躺在這個地窖之中。

而且，更有利的是，印度老虎不敢來檢查這批黃金，因為當地政府正在注意他，要是為當地政府知道了這批黃金的所在地點，他更是永遠無法將之運出去了。

以上幾點，全是對他有利的！

當然，要進行這種大膽的措施，也有不利的因素在。

不利的是，他如何去回答印度老虎，說他無法運走那一批黃金呢？

年輕人想到，不但要對付印度老虎而且還要對付金剛，他眉心的結越來越緊，他叔叔卻笑了起來，道：「是不是覺得印度老虎不容易對付？」

年輕人苦笑了一下，說道：「還有金剛！」

老頭子瞪著他的姪子，忽然笑了起來，年輕人起先還不明白他叔叔為什麼笑，只是發著怔。可是不到半分鐘，他明白了，也跟著笑了起來，兩叔姪笑成一團，而且互相拍著對方的膝蓋，看他們的樣子，好像是得到了最新玩具的小孩子一樣。

年輕人伸了一個懶腰，道：「我要好好睡一覺！」

老頭子道：「你沒有公主的消息？」

年輕人道：「就算有她的消息，我也不會去找她。」

老頭也伸了一個懶腰，道：「你休息吧，我帶兩個人去工作，你不用擔心了！」

年輕人笑了起來，當他的叔叔離去之後，他實在忍不住繼續地笑著，因為這是他在一小時之前，未曾想到過的，在一小時之前，他所想的，還只是如何把這批黃金運到印度去。

老實說，他想不出有什麼辦法，可以將這批黃金安然私運進印度的境內，那實在是不可能的事。

但是現在情形不同了，這批黃金，將永遠不會到達印度境內！

年輕人笑了許久，才痛痛快快地洗了一個淋浴，然後，躺了下來，安然進入夢鄉。

他完全可以放心地去睡，因為他相信他的叔叔會替他完成那一部份的工作。

等到他睡醒之後，他也去參加了金球的推運工作，那種機械設計得很實用，當時他聽到印度老虎真的將黃金鑄成了足球，只覺滑稽和好笑，但是現在，他卻不得不感謝印度老虎，因為球體較容易推動得多。

小型起重機，將金球從地窖中吊出來，放在下水道中，然後那種機械就發揮作用，以每分鐘十二公尺的速度，向前推進。

要將那兩百八十二粒金球，一起由下水道推進海中，也不是件容易的事情，雖然工作的人數增加了三個，但是時間上反倒超出了預算兩天。

不過，一切總算順利，年輕人潛水下去看過，金球大都陷在海底的污泥中，只要有潛水人參加工作將之吊在船下，並不是什麼難事。

接下來的幾天中，事情分頭進行，年輕人在駁船上指揮潛水人工作，他的叔叔，則一個一個將鉛製的足球，由下水道運進那大廈的地窖中去。

一切全在神不知鬼不覺的情形下進行。為了盡量減少印度老虎發現金球被掉包的機會，鉛球運進大廈地窖之後，完全照原來的樣子放著。

等到一切都做妥當之後，他們肯定在短期內印度老虎是絕不會發現的，因為這些日子來，大廈地窖的門，一直鎖著，完全沒有人進來察看一下。他們曾觀察過印度老虎派來守門的幾個人，那幾個人除了喝酒之外，就是賭錢，顯然他們都以為藏在地窖之中的，是不能被搬移的財富。

金球用特製的網懸在駁船的底部，駁船在緩緩駛出海之際，年輕人從駕駛艙走出來伸了一個懶腰，和他的叔叔相視而笑。

他叔叔道：「別以為事情完了，如何安排印度老虎和金剛起衝突，你還要下一點功夫。」

年輕人笑了起來，道：「那我看不太難吧！」

他叔叔望了他一眼，可是還沒有開口，年輕人已經搶著道：「有時候，難的事情做來容易，而容易的事情，做來可能會很難。」

這正是他叔叔的口頭禪，他叔叔笑了起來，在他肩頭拍了拍，年輕人跳下了一艘快艇，解開了纜，快艇向前駛去。

年輕人在快艇中，望著海面上被快艇滾開來的水花，他的心中已經有了決定，先去見印度老虎。

他沒有回到自己的廉價酒店，而是回到了他叔叔的酒店房間中，緩緩地喝一杯酒，又將他的計畫想了一遍，然後換了衣服離開了酒店，他再三警告自己，在見到了印度老虎之後，千萬要忍耐著不能發笑，印度老虎雖然凶殘，但也絕不是好愚弄的人，只要一不小心自己就會露出馬腳來的。

年輕人在離開酒店還有幾十碼的時候，就開始「培養感情」，使得自己的臉上現出一種十分激憤的神情，可是，他才走進酒店的大堂，就陡地呆了一呆。

一個他在預算中並沒有想到的人，竟然出現在他的面前：那個身形高大的弗烈警官！

弗烈警官仍然穿著便裝，他的樣子看來實在很普通，可是年輕人的心中，對於弗烈警官是一個極其精明能幹的警官，這一點，卻從來也沒有懷疑過。

年輕人想不去看弗烈警官，可是弗烈警官已經向他逕自走了過來，他只好也停了下來。

弗烈警官向年輕人笑了笑，年輕人無法猜測他的笑是什麼意思，在這種情形下最好的辦法，自然是也對他毫無意義地微笑，而且年輕人不讓弗烈警官先開口，就道：「你在這裡不是為了保護印度老虎的安全吧！難道你沒有別的任務？」

弗烈警官望著年輕人，道：「不妨坦白告訴你，我的專職就是對付印度老虎，監視一切和他有來往的人。」

年輕人攤了攤手，道：「真不幸，我看不出這個任務有什麼有趣的地方。」

年輕人一面說著，一面向電梯口走去，可是弗烈警官卻跟在他的後面，道：「有趣的地方不能說沒有，例如我發現了你，就極有趣！」

年輕人皺了皺眉，他仍然不知道弗列警官這樣說是什麼意思，但是他卻不得不停了下來，道：「我有趣？我什麼地方有趣？」

弗烈警官道：「例如你是什麼人？你叫什麼名字？你從事什麼職業？」

年輕人笑了起來，道：「我想，從我的入境記錄上要查到這些，並不是十分困難吧？」

弗列警官也笑了起來，道：「你以為我會相信你叫王三，職業是中學教師，到這裡來是為了搜集魚類標本？」

年輕人攤了攤手道：「如果你不是想指責我的護照是假的，你只好相信這些。」

這時，電梯門打了開來，年輕人走了進去，弗烈警官竟然也跟了進來。年輕人按了按鈕，道：「警官先生，我想印度老虎不見得會歡迎你吧！」弗列警官卻不理會年輕人的這句話，電梯門關上，電梯開始上升，弗列警官說道：「先生，雖然我找不到你正式的資料，但是，我從私人方面，得到了你的一些資料，我想，在蒙地卡羅那次，你一定得了甜頭，你還記得那個流亡政客的保險箱麼？」

年輕人又不由自主的皺了皺眉，弗烈警官一直纏著他，這使他感到十分困擾，他去見印度老虎，心情並不輕鬆，是不是能夠成功，他自己也沒有把握，弗列警官再來纏之不已，自然更增加他的麻煩。

可是他又知道，弗烈警官像是一隻機警的警犬一樣，稍微聞到一點異味，就會使他警覺起來的。

年輕人裝成淡然地一笑，道：「當然記得，我想你一定也知道，結果，那個流亡政客自己也打不開那具保險箱，我怎能得到什麼甜頭？」

弗烈警官向年輕人擠了擠眼道：「旁人怎麼想我不知道，不過我倒可以肯定，那四億美鈔，一定不在那具保險箱中了！」

年輕人竭力控制自己的肌肉，才能使自己的震動，看來不太顯著。

而這時電梯已經在印度老虎所住的那一層停下來，門打開，兩個穿白西裝的大漢，神情緊張地望著。年輕人向外走去，弗烈警官這一次沒有再跟出來，只是在身後大聲叫道：「和你談話很有趣，再見！」

年輕人才走出兩步，電梯已經向下降落，在走廊的轉角上，又過來了兩個穿白西裝的大漢，四個人攔在他身前，用充滿疑惑的目光望著他。

年輕人立時道：「通知老虎，我有要緊的事要見他！」

兩個穿白西裝的人在年輕人的身邊走過，然後轉身，一邊一個挾住了年輕人的手臂，另外一個上來，在年輕人的身上迅速又熟練地輕拍著，看他的身上是不是藏著武器。

以年輕人的身手而論，他原可以輕而易舉地將眼前四個人擊倒的，但他並沒有那樣做。

那個檢查他身上是不是有武器的人迅即後退，那兩個挾著他的人並不鬆手，半推半架著將年輕人向前推去，一直來到房門口，其中一個才伸手敲門，隨後將門推開。

門一推開，年輕人就看到了印度老虎。印度老虎懶洋洋地坐在一張寬大的沙發上，一個身形健美，幾乎是半裸的金髮女郎，正在替他修著指甲。

年輕人走進來，他連頭都不抬，只是冷冷地問道：「你已經成功了麼？」

年輕人在被推著從走廊上走進來時，已經有足夠的時間，培養憤怒的情緒，所以這時，突如其來的發作，對他來說，並不是什麼難事了。

印度老虎的話才出口，年輕人便發出一聲大叫，同時，雙肘向後一縮，「砰砰」兩聲，手肘撞在他身後兩個人的胸口，撞得那兩個人發出了一下悶哼聲，倒退了開去，同時，他陡地踏前一步，抓住那女郎的手臂，將那女郎提了起來，手臂一揮，道：「出去！」

那女郎站了起來，一臉不知所措的神色。

年輕人又發出一聲大喝，道：「出去！」

那女郎嚇得連修指甲的工具都來不及帶，就匆匆忙忙地走了出去。

房間中幾個穿白西裝的人，神情都顯得很緊張，但是印度老虎畢竟不同，他仍反著手背坐著，看著被修剪得十分齊整的指甲，道：「不錯，我喜歡你這樣的作風！」

年輕人「哼」地一聲冷笑，伸手直指著印度老虎，道：「起來，別坐在那裡，自己以為是一個大亨！」

印度老虎抬起頭來，在他臉上掠過了一絲怒意，但是他顯然對自己極具信心，他沉聲地道：「我是一個大亨，你說對了！」

這樣的回答，是早在年輕人的意料之中，而如何對付印度老虎的這句話，年輕人心中也早就想妥了，是以他立時冷笑，手指得更近，道：「大亨？在印度北部的茅屋，還是在酒店的豪華套房之中。大亨，哼！」

印度老虎被激怒了，霍地站了起來，厲聲道：「你說話要小心一點！」

年輕人的聲音更大，道：「你可知道，為了你的事，我去了一趟美國？」

印度老虎吼叫道：「你去過地獄，也不關我的事！」

年輕人冷笑了起來，道：「或許在地獄會有人怕你。我是為了需要一些機械，才到美國去的，我是為你做事，可是我卻遭到了極不堪的待遇。在美國的同道，說你根本已經是一個死人了，不值得為你做任何事情！」

印度老虎的面肉抽搐著，聲音聽來淒厲，道：「誰那麼說，誰？」

年輕人坐了下來，道：「我不知道，可是只要我去請求幫助，誰都那麼說，後來，奇事發生了。」

印度老虎道：「別對我說廢話。」

年輕人道：「一點也不是廢話，那天晚上我的車子被人阻截，兩個人立時蒙上我的眼睛，說是有一個人要見我，接著，我就被送到機場，蒙著眼上了飛機，足足飛行了六小時才降落——」

印度老虎的神情，有點緊張，道：「你見到了什麼人？」

年輕人直視著印度老虎，道：「我不認識他，他身形很臃腫，說話有德州口音，他說你一定認識他的。」

印度老虎的面肉抽動著，也坐了下來，他雖然沒有說什麼，可是看他的神情，他心中一定已經認定了一個人，那是毫無疑問的事了。

年輕人又道：「那人一見了我，就向我吼叫，道：『滾回去見印度老虎，而且，我有一件東西，要託你帶給他，希望他看到了不要氣死！』」

印度老虎的臉色鐵青，道：「什麼東西？」

年輕人說道：「我不知道，那是密封的。」

印度老虎看著年輕人，面肉抽搐著，道：「拿來！」

年輕人伸手入袋，他的手才伸進去，兩個穿白西裝的人陡地跨前去，同時伸手抓住了他的手腕，年輕人怔了一怔，笑容有點苦澀，道：「別緊張！」

那兩個人將年輕人手腕握著，將他的手慢慢提了出來，印度老虎悶哼了一聲，做了一個手勢，其中的一個人伸手入年輕人的袋中，取出一個信封來，交給了印度老虎，印度老虎接過信封來，先看了看信封上的火漆封口。

在那個紅色的火漆封口上，有一個印鑑，看來很模糊，但是印度老虎一看之下，面上的怒意更甚。

年輕人的心中暗暗好笑，不過臉上卻不動聲色。他假造金剛所用的那個印鑑，故意弄得很模糊，反正只要形狀相似，印度老虎是不會懷疑的。

印度老虎立時扯開了信封，從信封裡抽出了一張紙來，那是一張上面有許多圈的銀行本票。

而印度老虎在看到了那張銀行本票之後，所發出的吼叫聲是如此之駭人，以致令抓住了年輕人手腕的那個穿白西裝的人，不由自主的鬆開了手向後退去。

印度老虎瞪著那本票，雙眼的眼珠，像是要自他眼眶之中擠了出來一樣。

年輕人裝出一副莫名其妙的神氣，向印度老虎走過去，來到了印度老虎的身前，向那張本票看了一眼，才大驚小怪地道：「三千萬瑞士法郎，看來，金剛一定有什麼事求你了！」

印度老虎又發出一聲吼叫，突然一拳向年輕人兜胸打了過來，年輕人並不躲避，只是陡地吸了一口氣，印度老虎的那一拳，看來重重打中了他，但是事實上，早在一吸氣之間，力道已全被卸去了。不過，年輕人還是向後連退了幾步坐倒在沙發上，而且，裝出痛苦且受了委屈的神情，叫了起來，道：「我做了什麼，為什麼要打我？」

印度老虎像是根本未曾聽到他的叫嚷，只是抓著那張本票來回踱步著，神情越來越怒，牙齒和牙齒磨著發出「格格」的聲音，又發出一下接一下的怒吼，最後，重重一拳，敲在一張茶几之上。

印度老虎那一拳，打得茶几上的東西，一起震得跳了起來，有的落在地上。

這時候，房間中所有穿白西裝的人，都嚇得一動也不動地躲在角落處，望著印度老虎。印度老虎大口呼著氣，抬起頭來，道：「好！好！我終於找到他了！是他，我一直在找的人是他！」

他一面叫著，一面又嚷起來，道：「快訂機票，我們到美國去！」

他叫了幾下，陡地又揮手，道：「不，我們先回印度去，我有辦法對付他，我一定有辦法對付他的！」

年輕人站了起來，看來像是有點快意，問道：「那批黃金，我的意思是——」

印度老虎立時又吼叫了起來，道：「不要理會那些黃金，我有更重要的事要做，滾，你快給我滾！」年輕人裝出一副還想說話的神情，可是印度老虎的手已然直指著門口，年輕人只好無可奈何地攤了攤手，向外走了出去。一直到他來到電梯的門口為止，他還可以聽到印度老虎的吼叫聲。

海上很平靜，駁船行駛得很慢，年輕人和他叔叔坐在船舷上釣魚，悠哉悠哉。

年輕人：「那張本票，我藏了兩年，現在才找到真正的用處，印度老虎絕想不到我會將那張本票交出來，我想這時候，他和金剛已經正面接觸了！」

他叔叔雖然一面在釣魚，一面仍然咬著煙斗，道：「你真的不想知道公主的下落？」

年輕人搖頭道：「不想知道，我想，她要是聽到印度老虎和金剛火併的消息，一定嚇得更不敢露面了，像她這種女人，躲起來不敢露面，世界太平得多。」

他的叔叔「呵呵」笑了起來，道：「你嘴裏雖然這樣說，心裏只怕未必吧！」

年輕人略怔了一怔，他的心中，真正是怎樣想的呢？這一點，連他自己也不知道。

既然連他自己也不知道，他只好嘆了一口氣，以臂作枕，躺了下來。

前面已經可以看到一個小島的影子，在那個小島上，他們已準備了鎔金的設備，現在似乎該想一想，那一批黃金該被改成什麼形狀才好了。

〈完〉

波斯刀

規模最大的古董店

那間古董店的規模真大，比一般的博物院還大，從陳列著真正的埃及木乃伊的那一部份轉過去，是一列玻璃長櫃，櫃中陳列著的全是波斯的古物。

這樣的古董店，顧客自然不可能太多，顧客可能在一個櫃子前，呆立上一個小時，然後才和店員交談，討論一件古物，又可能花上幾小時，所以，在櫃前都有著舒服的沙發，而且，店員全是彬彬有禮的，有幾個單從外形看來，簡直就像是考古學的教授。

像那樣的古董店，也很少有無目的走進來閒逛的顧客，大多數是一進門，就有固定的目標，像那三個，在木乃伊前用放大鏡細心察看包紮木乃伊的麻布纖維的那三個英國紳士，他們的目的就是木乃伊，在他們心目中，乾癟、醜陋而又恐怖的乾屍，比裸體碧姬芭鐸還要動人得多。

所以，當一個人走進來，東張張，西望望，當店員迎上去，問他：「先生，你要什麼？」而他的回答只是：「我隨便看看」之際，這個人一定會受到不歡迎的眼光，那是必然的事了。

不過那人卻毫不在乎店員不歡迎的眼光，還是照樣看來漫無目的地在閒逛，將這間全世界規模最大的古董店，當作是普通的超級市場一樣。

他也不理會跟在他後面的店員，事實上，跟在他後面的店員雖然盡量維持著禮貌的笑容，可是他的神情卻越來越不耐煩。

這一間是什麼樣的鋪子，任何踏進門來的人都應該明白，從來沒有普通人敢進這間鋪子，所有顧客全是有來歷的，例如那邊那個，正在愛不釋手撫摩著一個青銅香爐的老太婆，就是西方世界搜集中國銅器最出名的收藏家。還有，那三個在木乃伊前，不住低聲討論的英國紳士，是古埃及史研究的權威。

可是這個人，看來他的年紀是那麼輕，態度是那麼隨便，衣著也很普通，他絕不會是我們店裡的顧客——跟在他身後的那店員一面心中正在想著，一面向其他的店員和護衛人員打著眼色。不過，在轉過了陳列木乃伊的那一個角落之後，跟在年輕人身後的那個店員，看法多少有點不同了。

因為那年輕人在這三個英國紳士的身邊停了片刻，那時，這三位英國紳士，顯然正為一個問題，爭論不下，雖然他們還維持著紳士的風度，不過，講話的聲音，也已經漸漸大了起來。

當時，那年輕人在這三個英國紳士的身邊，停了半分鐘，突然開口道：「毫無疑問，這具木乃伊是蘇末爾帝國時期的，你們看過這些麻布背面編結就可以知道了，那不可能是另一時期的產品！」

三個英國紳士同時用極其驚愕的眼光，望向年輕人，跟在年輕人後面的店員，正想趁此機會申斥年輕人的不禮貌，而將他趕出去，不過他還沒來得及有機會開口，就看到那三個英國紳士，翻過麻布看了看背面，同時以極佩服的眼光，望向那年輕人。那店員立時將要說的話忍了下去。

而這時，那年輕人又若無其事地走了開去，來到陳列波斯古物的長櫃之前。那店員在跟著走過來之際，還回頭看了一眼，看到那三個英國紳士已停止爭論，正和經理討論價錢，顯然是那年輕人的一句話，解決了他們心目中的疑惑。那店員不由自主地搖著頭，那年輕人看來三十歲不到，而且態度又是那樣隨便，他實在是不可能對古物有多大的認識的。

店員留意著那年輕人的視線，他注意到年輕人的眼光，停留在櫃中一個長方形的絲絨襯墊上的一柄波斯寶刀之上。

店員的心中怦地一動，他立時想起一個問題，要是那年輕人要求他，將這柄彎刀拿出櫃來看看，那麼，他應該怎樣做才好呢？

這柄彎刀，不過半呎，刀身已經銹得相當厲害，刀鞘在刀身的旁邊，刀鞘上鑲滿了寶石，當然，寶石是值錢的，可是跟這柄刀的價值相比，卻差太遠了。這柄刀，已經有好幾十位專家，證明他是著名的波斯王達理阿的佩刀，已有兩千四百多年的歷史，是波斯古物之中最出名的幾件珍品之一，也是他們店裡十大珍品之一。

這柄刀和刀鞘，看來只是隨便放在盒子中，陳列在櫃中，但實際上，有著極其複雜的防盜裝置，看不見的射線，交織成一個網罩著這柄刀，手一伸進去，立時就會使得警鐘大鳴。而且，盒子的底部，也有極其精巧的裝置，只要重量減少或增加十分之一盎司，就會使得另一套警鐘，發出聲響，那也就是說，就算能伸進手去，只一碰到刀，警鐘就會響起來。

除了這兩套不同的警鐘系統之外，櫃面是堅硬的鋼化玻璃，要打開櫃子，需要開動密碼鎖，密碼鎖只有經理才知道。事實上，那店員總共只見過這柄刀從櫃中被取出來過兩次而已。

那兩次，一次是一個帶著三個隨員的美國人，由經理親自迎進來的，他身材高大、瘦削，一進門來，口氣大的好像隨便可以將整間古董店買下來一樣，但是，當他知道了這柄曾是達理阿王的佩刀的價錢之後，他略為躊躇了一下，沒有再說下去，結果，只是買走了一副十字軍東征時期的一副甲冑，等這位客人離去之後，經理才告訴他們，剛才那個美國人的姓名是侯拂・曉士。

第二次，是伊朗王的一個私人代表，和伊朗國家博物館的館長，他們想買回這柄寶刀，回去作為國寶，結果這柄寶刀，仍然在這間古董店的櫃子裡，自然是因為價錢談不攏的緣故。

那店員心中在想，要是那年輕人居然不知輕重，要他將那柄刀取出來看看的話，他應該怎麼辦呢？

世間的事情往往是那樣，越是擔心它會發生的事情，它就越會來臨。

正當那店員在擔心著自己不知道該如何之際，那年輕人居然轉過頭來，指著那柄寶刀，道：「請你將這柄刀，拿出來給我看看！」

那店員陡然一震，喉間發出了「咯」地一聲響，面上的肌肉僵硬，足足有半分鐘之久一點聲音也沒有，直到那年輕人將這句話，用較高的聲音重說了一遍，那店員才慌忙踏前兩步，毫無意義地做著手勢，咳嗽著，清理著因為驚惶過度而發不出聲音的喉嚨，道：「這柄刀，這柄刀——」

年輕人微笑著，道：「是的，我想看這柄刀！」

他的這句話聲音更高，那已和三個英國紳士打完了交道的副經理，也急急走了過來，他有禮貌地打量著那年輕人，也用一連串的咳嗽來清理喉嚨，然後說道：

「你要看看這柄刀？」

年輕人看來有點不愉快，他道：「我以為我已經說得很明白了，同樣一句話，你們要我說多少遍？」

副經理忙道：「是！是！是！先生，你想看這柄刀，一定知道這柄刀的來歷了？」

年輕人笑了起來，道：「我明白了！」他做著手勢，「不過我沒想到，你們是世界上最大的古董店，這只不過是一柄達理阿王的佩刀，何必那麼緊張？」

副經理驚訝得張大了口，闔不攏來，甚至於失去了他應有的風度，失聲叫了起來，道：「這只不過是一柄達理阿王的佩刀！」

年輕人聳了聳肩，好像沒有覺得什麼不對。

副經理還想說些什麼，年輕人又已笑道：「這柄刀已經讓你們那麼緊張，那麼，我很難想像，要是中國的毛公鼎到了你們這裡，你們會怎樣！」

副經理定過神來，他的神情變得很嚴肅道：「先生，我們現在在討論的是古物，是人類文化的結晶，那是一件很嚴肅的事情！」

年輕人攤了攤手，道：「我有什麼地方表示了輕佻了？」

副經理還沒有回答，那個剛才在鑑賞青銅香爐的老婦人已經走過來，大聲而且激動地道：「年輕人，你剛才提到中國的毛公鼎，這是人類的瑰寶。」

年輕人笑了笑，向那老婦人微微鞠了一躬，道：「要是我告訴妳，我小的時候，曾經將毛公鼎當凳子坐，妳一定不會相信，是不是？」

那老婦人看來差一點昏了過去，她轉過身急急走了開去，坐了下來，手撐著額，還在不住喘氣。

副經理道：「先生，你是不是堅持要看這柄刀？」

年輕人道：「是的，因為我想買它，過幾天是我叔叔的生日，我想將它作為生日禮物。」

副經理又吐了一口氣，道：「先生，你知道它的價格不？請原諒，我的意思是提醒一下，將這一柄寶刀作為生日禮物，實在是一件罕見的禮物！」

年輕人揚了揚眉，道：「我不確切知道，它值多少？」

副經理又深深吸了一口氣，然後講出一個數字來。

這個數字，使得在一旁聽著的那個店員，也倒抽了一口冷氣。

年輕人卻毫不在乎地道：「不錯，和我知道的一樣，這是我的支票簿——」

年輕人伸手取出支票簿來，放在櫃上，又道：「你們可以先打電話到銀行去，查我戶頭裡的存款是不是足夠支付，再來和我交易。」

副經理和店員互望了一眼，副經理說了一聲對不起，拿起支票簿走了進去，年輕人在沙發上坐了下來，那老婦人駭然地望著他，將身子挪遠了一點，這時候，另一個店員，正將包好了的銅香爐，交到老婦人的手上，年輕人向老婦人笑了下，道：「夫人，妳買的那隻宣化香爐，只不過是民間的用品，不是宮廷用品。」

老婦人怒道：「你懂得什麼，這香爐上有龍，龍在中國，是帝王的象徵。」

年輕人笑著，道：「如果是帝王用的物品，龍爪是五趾的，而這隻香爐上的龍爪，只是四趾的。」

老婦人陡地呆了一呆，站了起來，立時向外走去，可是她走不了幾步，就停了下來，轉頭向年輕人望來，神情充滿了猶豫。

不過年輕人沒有再望她，因副經理已經走了出來，和副經理一起走出來的，還有一個滿頭白髮的老人，他們兩人，是小步奔出來的。

副經理一到了年輕人的面前，就將支票簿恭而敬之地還給了年輕人，道：「對不起，真對不起！」

那老年人搶著自我介紹，道：「我是本店的經理，竭誠歡迎你的光臨！」

年輕人淡淡笑了笑，放好了支票簿道：「我想看看那柄波斯刀，可以麼？」

經理一疊聲地道：「可以，當然可以，請到經理室來，請跟我來。」

年輕人向玻璃櫃望了一眼，神情略有點疑惑，但是他還是跟在經理和副經理的身後，向前走去，經理一面向前走著，一面向兩個護衛員招了招手，在他們走進經理室的時候，那兩個護衛員，就站在經理室的門口。

經理室中的陳設很樸實，與其說這是一間大古董店的經理室，不如說那是一個考古學家的書齋，更來得適合一點，四壁的書櫥中全是書，經理一進來，就道：「先生，我想你一定在奇怪，何以要請你到經理室來看這柄刀。」

年輕人笑了笑，道：「當然，這柄刀的價值太高，不宜在大庭廣眾之間拿出來看的！」

經理點頭道：「這是原因之一，另一個原因是……」

年輕人不等經理講完，就道：「我想在陳列櫃下，有直通經理室的傳送帶，是不是？」

經理不住地點著頭，他先打開了一具電視機，電視螢光屏上，立時出現了那柄放在櫃中的波斯寶刀，然後，他又按下了一個掣，電視上可以清楚地看到，放著盛刀盒子的櫃底向下沉，那柄刀消失了，接著，有一陣輕微的聲響傳來。

經理又按住了幾個掣，一個書架移開，現出了一具保險箱來，年輕人轉身去，從盒中取出那柄刀來細心地看著，放下刀，又察看著刀鞘，他看得很仔細，並不時說出幾句極其內行的話。

年輕人足足看了半小時之久，才將刀和鞘，一起放在盒中，道：「我還想看一看，有關這柄刀的一切資料，包括權威對它的評定。」

副經理早已捧了一大疊書走過來，放在几上，年輕人翻閱著，隨後，他闔上了書，點頭道：「我感到很滿意，這是一柄真正的寶刀。」

經理和副經理都吁了一口氣，年輕人取出支票簿來，簌簌地寫著，簽了字，交給了經理，說道：「請你立即到銀行去提了款，我再帶著這把刀走。」

經理站了起來，道：「先生，你是說，你要帶著這件無價之寶走？不要我們派護衛員護送你將它鎖進保險庫去？這柄刀……」

年輕人揮了揮手，道：「別緊張，這只不過是一柄達理阿王的佩刀！」

年輕人剛付出了巨額的支票，而且毫無疑問，他的支票是可以兌現的，而他的態度仍然是一樣的輕鬆，古董店的經理和副經理互望了一眼，經理將年輕人付出的支票，交給了副經理，吩咐道：「你到銀行去辦理手續。」

副經理接過支票，走了出去，經理打開一個櫃子，取出了一隻十分精緻的木盒來。

那隻木盒上的雕刻和鑲著的寶石，證明這隻木盒本身也是一件很有價值的古董。

經理打開盒子，盒內有一個雕出來的凹痕，剛好可以放下那柄寶刀。

經理將木盒送到了那年輕人的面前，道：「這柄寶刀，一度曾落在俄國雷里耶夫大公的手上，這隻木盒，就是雷里耶夫大公叫當時最著名的匠人製造的。」

年輕人將刀放進了盒中，不禁讚歎地道：「果然，手工精緻得很，我想我不必另外再付錢了吧？」

經理忙道：「當然，這算是小禮物，歡迎你再來觀顧，而且，如果你有甚麼需要，可以通知我們，我們在世界各地都有辦事處，專門負責替顧客尋找名貴罕有的古董。」

年輕人闔上盒蓋，道：「我一時之間想不起有甚麼需要的，當然，我想到了，會來找你！」

經理又斟了兩杯酒，遞給年輕人一杯，酒香撲鼻，經理和那年輕人談著那柄波斯寶刀的歷史，二十分鐘之後，電話鈴響了起來，經理拿起來聽了一聽，就放了下來。

年輕人道：「我可以走了？」

經理連連點頭，神態感激。

寶刀被調包

年輕人將盒子挾在脅下，向外走去，當他來到經理室的門口之際，經理的聲音又在他背後響起，道：「先生，你真的肯定不要人護送？」

年輕人笑了一笑，並沒有轉過身來，只是道：「不用！」他拉開了經理室的門，向外走去，當他又來到店中的時候，所有的店員，神態和他進來的時候大不相同了，當他經過的時候，每一個人都恭恭敬敬地站著，一直恭送他到門口。

年輕人的車子就停在街角處，他打開了車門，將盒子隨便地向後座一拋，坐上了駕駛座，他的心情很愉快，因為他知道，這件生日禮物，他叔叔一定會喜歡的。

他也知道，他叔叔會喜歡這柄寶刀，絕不是因為這柄刀的市場價值，而是由於這柄寶刀，是一件真正的藝術品之故。老實說，金錢對於年輕人和他的叔叔而言，實在不算是什麼，他們實在擁有太多的錢了！

倫敦的街道上很擁擠，天色陰霾而寒冷，車子在一個紅燈前停了下來，年輕人向紅燈望了一眼，就在那一剎間，他陡地感到極度的疲倦。

可是當他的手在眼上揉一揉之後，那種陡然襲上心頭的疲倦，使得他打了一個呵欠，而且，自然而然地揉揉眼看出去，紅燈變得模糊而擴大，紅燈轉成了綠燈，他仍然有點發怔地望著，在他車後的那些車子，立時響起喇叭聲，他下意識地踏下油門，車向前駛去。

情形越來越不對了，不但他覺得更疲倦，而且他的視線也越來越模糊，在他面前的那些車子，幾乎都成了一條一條的虛影。

他竭力想令自己看得清楚一些，可是已經沒有法子做到這一點了，他無法再駕車，他只是盡了他最後一分力氣，將車駛近街邊，停了下來。

而當他肯定車子已經停了下來之後，他想好好整頓一下究竟發生了甚麼事，可是他的頭腦已然遲鈍得甚麼也不能想，他身子伏向前，壓在駕駛盤上，就睡著了。

年輕人不知道自己睡了多久，才感到了一陣劇烈的搖撼，彷彿是他置身在大海之中，而海上正吹著狂風，他努力睜開眼來，看到有人在搖他的身子和拍他的臉頰。

足足有一分鐘的時間，他還是看不清楚搖他的是什麼人，然後，像是放映機的鏡頭焦距漸漸校正了一樣，他看清楚了，在急搖著他的，是一個戴著球形帽，神情充滿了訝異的倫敦警察。

年輕人試圖發出聲音來，可是卻做不到，他的喉嚨像是被什麼東西塞住了一樣，同時他也發現，那在搖著他身子的警察的臉上，有紅色的光芒在閃耀，那種紅色的光芒，是來自街頭的霓虹燈光。

天已經黑了。

年輕人陡地一怔，喉際終於發出了一下聲響來，那警察也同時發問道：「先生，你需要幫助嗎？」

年輕人清了清喉嚨，他的聲音仍然很嘶啞，道：「我，我——怎麼了？」

那警察道：「你可能是太疲倦了，先生。」

年輕人又揉了揉眼，那警察又道：「在這裡停車睡覺，是不適宜的。」

年輕人道：「謝謝你提醒我！」

他深深吸了一口氣，那警察已經向後退去，年輕人再吸一口氣，他已經在那短短的幾秒鐘之內，將所發生的事情，從頭到尾，想了一遍。

他離開那家古董店的時候，大約是下午三點，而現在——他看了看手錶，時間已然是七點鐘了！

那也就是說，從他突然感到一陣疲倦開始，到現在已經過了四小時。或者說，他已經伏在駕駛盤上睡了四小時之久。

他是不可能就這樣疲倦起來，在車中睡著的。

而他竟然這樣地睡了四小時，那只說明了一點：他受了藥物的催眠！

那柄寶刀！年輕人立時想起了那柄寶刀，他回頭向後面的座位看了一眼，那盒子還在，他忙又欠身打開盒子，刀也在，他還將刀拉出了刀鞘，看了一看。

他的心中，充滿了疑團，那警察還在車旁道：「那是什麼？看起來像是古董！」

年輕人喃喃地道：「是給我叔叔的生日禮物。」

警察沒有再說甚麼，向後退去，年輕人重又駕著車駛向前，十分鐘之後，他挾著那隻盒子，走進了他所居住的酒店，一進房間，他先將自己的頭，在冷水中浸了半分鐘，然後用力擦著臉。

再然後，他來到燈下，仔細察看那柄波斯寶刀，以他對古物的認識能力看來，那柄寶刀並沒有甚麼異樣之處，他放好了寶刀，坐下來發怔。

這真是太奇怪了，好像甚麼意外也沒有發生過，除了他莫名其妙地昏睡了四小時之外。他何以會在駕駛途中，疲倦得非睡著不可呢？

年輕人伸伸手在自己的頭上，輕輕地敲著，他的身子略挺了一挺，他想起了那杯酒！在古董店經理室中，經理斟給他的那杯酒！

如果他是受了藥物的催眠（看來一定是如此），那麼，唯一的可能，就是那杯酒中有古怪。可是，當年輕人想到這一點之際，他又不自主地搖了搖頭，當然，他承認，當他從經理手中，接過那杯酒的時候，他心理上，絕對沒有任何防範。但就算他根本未曾想到會有意外發生，要是經理在斟酒之際，有甚麼份外的動作，他也一定可以覺察得到的。

現在他回想起來，經理在櫃中，取出酒瓶酒杯，倒酒，一人一杯，同時舉杯，同時喝酒，一切經過，歷歷在目，要是經理當著他的面，在酒裡放了藥，而他竟然未察覺的話，那麼，他的感覺實在太遲鈍了，而經理的手法也實在太快了。

年輕人心裡的疑團解不開，他又仔細地察看那柄寶刀，然後收拾了一下行李，他原定今晚十時離開的，雖然無緣無故損失了四小時，但還不致於延誤行期。

當他離開酒店，上了飛機，一直來到了他叔叔居住的城市，和他叔叔見了面，他幾乎都在想解開心中的那個疑團，可是卻一直沒有結果。

他叔叔咬著菸斗，燃燒的菸葉發出濃郁的香味，當年輕人挾著盛裝寶刀的盒子走進來的時候，老人家看來容光煥發。

年輕人大聲叫道：「生日快樂！」

老人家抬起頭來，現出極高興的笑容來，道：「偏偏你記得，是不是來提醒我又老了一歲？」

年輕人笑道：「六十五歲，不能算是太老。」

老人家攤了攤手，道：「要記得，當人家連連稱讚你看起來年輕的時候，這就說明你已經老了。」

年輕人也笑著，雙手將盒子捧了過去，道：「這是生日禮物！」

老人家接過盒子，放在桌上，側著頭打量著，年輕人說道：「猜猜看，是甚麼？」

老人家吸著菸，順手拿起一具放大鏡，湊在盒子上看了看，「唔」地一聲，道：「是十八世紀俄國工匠的傑作，你看這個——」

他指著一個金絲盤上的花紋，道：「那是俄國雷里耶夫大公的徽章。」

年輕人不由自主歎了一口氣，表示佩服。

老人家又道：「這位大公，是當時世界上最出名的古物收藏家，俄國革命之後，他的收藏品，有一小部份流到古董市場上，全是著名的寶物，唔，讓我來猜一猜，這盒子裡的是——」

老人家講到這裡，向年輕人望了一眼，年輕人作出了一個表示絕望的表情，老人家笑道：「你從倫敦來，其實我不必猜了，一定是倫敦伊通古董店的十大珍藏之一，那柄波斯王達理阿的佩刀。」

年輕人無可奈何地道：「我應該用一塊布將盒子包起來，你就猜不到了！」

老人家呵呵笑著，打開盒子，將刀連鞘拿在手中，端詳了一會。

年輕人知道他叔叔一定喜歡這件禮物的，可是當他望著他叔叔的時候，卻看到他叔叔臉上的笑容漸漸地消失，接著，老人家拔出了那柄刀來，又看了一看，才將刀放回盒子之中。

年輕人吸了一口氣，道：「怎麼樣，你不喜歡？」

老人家卻反問道：「多少錢買的？」

年輕人又怔了一怔，說了一個價錢，老人家忽然笑了起來，道：「你不是來考我的眼力來了吧！」

年輕人再怔一怔，道：「假的？」

老人家望了他姪兒片刻，像是很難措詞，但他還是道：「我怕傷了你的自尊心，或者，我應該高高興興，接受禮物，甚麼也不說，反正我們不在乎金錢上的損失。可是——」他略頓了一頓，「我卻在乎我的姪兒受了愚弄，對！這是製作得極其精巧的假貨。」

年輕人立時想起那莫名其妙的四小時昏睡，但是事後，他也曾詳細察看過那柄寶刀，和他購買的時候，完全一樣，除非購買之際，就是假的，但那好像不可能，他曾經確實地鑑定過。

老人家一直望著他雙眉緊鎖的姪兒道：「你有沒有注意到那刀柄上的金絲盤紋，波斯人的嵌金技術——」

年輕人不等他叔叔說完，就伸手拿過那柄刀來，察看著刀柄部份，又拿起放太鏡來照看。

這時，他也看出來了。刀柄部份鑲嵌著的金絲，整齊、緊密，是高度工藝技巧的作品，他當然還記得，他在經理室所看的那一柄，也就是他買的那一柄刀柄上鑲嵌的金絲，有少許鬆弛的現象——那是由於當時，波斯工匠的嵌金技術，還未到登峰造極之故。

現在他手中的那柄刀是假的！

年輕人慢慢放下了那柄刀，事情已經很明顯了，他買的那柄，不折不扣是一件價值連城的古董，而他帶回來的那一柄，只不過是一柄精巧的仿製品。

他帶著真貨出店門，帶著假貨回來，當然是叫人掉了包，而掉包是在什麼時候進行的，也再明白不過，他曾睡了四小時之久！四小時之中，可以將刀掉來掉去，掉上幾千回了！

年輕人陡地感到耳根一陣發熱，雖然他的面前沒有鏡子，可是他也可以知道，自己的耳朵一定紅的可以了。正如他叔叔所說，他可以完全不在乎那筆錢，然而，這樣受人愚弄，那卻是奇恥大辱，他是幹什麼的，怎麼可以栽這樣的一個筋斗？

他抬起頭來，看到他叔叔正盯著他，他有點苦澀地笑了一下，老人家的神情看來很不在乎，道：「怎麼樣，要不要我幫忙？」

老人家轉著手上的刀，道：「其實，我對於古董，也沒什麼真正的嗜好，這柄刀也製造得很精緻……」他話沒有說完，年輕人已經伸手從他的手中將刀取了過來，搖頭道：「我會將真的換回來，我想不必太久，你也不必擔心什麼。」

老人家笑了起來，道：「對於你，我也從沒擔心過什麼。」

兩叔姪笑了起來，年輕人將刀放進盒中，闔上了盒蓋，順手將刀放在一邊，接下來的時間，他們談了不少話，可是全然未曾談到那柄刀，甚至他們兩人的視線，也未曾掃及那柄刀，好像那柄刀已經根本不存在了一樣。

直到年輕人告辭離去，在走向門口之際，他才順手拿起了那柄刀來挾在脅下，當他剛要跨出門口時，老人家忽然道：「你預算要多少時間，才能夠結束這件事？」

年輕人笑著，說道：「我看，幾天夠了！」

老人家一面點著菸絲抽著，濃煙自他的口中、鼻中一起噴出來，他緩緩地道：「別太樂觀了，有時候，事情看起來越是簡單，做起來就越是困難！」

年輕人點著頭，老人家又道：「無論如何一個月之後，我有事情要你去做。」

年輕人揚了揚眉，大有興趣地道：「什麼事？」

老人家揮了揮手，道：「到時再說，你去吧！」年輕人伸手輕拍著刀盒，走了出去。

離開了他叔叔的屋子，在兩旁全是白楊樹的小道中，慢慢向前踱著，年輕人的脅下仍然挾著那隻盒子，而他的另一隻手在盒上輕輕拍著——那是他的習慣，在他思考的時候，總喜歡作一點有規律的小動作。

春寒猶在，風吹在身上有點冷，路上乾枯的樹葉，隨風在打轉。年輕人心中在玩味著他叔叔的話：有時候看來很簡單，實際上是很複雜的。

現在，他遇到的事，看來真的很簡單：他買了一件古董，在離開古董店之後不久就昏迷，當他醒來之際古董變成假的，叫人掉了包，事情就是那麼的簡單。

而更簡單的是，當他離開古董店之後，他沒有接觸過任何人，在古董店的時候，他卻曾喝過一杯酒，自然他的昏迷，是由於那杯酒在作怪。

而古董店的經理，在斟那杯酒時，並沒什麼特別的動作，這一點也很容易解釋，整瓶酒，根本是早已下了藥的，在他昏迷不醒之際，古董店的經理，可能同時也昏迷不醒。反正幾小時的昏迷，對人的健康，並沒有什麼特別的影響，那比臨時在酒中做手腳，安全得多了。

至於古董店的經理為什麼要那樣做，那更簡單了，為了錢！

古董店的經理，用一柄仿製的寶刀，換回真的寶刀去。他又可以將這柄寶刀，再出售一次，得到可觀的金錢。

整件事，看來就是那樣簡單：一個貪婪的古董店經理，愚弄他的顧客。

要應付這樣簡單的事，對這個高大、挺拔，經歷過許多奇怪驚險的事情的年輕人而言，實在太輕而易舉了。

年輕人來到了車旁，上了車，駕著車向前駛，儘管他的耳際，還不斷響著他叔叔的告誡，可是他的心情卻很輕鬆，他已經決定要讓那古董店的經理，吃一點苦頭，他要加倍報復，不但要得回那柄波斯的寶刀，而且還要弄走那古董店中的另一樣最值錢的東西。

當他想到這一點的時候，他心情變得很輕鬆，愉快地笑了起來。

他的車轉了一個彎，這路筆直地向前，道上的車很少，年輕人在倒後鏡中，看到一輛黃色的車子在他的車後，好像在跟蹤他。可是當他減慢速度之際，那輛車子卻立時從他的旁邊趕了過去，車速十分快，以致年輕人只看到駕駛那輛黃色車子的是一個女人，他一直再向前駛，那輛車子並沒有再出現。

美麗的公主

兩天之後，倫敦的天氣，仍然是寒冷而陰暗，那家古董店中，依然顧客寥寥——事實上，這樣的古董店，是絕不可能和超市那樣，擠滿了顧客的。

當年輕人推門走進來之際，雖然他的衣著、神態和上次並沒有多大的分別，可是他所受到的招待，卻完全不同了，那個副經理一看到了他，立時離開了一個中年人，滿臉堆笑向他迎過來，用極其熱烈的聲音道：「先生，你好，有什麼需要？」

年輕人若無其事地笑著，道：「聽說你們有一頂皇冠，是印度孔雀王朝時代的遺物——」

年輕人的聲音相當大，他的話使得店中的幾個顧客，都向他望了過來。那幾個顧客的反應是極其自然的，因為年輕人這時提到的這頂皇冠，就算不是這間古董店的顧客，也全知道的，那是這家古董店，或者說是世界上最出名的寶物之一。

副經理略怔了一怔，要不是年輕人在他們的店裡，已經有過如此高的交易記錄，他這時一定會皺起眉來的，但現在，他卻握著手，興奮得鼻尖有點冒汗，急急地道：「是！是！這正是本店的榮耀！」
當副經理在說話之際，經理也得到了通知，急急的走了出來，來到年輕人的身前，熱烈和他握手。
經理滿面笑容，道：「先生，希望你叔叔喜歡那柄波斯寶刀。」
年輕人望著經理已有很多皺紋，但依然充滿了紅光的臉，心中暗暗罵了一句老狐狸，他也不動聲色，道：「是的，他很喜歡，而且由於那柄刀，引起我對古物的興趣，所以我來看看那頂皇冠。」
經理一疊聲地道：「歡迎！歡迎！」
他一面說著，一面做出請年輕人向前走的手勢，年輕人向前走去，經理一連望了他幾眼，壓低聲音，同時神態顯得很神祕，道：「王子殿下，或許我應該這樣稱呼你才對！」
年輕人陡地一呆，向那經理望去，他發現經理的眼中，閃耀著一絲狡獪的神色。但這種狡獪的神色，你幾乎可以在每一個人的眼光中找到的。
年輕人壓低聲音道：「什麼意思？」
經理的神情有點惶恐，忙將聲音壓得更低，說道：「對不起，真對不起，你不喜歡暴露身分，我不該這樣稱呼你！」

年輕人的心中，疑雲陡生，究竟在搗什麼鬼？

年輕人還想再追問下去，但這時，他們已經來到了店堂的中央。

在店堂的中央，有一個大約一百方呎的空間，四周全用粗大的鐵鍊圍著，在中間是一根約有六呎高、直徑兩呎的圓鐵柱，鐵柱上有著古拙的浮雕。

在鐵鍊的四角，有四個護衛人員站著，經理到了鐵鍊之前，一個護衛員忙走過來，提起鐵鍊，讓經理和年輕人走進去，來到了鐵柱旁。

另一個護衛員，遞過了一具無線對講機來交給了經理，經理對著對講機說道：「請打開來！」

他講了一句，就將對講機交還給護衛員，護衛員立時又退了開去。

年輕人注意著四週圍的情形，他看到店中所有的店員和護衛員，神態都很緊張，而店內的顧客也全在向前走來，不過走進來的顧客，都站在鐵鍊之外。

經理轉過頭向年輕人解釋，道：「這是特別設計保安設備，是音波控制的！」

年輕人點著頭，道：「只有你的聲音，才能將之打開來，對不對？」

經理十分滿意地點頭，年輕人笑了一下，指著經理的咽喉，道：「要是你有了什麼意外，那怎麼辦呢？」

經理陪著笑，道：「如果我死亡，在律師處的一個密封的信封會打開，另外可以利用一個密碼打開它。」

年輕人道：「我說的意外，不是死亡那麼嚴重，譬如說，你傷風，聲音的音波的頻率有了改變，那怎麼辦？」

經理笑了起來，道：「傷風是會好的——」他臉上充滿了討好的神情：「究竟不是每一個人進我們的店來，都夠資格要求看這頂皇冠的。」

年輕人裝出一副恍然大悟的神情來，道：「我明白了，這頂皇冠，比那柄波斯寶刀，還要名貴！」

經理的神情，有點激動，道：「名貴得多了！」

年輕人滿足地笑了笑，沒有再說什麼，而在他們交談之際，那根鐵柱正齊中分了開來，分成了二個半圓柱形，在鐵柱的中間，是一個玻璃柱，柱中深紫色的絲絨墊上，放著那頂皇冠。

而當那頂皇冠，呈現在眾人眼前的時候，不論是店員還是圍上來看的顧客，都不由自主的吸了一口氣。這頂皇冠看起來其實一點也不美觀，上面所鑲嵌的那八顆綠寶石，當然價值不菲，但是能引起如此讚歎的原因自然是因為它的歷史價值。

圍在四周的人都知道，這頂皇冠是印度最顯赫時期的東西，在這頂皇冠上記錄著當時這個東方古國輝煌歷史，凡是愛好古物的人，面對這樣珍罕的古物，都會不由自主的吸上一口氣的。這時，看古董店經理的神情，簡直是有點虔誠了，反倒是那年輕人的神情，看來比較輕鬆得多。

年輕人再湊近些，隔著玻璃仔細地察看著那頂皇冠。

這時在任何人看起來，年輕人都是在專心一致，鑑賞著玻璃柱的這件古物，但是事實上，他心目中卻在急速地轉著念：他受過騙，損失了一柄波斯寶刀，要是能將這頂皇冠弄上手，那麼，自然是補償損失有餘了。

一想到這一點，他微笑了起來道：「我想進一步鑑定，我的意思是——」他指著皇冠，做著手勢。

經理忙道：「是！是！我明白，請跟我來！」

經理一面說著，一面又自護衛員的手中，接過對講機道：「關上！」

打開的鐵柱，又闔了攏，將玻璃柱包在中間。

經理恭敬地陪著年輕人，向經理室走去，幾個顧客在低聲交談著，很顯然，他們在猜測那態度隨便的年輕人，究竟是何方神聖。

在討論中，一個頭髮花白的中年婦人道：「你們剛才沒有聽到麼？經理稱他為王子殿下！」

另一個顧客道：「阿拉伯的王子？」

又一個顧客搖著頭道：「不像，他看起來不像是阿拉伯人，可能是中國王子！」

一個老年人「哈哈」笑了起來，說道：「中國早就沒有王子了，而且，就算有的話，也絕不會有資格來購買這樣的古物的。」

顧客們一面交談著，一面又走了開去，而年輕人和經理也已經進了經理室。

一切經過和上次年輕人購買波斯寶刀時，沒有什麼不同，經理先按下輸送帶的掣，再打開保險箱，取出那頂皇冠來，然後，找出了很多資料，年輕人也用心地察看著，足足花了將近兩小時。

然後，年輕人挺直身子，望著經理，道：「它的價錢是多少？」

經理有點不好意思地笑了一下，像是為這頂皇冠的價錢而感到抱歉一樣，然後，說出了價錢。這個價錢，就算是費沙爾王聽了，也不能一口答應的，是以年輕人也沉吟了片刻。

經理望著年輕人，神情有點焦急，他也有點結結巴巴，道：「王子殿下，這價錢聽來是高了一些，可是事實上，一年之前就是這個訂價，如果我們肯公開將之拍賣，可能得到更高的價錢。」

年輕人笑了起來，道：「更高的價錢，賣給誰？」

經理忙著陪笑，這時，年輕人的心中，又奇怪了一下，經理一再稱他為「王子殿下」，那究竟是什麼意思呢？然而，他卻沒有去想它，因為他要開始實施他的計畫了。

他望著那頂皇冠，輕輕地撫摸著，道：「我可以接受這個價錢——」

經理一聽他那樣講，陡地吁了一口氣，年輕人裝成很高興的樣子，道：「像上次一樣，為了慶祝交易的成功，我們來喝一杯！」

經理忙道：「自然！自然！」

經理立時走向酒櫃，打開來，取出酒和酒杯來。這一次，年輕人一上來就全神貫注，不錯，還是那酒瓶，也還是那些酒，經理在倒酒的過程中，也沒有絲毫做手腳之處，一如上次。

年輕人心中冷笑了一聲，他知道自己的猜想不錯，酒中是早下了藥的，喝下去之後，經理會和他同時昏睡不醒，所不同的是，他昏睡中損失寶物，而經理則可以不費一文得回他已經賣出去的寶物。

不過他的猜想雖然如此，也還要證明一下，他在來之前，曾經拜訪過一個麻醉藥的專家，將他上次昏睡的情形，告訴那位專家，那位專家分析了一下他遭遇的情形，肯定他的情形不出三種強烈的催眠劑的作用，也給了他一種試紙，告訴他如果他的飲料之中，含有那三種藥物的任何一種，白色的試紙，就會變色。

所以，年輕人一接了那杯酒在手，半轉身，已經將挾在手指中的一條試紙，浸進了酒中。

他要證明酒中真的有藥物能令他昏睡，那麼他就有辦法對付那狡猾的經理了。

可是，試紙浸在琥珀色的酒液中，卻沒有變色。

年輕人陡地一呆，將酒杯放在唇邊，和經理喝了一口酒。酒味是如此之醇，那一定是超級的名釀，在這樣的好酒之中，若是加進了藥物，一定會破壞酒味的，他事實上並不需要試紙，他的舌頭應該可以分得出酒中是不是有古怪來。

年輕人在剎那間，感到了迷惑，因為他再度前來，一切全是依據酒中加了藥而計畫的。

年輕人的計畫是，肯定酒中有了藥物，足以令他昏睡之後，他就要趁經理不覺，先服上那位專家給他的解藥，然後，繼續和經理一起研究那頂皇冠。他預計到了一定的時間，經理也會因為酒中藥性的發作而昏睡不醒。剩下來的故事，就十分簡單了，他只要在經理睡著之後，將那頂皇冠放進盒中，堂而皇之地帶出去就可以了。

這一切，本來是很簡單的，可是現在，一切計畫全被打亂了，酒中並沒有足以令人昏睡不醒的藥，那也就是說，經理不會睡著，他的計畫完了！

在那一剎那間，他的臉色一定很古怪，是以經理放下了酒杯，看他，道：「王子殿下，可是有甚麼疑問？」

年輕人搖著頭道：「沒有，沒有，我——」

他說著，放下酒杯取出支票簿來，簽了支票，撕下來交給經理。經理接了支票在手，手有點發抖，道：「真對不起，王子殿下我們必須先派人到銀行去——」

年輕人瀟灑揮著手，說道：「不要緊！」

經理不再說下去了，按下了對講機，不一會，副經理走進來，經理將支票交給了他，副經理又恭敬地退了出去，年輕人和經理一面在交談著，一面心中在急速地轉念：他該怎麼辦呢？他不能白來一次，他必須戳穿那古董店經理所玩的把戲，他道：「上次，你提議我由你派人護送離開——」

經理失聲道：「天！不是那柄波斯寶刀，出了甚麼意外吧！」

年輕人心中即又罵了一聲老狐狸，擺著手，道：「完全不是，一點意外也沒有，只不過叔叔想知道，那柄波斯寶刀，是不是有仿製品？」

經理驀地漲紅了臉，像是年輕人的話給了他極大的侮辱一樣，自他的口中，道出了一連串的「不」字來，道：「絕無可能，像這樣的古物，一到我們的手，平時看到的人也不多，雖然他的圖片流行，但是你知道，無法根據圖片製造仿製品的，除非是十分粗劣的東西。」

年輕人點著頭，道：「我同意，我又聽說，這柄波斯寶刀有一對，一共是兩柄，如果你們能找到另一柄的話，我願出同樣的價錢購買。」

經理的臉上，充滿了訝異的神色，道：「王子殿下，你是從哪裡聽到的，那全是荒謬透頂的說法！」

年輕人吸了一口氣，根據他對事物的判斷力而言，可以肯定，經理是無辜的，但事實上他卻損失了一柄波斯寶刀，這究竟是怎麼一回事呢？

經理望著年輕人，神情也彷彿是很疑惑，在年輕人再舉杯喝酒之際，他又道：「王子殿下，你——」

年輕人陡地一揚，說道：「你一直稱我為王子殿下，可有甚麼特別的意思？」

經理的神情更驚訝，瞪著那年輕人，半晌，才道：「這裡只有我一個人知道殿下的身分。」

年輕人笑著道：「我很想知道，是誰將我的身分告訴你的。」

經理的神情，有點為難，年輕人沉下臉來，明顯地表示出不愉快，經理立即滿面堆起笑容來，神情有點神祕，眨著眼，道：「這是一位美麗的公主，殿下。」

年輕人陡地一震，立即轉過身去。

一位美麗的公主！他不必聽經理形容那位「美麗的公主」是甚麼人了。

奧麗卡公主！

祕密跟蹤

剎那之間，年輕人的心中極其混亂，奧麗卡公主！他應該想到奧麗卡公主的，他最後一次見到公主，是在甚麼時候？然而好像並不那麼重要，重要的是這些日子來，他曾經做過極大的努力，試圖去忘記她，他自以為成功了，然而現在，事實證明，他顯然沒有成功，幾個月來以為已被理智克服了的事，其實是再脆弱不過的，就像紙包不住火一樣，理智包不住感情，這時他一想起奧麗卡公主，他的身子便不自主地發顫，他的臉色煞白，連他的視線也變得模糊。

是的，他的視線變得模糊，在他眼中看來，站在面前的古董店經理的臉，只是朦朧的一團，但儘管如此，他還是可以看到經理張得很大的口。經理一定是感到了極度的訝異，否則，他的口不會張得如此之大的。

是的，經理是感到了極度的訝異，因為在他面前的「王子殿下」，在剎那之間臉色蒼白，雙眼無神，身子發抖而且搖擺不定，看來像是立刻要倒下去一樣。

經理扶住了年輕人，口吃地道：「你——你覺得怎樣，要不要我叫醫生來？」

經理的話，在年輕人的耳邊引起「嗡嗡」的回聲，年輕人勉力定了神，推開了經理發顫的手，拿過酒瓶來往嘴裡大口大口地喝著酒，任由美酒自他的口角淌下來，經理抹著汗手足無措，年輕人在坐下來之後，看來已經鎮定得多。

年輕人用手背抹了抹口角，抬頭望向經理，經理一臉懊悔的神色，頻頻道：「對不起，就算我知道了你的身分，我也不應該那樣稱呼你的。」

年輕人無法向經理解釋他震驚的真正原因，他只好揮了揮手，先打斷了經理的話頭，然後吸了一口氣，這時候，他看來已然完全回復正常了，連他的聲音也聽不出有任何的異樣，他道：「那是甚麼時候的事？」

經理怔了一怔，一時之間弄不明白年輕人這樣問是甚麼意思，只是直著眼望著那年輕人，年輕人又問道：「你見到那位公主，是甚麼時候？」

經理急忙道：「上次你買了那柄寶刀，才走出店舖不久，她就進來告訴我，你的身分，而且她還斷言說，你在極短的時間內，一定會再來的。」

年輕人苦笑了一下，奧麗卡公主的預言，當然會實現，因為他在發現了那柄寶刀是假的後，一定會懷疑是古董店的經理，做了手腳，當然會再來的。

現在，事情已經很明顯了，上次，他在離開了古董店之後，突然間昏睡了四小時，絕不是古董店的經理做的手腳，而是奧麗卡公主！

他在一時之間，無法想出公主是用甚麼方法令他昏睡了四小時的，但那是公主的所為，這一點，卻是再沒有疑問的事。

在這四小時之中，公主先用一柄假的佩刀——一想到這裡，年輕人的身子又不禁陡地震動了一下：公主是怎麼知道他一定會來這家古董店，購買這柄寶刀的？奧麗卡公主沒有理由會知道他的叔叔生日，就算知道了，也不會知道他要買生日禮物送給叔叔，再退一步說，即使她知道自己會買生日禮物送給叔叔，也無法知道他會去買那柄達理阿王的佩刀，那簡直是不可能的事！

再退一步說，就算奧麗卡公主甚麼都知道了，他上次到倫敦，不過三天時間，在三天時間之中，在他踏進古董店之後，連他自己也無法知道要買甚麼，而那柄假的寶刀，製作得如此精美，即使是第一流的偽製專家，只怕至少也要一個月的時間才能做得出來。

年輕人的腦中越來越亂，他又深深地吸了一口氣，才道：「公主，她——她可曾說，如果我要見她，她會在甚麼地方？」

經理道：「不知道，王子殿下，看來你和公主正是天生的一對，要是你們之間有甚麼誤會的話……」

年輕人不等經理講完，就揮手打斷了他的話頭，站了起來。

這時，他的心中，雖然還充滿了疑團，但至少已有足夠的鎮定，可以肯定他上次到倫敦時，奧麗卡公主已經在祕密跟蹤他，而他一點也沒有發現。而這次，公主既然早已斷定他會再來，自然也在跟蹤著他了。

那也就是說，公主一定會現身和他相見的。

年輕人站了起來之後不久，神態已經完全恢復和平時一樣了，只是心中還充滿了一種難以形容的苦澀之感，而那時，副經理也在銀行辦完手續回來了，經理雙手捧著那頂印度皇冠，望著年輕人。

年輕人擺著手說道：「我想麻煩你，暫時將這頂皇冠，寄存在你們的保險箱中，是不是可以呢？」

經理忙道：「可以！當然可以！而且，對我們的熟主顧來說，我們樂於服務，是不收取費用的！」

年輕人笑著，走出了經理室，經理忙於收藏皇冠，副經理恭送了出來。

出了古董店，寒風撲面吹來，年輕人一面走向車子，一面仔細留意是不是有人跟蹤著自己，可是他隨即放棄了這種留意，因為他的車子停在街角，他從古董店出來，必然走回他的車子，就算有人跟蹤他，何必在他一出古董店時就開始跟蹤？

而他一想到這一點，腳步卻已慢了下來，因為他同時也想到：跟蹤者以為他一定會走回車子去，如果他不走向車子呢？

這件事，自開始到現在，他一直處在極其不利的被動地位，這時候，稍微改變一下這種被動的地位，說不定是對他有利的。

他轉了轉身，看來極其自然地走進了一家百貨公司，然後，穿過了百貨公司的店堂，經過了店後的一條走廊，從廁所旁的後門，走了出來。

後門外是一條橫街，他截住了一輛的士，上了車，將兩張十鎊的鈔票，交給的士司機，道：「隨便兜圈子，到二十鎊用完！」

司機用極其詫異的眼光，望了他一眼，立時駕著車，向前駛了出去。

雖然在車中，市聲一樣很吵鬧，但是他至少可以靜下來好好想一想了。想什麼呢？當然是想自己不要去想的——那美麗動人、可愛，但是又叫人不該去想的美人兒！

奧麗卡公主上次和他分手，是在什麼時候呢？是他送她上飛機，將她交到玲瓏手的手裡，讓玲瓏手替她安排一個地方，讓她躲起來，躲開印度老虎和金剛。

印度老虎和金剛之間的爭鬥，在過去的半年中，成為全世界黑社會犯罪份子之間的大新聞，到現在，拚殺還沒有結束，但是也已到了兩敗俱傷的地步了。

在如今這樣的情形下，奧麗卡公主就算再公開露面，印度老虎和金剛，在手下的精銳部隊損失殆盡，還要不斷預防對方的情形下，自然不會再去顧及她，她倒是相當安全的了。

年輕人也知道，玲瓏手將奧麗卡公主安排在一個要用吊籃才上得去，建在高崖之巔的修道院之中，問題是：她是什麼時候離開那修道院的？何以她在與世隔絕的修道院中，會知道她已經安全，可以離開了？

這一點，年輕人也不明白。

而且，從已經發生的事情看來，奧麗卡公主一定是準備對付他，那絕不是換走一柄寶刀就算數的，她的下一步行動是什麼呢？

年輕人的思緒，也在不住地兜著圈子。的士在倫敦的街道上兜著圈子，年輕人的思緒，也在不住地兜著圈子。

他又想到，在將奧麗卡公主送進了修道院之後，他和他的叔叔，在約翰尼斯堡利用了下水道，弄走了印度老虎的那一批黃金，這一大批黃金，在經過了改容之後，已經不斷在國際市場上推出，這件事，奧麗卡公主是不是已經知道了？

要是知道了，奧麗卡公主又會採取什麼行動？

年輕人用手撫著臉，他有疲倦的感覺，這種疲倦的感覺，當然不是上次逼得他非昏睡不可的那一種，但是也足以令他想起上次昏睡的情形，他的身子又不由自主的震動了一下！

上次，他昏睡了四小時之久。

掉換一柄假刀，絕不需要四小時之久！而他的的確確是昏睡了四小時，那麼，在這四小時之中還發生了一點什麼事？

足足四小時，是可以發生很多事情的了，可是麻煩的是他一點也想不起來。而且，根本上來說，要不是奧麗卡公主自己向古董店的經理透露，有意讓他知道，他根本不會將事情和公主拉在一起。

年輕人苦澀地笑了起來，他感到自己的失敗，他從來也沒有那樣任人擺佈過。

的士終於停了下來，司機回頭望向年輕人，年輕人吩咐司機，駛向他停車的街角，他在那裡下了車，天色已經開始黑下來，而當他回到酒店門口的時候，街道上的燈光在寒冷的霧中，已經發出迷人的光芒了。

年輕人走進酒店大堂，一直走向電梯，他心中在想，現在他沒有什麼好做的了，奧麗卡公主已經讓他知道，事情是和她有關的，那麼，她就一定會和他見面，現在，只有等她什麼時候露面而已。

年輕人進了電梯，來到了他所住的那一層，他才一跨出電梯，就聽到電梯旁傳來一個甜媚的聲音，說道：「你在逃避什麼？」

年輕人停了下來，可是他卻並沒有回頭，因為他根本不必回頭，也可以知道那是什麼人了。他也沒有回答，只是發出了一下苦笑聲。

接著，一條豐腴滑柔的手臂，已經插進了他的臂彎之中，一股幽香，沁入了他的鼻子，年輕人感到一陣昏眩，他深深地吸了一口氣，本來他不想轉頭看的，但是他只不過走出了一步就忍不住轉過頭去。

奧麗卡公主並不看他，只是直視著前面，微昂著頭，她側面的線條，極其優美，比任何的希臘像更美。年輕人不禁在心中暗歎了一口氣。

來到了房間門口，年輕人打開了房門，他想說一句輕鬆俏皮一點的話，例如「是不是要我抱妳進去」之類，可是他卻只是嘴唇動了一動，未曾發出任何的聲音來。

有很多男人是那樣的，要是面對著一個自己毫無興趣的女人，可能妙語如珠，但如果面對著一個已經在心底深處，起了微妙感情的女人，他可能一句話也講不出來，看起來木訥笨拙到了極點。而現在，年輕人對於奧麗卡公主的感情、關係，還是如此之微妙，那實在使他講不出任何風趣的話來。

關上了門，奧麗卡公主才轉身來，她澄澈的雙眼，直視著年輕人，年輕人做了一個無可奈何的手勢，道：「好了，直說吧，妳要什麼？」

公主甜甜地一笑，湊過身來，在年輕人的頰邊，輕輕吻了一下，說道：「你說錯了，你騙了我，應該問：我應該怎麼補償！」

年輕人有點惱怒，道：「我不曾欺騙過妳！」

公主的唇角向上微翹著，看起來很動人，她翩然轉過身去，道：「你騙我說，金剛和印度老虎會對付我，可是事實上，他們在你的安排下，互相殘殺。」

年輕人冷笑了一聲，道：「如果妳以為他們不會對付妳，那妳就錯了！」

公主來到窗前，將窗帘拉開了些向外看看，道：「你不必再嚇我了，就算他們真的要對付我，我也不會再回到那墳墓一樣的修道院去，那是一座大墳墓，埋葬活人的大墳墓，比埋葬死人的更可怕。」

年輕人歎了一聲，他可以想像得到，像奧麗卡公主這樣的人，住在那樣與世隔絕的修道院中，是如何痛苦的一件事。

年輕人緩緩地道：「安排妳躲到那樣的地方去，並不是我的主意，是玲瓏手的——」

年輕人才講到這裡，奧麗卡陡地轉過身來，用她的目光打斷了年輕人的話頭，她的目光，在那一剎之間，是令人震驚地充滿了怨毒，但隨即又變得凌厲，而且在極短時間之內，就恢復了常態。

她冷冷地說道：「過了多久，你才知道？」

年輕人據實道：「一個月之後！」

公主的聲音變得更嚴厲，道：「那麼，你為什麼不來找我，甚至於不派人來通知我？」

年輕人攤了攤手，他無法回答這個問題，因為他心中極其矛盾，他喜歡和公主在一起，因為公主是一個如此動人的美女。但是他又怕和公主在一起，因為他無法知道，在美麗的外表下，她在動一些什麼古怪的腦筋。

公主戲劇化地揮了揮手，道：「算了，印度老虎的那批黃金呢？」

年輕人立時道：「如果妳以為我能將那兩百八十二粒金球運出來，妳未免將我看得本事太大了。」

公主盯著年輕人，年輕人竭力裝出若無其事的神態來，公主發出了「哼」地一聲冷笑，年輕人也無法明白她的冷笑，是什麼意思。

公主坐了下來，昂著頭，說道：「我跟蹤你已經很久了！你可知道？」

年輕人也坐了下來，說道：「現在知道了——還是那句話，妳想怎樣，說出來吧！」

公主「格格」地輕笑起來，露出潔白動人的牙齒，說道：「事情真巧，你可知道是誰來通知我，使我知道可以離開修道院的？」

年輕人沒有反應。

公主望著牆上所懸的一幅油畫，道：「哥耶四世！」

年輕人陡地震動一下，他陡地明白了很多事！

哥耶四世，那出色的，但是以犯罪為業的藝術家，他的看家本領是製造假古董，假得可以亂真！年輕人立時將他和那柄達理阿王的佩刀，聯繫在一起！他的心中在叫著！原來是那樣！

雖然他仍然一聲也沒有出，但是公主顯然已自他的神情上，看出他心裡在想些什麼，她湊過頭來，低聲道：「太巧了，是不是？」

年輕人苦笑了一下，喃喃地道：「是的，太巧了！」

是的，真的太巧了！

現在，年輕人已經完全明白，那是怎麼回事了。哥耶四世找公主出來，自然不是一片好心，想公主離開寂寞的修道院，而是他想和公主合作做一件事。

哥耶四世和奧麗卡公主所能合作的事，當然是犯罪，而且，一定是需要高度技巧才能達到的犯罪，甚而一定是轟動世界的犯罪。由於哥耶四世的專長，他們計畫的犯罪，也一定與古董藝術品有關。

想到了這裡，事情再明白也沒有了，哥耶四世和奧麗卡公主，準備打世界上規模最大，收藏珍品最多的伊通古董店的主意。

表面上愈簡單的事愈複雜

年輕人甚至可以料到他們兩個人的計畫，哥耶四世製造了膺品，準備將古董店內的真貨換出來，他帶回去送他叔叔的那柄刀，就是哥耶四世的傑作。

哥耶四世的胃口，當然不會那麼小，他一定不但製造了一柄假刀，而且也製造了假的印度皇冠，和其他八件珍品，他要將伊通古董店中的十大珍藏一起換出來。

而他，就在他們的計畫還沒有開始實行之際，走進了那間古董店，這時，他甚至還可以肯定，他第一次去買那柄寶刀的時候，不是哥耶四世，就是公主，兩人之中，必定有一個在古董店中，而更可能的是公主！

年輕人的笑容，看來更苦澀，道：「那天，妳化裝成為——」

公主笑了笑，道：「還記得那個買銅香爐的老婦人？」

年輕人伸手在自己的額上，拍了一下，道：「是的，我真該死！」

公主道：「你全明白了？」

年輕人搖頭：「還有兩點不明白！」

公主聳了聳肩：「第一點，我是怎麼令你昏睡過去的？對不對？」

年輕人道：「是！」

公主站了起來，神情十分興奮，她有理由興奮，因為她佔了上風。

公主非但神情興奮，而且忍不住笑了起來，道：「其實，也很簡單，我將一種有氣味的強烈麻醉劑，放在你的車中，麻醉劑揮發，使你昏睡過去。」

年輕人攤了攤手道：「第二個——」

公主搶著道：「第二個問題，是我何以令你昏睡了那麼久，對不對？」

年輕人有點無可奈何地道：「看來妳在修道院中，學會了不少東西，進步得多了。」

公主冷冷地道：「叫人愚弄得多了，自然會聰明的！」

年輕人望著公主，略皺了皺眉，道：「妳還沒有回答我的問題！」

公主忽然顯得十分狡獪地笑了起來，道：「別心急，這個問題可以暫時等一等再說，我要談的是另一件事——」

年輕人吸了一口氣，道：「不錯，妳說吧。」

公主來回走著，步姿美妙，看來令人心曠神怡，看來她並不是在拖延時間，而是她在享受心中的高興。她終於停了下來，道：「我的運氣還算是不錯，一件本來看來困難重重的事，已經有了順利的開始。」

年輕人立時冷笑了一聲，道：「妳必須要明白，伊通古董店裡的那十件珍品，現在，應該說九件珍品——」

公主側著頭，打斷了年輕人的話頭，道：「八件，你已經買下了那頂孔雀王朝時期的皇冠，是不是？」

年輕人沒有與之爭辯，只是道：「好的，八件，那八件珍罕的古物，每一件都有不同的保護系統，根本是無法盜取的！」他伸出手指來，直指著公主，「而且，我也不會替你們去盜取。」

公主張開殷紅豐滿的唇，用整齊潔白的牙齒，在年輕人直指著她的手指上，輕輕咬了一下，年輕人連忙縮回手指來。當然，那輕輕的一咬，不會有任何痛的感覺，可是那一剎間，年輕人卻有被毒蛇所噬的感覺。

公主俳皮地笑了起來，道：「如果你看到了我們準備的複製品，或許你就有興趣了。」

年輕人踏前一步，神情十分嚴肅，聲音也很鄭重，道：「妳聽著，我不會幫妳和哥耶四世做任何事，也勸你們不要做，要是你們做了，唯一的結果就是失手被擒。至於那柄寶刀——」他略頓了一頓，「我可以送給妳，作為妳在修道院中那段日子的補償。妳走吧！」

年輕人揮著手，奧麗卡公主一定不會就這樣離開的，這時，他的心中，也重覆著他叔叔的話：表面上看來越是簡單的事，實際上可能越是複雜，不過，公主的確是在向門口走去，而且，已經伸手打開房門了。

年輕人在那時候，起了一陣莫名的緊張，他必須保護自己，提高警覺，然而對方下一步的棋是什麼他卻全然無法知道。

公主的手在碰及門柄的一剎間，縮了回來，轉過身，打開手袋，一面微笑著，道：「我倒忘了給你看一點東西，你一定有興趣的。」

她自手袋中，取出了一隻金光閃閃的方盒子來，手一揚，方盒子已經向年輕人飛了過來。

年輕人的反應十分敏捷，他不是伸手去接，而是身子立時向後翻了出去，翻過了沙發，落在沙發的背後，所以，那隻金光閃閃的盒子，也就落到了地上。

奧麗卡公主輕微的笑聲，立時響了起來，道：「你太緊張了，你以為那是什麼？是炸彈？」

年輕人的臉，紅了一紅，他多少有點狼狽，那隻金盒子自然不是炸彈，而他剛才的那種反應，也是一種自然的反應，因為事情發生得太突然，根本不容許他去多想。

這時，他自然可以看清楚落在地上的那隻金盒子，那隻扁平的金盒子，看來像是一具袖珍的可以折疊的小望遠鏡。

奧麗卡公主的臉上，充滿了那種嘲弄的笑容，道：「拾起來看看，我想那盒子不會咬痛你的手！」

年輕人悶哼了一聲，繞過沙發，走向前，當他拾起那袖珍望遠鏡一樣的東西之前，他又向奧麗卡公主望了一眼，從公主那種狡獪的神情，他可以肯定那東西一定有古怪，但是他還是非拾起來看看不可。

他將那東西拾了起來，公主立時道：「湊上去看看，放心，不會像電影那樣，有兩束長刺彈出來，刺進你雙眼之中。」

年輕人又悶哼了一聲，湊上眼去看。

他雙眼才一湊上去，就明白那是甚麼了，那不是一具袖珍望遠鏡，而是一具製作得十分精巧的小型幻燈片觀察器，就是放上幻燈片，通過凸透鏡，使幻燈片可以看得清楚的那一種東西，而他也立即看到了放在裡面的一張幻燈片，剎那之間，他只覺得血向臉上湧上來。

年輕人所看到的那張幻燈片，是一所宏偉的巨宅的樓梯轉角處，在樓梯轉角處的牆上，掛著好幾幅畫，其中有一幅是倫勃郎的靜物，有一個人，正在用利刀，將畫自畫框中割下來，正割到一半，割破處的畫，已經垂了下來，這表示正有人在偷畫。

這一切，本來不稀奇，令得年輕人全身的血上湧，剎那之間，憤怒得耳根全都紅了起來，他看得極其清楚，那個在割畫的人正是他自己！

一點也不錯，那人是他！雖然從臉上的神情來看，他十分疲倦，一副昏睡不醒的樣子，雙眼半開半閉，但毫無疑問那是他！年輕人在剎那間，心中的怒意上升到了頂點，可是那只不過是極短時間之內，他曾想到用力拋出那個盒子，再衝上去將公主拉過來，狠狠的摑她兩個耳光！

但是在幾秒鐘之後，他完全平靜了下來，在那幾秒鐘之間，他想到了許多事，他想到了，自己就算憤怒得暴跳如雷，也是全然沒有用的。

而現在這樣的情形之下，必須做有用的事，而不能做沒有用的事。

而也在那剎那間，他感到自己臉上的熱度在消退，他的耳際，又可以聽到公主動聽的語聲道：「怎樣？我有十幾張類似的照片。」

年輕人將盒子緩緩自眼前移開，這時候，他的神情平常得像是才看過一張風景圖片一樣，他冷冷地道：「曝光不足，如果用大一點的光圈可能效果更好。」

公主略怔了一怔，像對年輕人的這種鎮定感到很意外，但是，她立刻感到自己正佔著上風，對方的鎮定，可能是裝出來的。公主望著年輕人，道：「杜拜公爵的家中失竊了七幅名畫，蘇格蘭場正在找尋偷畫賊，我相信他們對這些照片，一定有極大興趣。」

年輕人又裝出毫不在乎地笑了一下，順手將那盒子一擲，可是不論他表面上看來如何鎮定，他的心中，其實是十分緊張，那種緊張，令他的手部肌肉也有點不聽使喚，所以他本來是想將盒子擱在桌上的，結果，那盒子卻落到了地上。

公主走過來，拾起盒子，坐了下來，擱起她修長的腿，輕輕地搖晃著，年輕人也坐了下來，他現在明白，公主何以令他昏迷四小時之久了。

只在他的身邊，用一柄假刀，換走真的寶刀，絕要不了四小時，只要四分鐘就夠了，但是帶著他離開，到杜拜公爵的住宅，拍那些照片，再等哥耶四世下手，將畫全偷走，那麼四小時的時間，只不過僅僅夠用而已。

杜拜公爵失竊了七幅名畫，這件事，年輕人在報上也曾看到過，但是由於他做夢也想不到事情會和自己有關，所以根本沒有留意。

但是現在，情形卻不同，有這些照片在，蘇格蘭場毫無疑問相信他就是竊賊，而且，現場也一定留下他大量指紋，隨便怎麼解釋，誰會相信他在畫失竊之際，正在昏睡之中？

他的腦中十分紊亂，公主的輕笑聲，又令得他幾乎不能集中思想來，公主一面笑著，一面道：「怎麼樣？我想我們合作，應該有一個愉快的開始。」

年輕人吸了一口氣，眼前的情形只有先拖延一下再說，是以他抬起頭來，大聲道：「還有一個合作人呢？不應該再躲著了——」

他的話才出口，睡房的門推開，鬈髮、高大、風度翩翩的哥耶四世，走了出來，哥耶四世才一出現，就打了一個「哈哈」，雙手張開，道：「真高興又見到你，我聽公主說過你的本事，而我也親自領略過，印度老虎和金剛現在還在領略中。」

年輕人冷笑了一聲，道：「聽你那樣講，好像我有許多仇敵。」

哥耶四世搖著頭，一本正經地道：「是仇敵還是朋友，全靠你自己的決定！」

年輕人緩緩地道：「如果我不和你們合作——」

哥耶四世歎了一聲道：「太可惜了，我的看法和公主略有不同，公主認為如果你不和我們合作，就會被關進牢中，用你的牢獄生活來補償她修道院中寂寞的歲月，但是我卻認為，你甚至於不會被捕，只不過你的相片、指紋，就會往英國的警方存檔，也會在國際刑警總部存案，兄弟，這對你來說，實在是無比可擬的損失！

你說，是不是我的意見比較客觀一些。」

年輕人笑了起來道：「對，我同意，所以，你也該明白，你們的威脅，對我不會發生作用，如果我不答應你們，我還可溜得掉，如果我答應了你們，我就一定在當場被捕。」

哥耶四世和公主互望了一眼，哥耶四世自上衣袋中，取出了一張摺疊好的紙，打了開來。

哥耶四世打開了那張紙，年輕人斜睨了一眼，就可以看出，那是伊通古董店的平面圖，圖中有十處地方，標著自一至十的阿拉伯數字，年輕人也可以明白，那是十大奇珍陳列的地方。

年輕人站了起來，道：「我不感興趣，你收起來吧！」

他一面說，一面向門外走去，公主的聲音聽來很尖，道：「你一出酒店門口，蘇格蘭場的密探就等著你。」

年輕人道：「很好，如果我有興趣，可以和他們玩玩捉迷藏，但是，我沒有興趣。」

公主冷笑一聲道：「你準備坐牢？」

年輕人陡地轉過身來，冷冷地道：「妳完全料錯了，我根本不必坐牢，我也不必逃避蘇格蘭場的密探，我只要講實話，蘇格蘭場密探的興趣，就會轉移到妳和哥耶先生的身上。」

奧麗卡公主和哥耶四世，同時笑了起來，他們笑得如此高興，令得年輕人也不禁愕然，哥耶一面笑著，一面還揮著手，道：「你或許還想不到，我們另有一個惡作劇吧！」

年輕人怔了一怔，沒有出聲。

哥耶四世道：「那七幅畫，我放在一隻箱子內，寄存在飛機場的行李處，而當時寄存那隻箱子的小兄弟，是你！」

年輕人冷笑道：「用甚麼方法？扶著我？一個昏睡過去的人會去寄行李？」

哥耶四世聳了聳肩，道：「不，是我的化裝，雖然不是十足像，但是行李寄存處的那個女職員，一定會毫不猶豫地在法庭將你指出來。」

年輕人感到自己的腦子有點麻木，自然，他早已知道公主和哥耶四世全是不容易對付的人，是以他一直都在努力掙扎著。只可惜得很，直到現在為止，他的掙扎一點結果也沒有！

哥耶四世望著他，又伸手指了指几上的圖樣，道：「怎麼樣，現在，你對這張圖樣，是不是比較有興趣了？我花了不少心血才弄到手的！」

年輕人站著不動，他並不望向哥耶四世，只是望向奧麗卡公主，公主側著頭，仍然帶著那種狡獪而動人的微笑，有意地避開了年輕人的目光。

年輕人自然可以知道，令自己陷入了這樣的境地之中，一切自然是奧麗卡公主的安排，哥耶四世也只不過是奧麗卡的工具而已。

年輕人心中第一個想到的念頭是：奧麗卡公主要那十件古董，以他自己的財力而論，還可以買得起，可以全買下來送給奧麗卡公主。然而，年輕人立時又想到，奧麗卡公主自己又何嘗買不起？她擁有歐洲好幾家大製造廠控制性股權，財產也多到數不清，可是她顯然不滿足，她要不斷的刺激，更不斷替自己出難題、解難題，沒有了這種刺激，她根本沒有法子活得下去！就算將十件珍品放在她的面前，只怕也難以令她展顏一笑。

年輕人想到了這裡，陡地笑了起來，他向前走，來到了公主的後面，公主轉過頭來微笑地望著他，年輕人低下身來，在公主豐滿誘人的唇上輕輕吻了一下，令公主錯愕地睜大了眼。

年輕人用手托起了她的下頷，道：「妳的目的並不是真正想得到那十件珍物，是不是？」

公主輕聲笑了起來，道：「對，你很了解我，我只不過在玩遊戲。」

年輕人吸了一口氣，向哥耶四世望去，哥耶四世忙攤開了手道：「她玩遊戲，我要東西！」

年輕人又笑了起來，道：「好，你們一個為玩遊戲，一個為了東西，我是為了甚麼呢？」

公主極有興趣地笑了起來道：「你？王子殿下，你為你自己的將來！為了你不在任何警方檔案中有紀錄的清白身分！」

年輕人又轉向公主，望著她笑，公主也跟著他笑著，年輕人緩緩地說道：「我可以做這件事，但是，我需要一點小小的代價。」

公主揚了揚眉，說道：「你不妨提出來，我們討論討論，看看是不是可以滿足你。」

年輕人仍然笑著，道：「不必討論，我提出的條件是從來不許打折扣的。」

公主睜大了眼，道：「哦？」

她這一聲「哦」字才出口，年輕人已陡地出了手，他出手真如閃電，連給人起躲避的念頭也沒有，「拍」地一聲響，公主的臉上已重重捱了一個耳光！這個耳光打得還真不輕，還下手真下得重，公主嬌嫩的臉上，立時泛起了五根手指印來，剎那間，公主呆坐著不知如何才好。

年輕人在那一剎間，感到一陣悔意，但是事情既然已經做了，後悔也是沒有用，他立時轉過身向哥耶四世走去，哥耶四世臉色蒼白，神情激動的嚷道：「我要和你決鬥！」

年輕人一伸手，自几上取了那張圖樣來，盯著哥耶四世，冷冷地道：「我看不必了，不論採取什麼方式，失敗的一定是你。」

哥耶四世又發出了一下尖叫聲，揮拳擊了過來，年輕人陡地一伸手，抓住了他的拳頭，五指收緊，哥耶四世的指骨發出「格格」的聲響，年輕人冷冷地望著哥耶四世，哥耶四世的額上泌出汗水來，連口唇都是青白色的，可是他卻忍住了沒有發出呻吟聲來。

年輕人冷笑了一聲，道：「你不想手指斷折的是不是，斷了手指你還剩下什麼？」

哥耶四世的臉上，現出極其駭然的神色來，連連搖著頭，年輕人用力一推，同時鬆手，哥耶四世跌坐在沙發上，不斷地搓著手，吁著氣。

年輕人冷冷地道：「一個人以上行事，一定要有一個首領，在這件事中我是首領，有人反對麼？」

哥耶四世和公主互望著，過了一分鐘之久，公主低聲道：「沒有。」

公主的一隻手撫在被摑過的臉上，可是她的聲音卻像是才被主人踢了一腳，滾到一邊的波斯貓一樣地順柔！

年輕人坐了下來，看看那張圖樣，他才看了不到一分鐘，就取出打火機來燃著了那圖樣，將之放在煙灰碟上，任由它燃成灰燼，同時叫道：「廢物！」

他站了起來，道：「我要先看看那幾件偽裝製品。」

哥耶四世已經緩過了氣來，忙道：「不在這裡，你要看的話……」

年輕人又揮手打斷了他的話，道：「可以慢一步，你先去將那七幅失畫拿出來，交給失主，再到這裡來聽我的吩咐。」

哥耶四世的神情有點猶豫，年輕人大喝一聲，道：「快去！」

哥耶四世連忙站起來，急急向外走去，年輕人轉過身望著窗外，不多久，他就聞到一陣幽香，一個軟綿綿的身子，在他的背後挨了上來，同時，他的耳際有點癢，公主正湊在他耳際，低聲在問：「你真的這樣恨我？」

年輕人吸了一口氣，公主雙手伸到他的身前，抱住了他，將臉靠在他的背上。年輕人也不禁感到了一絲歉意，道：「那是為了妳的卑鄙！」

公主幽幽地道：「這太不公平了，在這世界，誰又是真正的正人君子？」

年輕人轉過身來，公主灼熱的紅唇正等著他，他沒有多想什麼的就吻了下去。

藝術傑作的偽製品

哥耶四世真是當世第一流的藝術家，年輕人一面看著哥耶四世展示在他面前的九件偽製品，一面忍不住由衷地讚歎著，以那頂皇冠為例，他實在發現不出和他已經買下來的那頂皇冠，有什麼不同之處。

這時，年輕人、哥耶四世和奧麗卡公主，一起在一間獨立房子的地下室之中，哥耶四世顯然就是在這間地下室中，完成他藝術傑作的。

年輕人仔細地看完，坐了下來。為了遮掩臉上指痕，公主蒙著臉紗，那使她看來更動人。年輕人望著公主，公主的雙眼，從薄紗下看來，彷彿更加明澈動人，年輕人心中暗歎了一口氣，暗忖：世界上有多少人，曾經這樣地狠狠地打過她一下耳光？只怕除了他自己以外，並沒有第二個人了！然而，自己這一下耳光的代價也未免太大了，大到了要替她去做一件幾乎不可能的事情！

年輕人想到了這裡，不禁有點發怔，他不由自主地問自己：自己真是為了打她一下耳光對她有了歉疚，所以才跟她來到這裡，來看哥耶四世的製品的？

他想到這裡，不由自主地搖著頭，不是，當然不是，那麼，他又是為了什麼才來的呢？是為了公主拍攝的那些幻燈片？他深深地吸了一口氣，也不是，他從來不是一個能受人威脅的人，那些幻燈片，如果落到了蘇格蘭場的偵緝人員手中，當然會給他惹來極大的麻煩，但是他卻還不致於應付不了。

那末，究竟是為了什麼呢？

是為了這件事做成之後，可以博得奧麗卡公主的一笑，可以博得她對自己的崇仰，還是為了在自己的血液之中，根本就流動著對一切不可能事物的挑戰，越是困難，越是看來不可能的事，就越是要做成它。

年輕人心中很矛盾，他一會兒吸著氣，一會兒皺著眉，半晌沒有出聲。哥耶四世在一旁，一直在等著年輕人看完了他的複製品之後發表意見，這時顯然等得已有點不耐煩了，他伸長了頸，問道：「怎麼樣？」

年輕人抬起頭來，道：「很好！」他頓了一頓，又道：「很好！」

哥耶四世很不滿意，又追問一句，道：「好到了什麼程度？」

年輕人略想了一想，才道：「好到了如果用這些贋品，將真的東西換出來，我看至少要等有人去買那些東西的時候，才會被發現。」

哥耶四世滿足地笑了起來，挺直身子，神氣非凡。

奧麗卡公主聽得年輕人那樣說法，也以興奮的聲音說道：「那就夠好了，那幾件珍寶，在三年之內，只怕不會有人去購買的！」

年輕人又深深地吸了一口氣，道：「問題就在這裡——」他望了望哥耶四世，又望了望公主又道：「這幾件珍寶，放在著名的伊通古董店，都不會有人去問津，你們到手之後，怎麼去找買主？」

公主和哥耶兩人，迅速地互望了一眼，他們的眼光迅速地接觸和分開，但是年輕人已經察覺到了這一點，接著，公主道：「那和你沒有關係了，或許我喜歡留著自己慢慢欣賞。」

年輕人攤了攤手，表示他對公主的回答沒有異議。但是在心中，他卻飛快地轉著念。在哥耶和公主一聽到這一問題，就立時交換眼色這一點看來，他可以肯定，他們兩人對珍物到手之後如何處理，早就有了安排，而他們是如何安排的，這一點年輕人當然還不知道，不過也可以猜想。

最大的可能，自然是哥耶四世早已找到買主，可能還收了一部份訂金，不然，他不會費那麼大的心血，來製造那些贗品。剛才，在仔細察看那些贗品之際，年輕人已經約略的估計，那些偽製品，雖然沒有古物的價值，但是以它的製作精巧和原料而論，價值至少也在原件的十分之一左右。

那也是說，這一筆極其龐大的投資，以哥耶四世的經濟情形，絕拿不出這一筆本錢，也不會是公主拿出來的，因為公主才離開修道院，所以，可以肯定哥耶早已收到了訂金，而且，這種主意，可能還是那個買主想出來的！

年輕人暗中冷笑了幾聲，公主盈盈站了起來，道：「你準備怎麼下手？」

年輕人伸手在臉上撫摸了一下，指著玻璃盒中的偽製品，道：「這裡一共是九件珍品——」

公主說道：「只要事情成功之後，你在那柄寶刀上所受的損失，我可以還給你！」

年輕人又怔了一怔，在表面上完全不顯露出來，在那一剎間，他所想到的是，為什麼公主說可以賠償他損失，而不說可以將刀還給他呢？

這兩者，看來是一樣的，但在實際上，卻有很大的不同，公主不能將刀還給他，那就是說，刀已不在她手中了。

那柄寶刀如果已經不在公主手裡，那麼，是到了什麼人的手裡呢？

年輕人搖了搖頭，說道：「那不算什麼——」

他望向哥耶，順口問了一句，說道：「你現在的化名是什麼？我想要是在公開的場合，我不便稱你為哥耶先生的，是不是？」

哥耶欠了欠身，道：「對，我是霍普生教授！」

年輕人點了點頭，好像剛才的那個問題，純粹是無意中想起，一點沒有別的含意一樣，他又道：「憑我現在在伊通古董店中的信用，那四件體積較小的東西，我可以用偷天換日方法掉換出來。」

奧麗卡公主搖頭，道：「那不好！」

年輕人揚了揚眉，公主繼續道：「用那種手法，遲早會查到你的身上，因為有多少人要求看那幾件珍寶全是有記錄的。」

年輕人冷笑了一下，道：「想不到妳倒會為我著想！」

薄紗下，公主現出嫣然的笑容，道：「當然，你以為我是在害你？」

年輕人嘀咕了一句，公主的反應來得十分快，道：「你在說什麼？」

年輕人像是小孩子一樣，轟然地笑了起來，為了公主聽不懂那一句話而高興，他自然知道公主精通八種以上的語言，而且，不論他操何種語言來說話，聽來都和在那裡土生土長的人沒有分別。可是公主一定聽不懂他剛才的那句話，一定的。

那是他的家鄉，中國山東一個偏僻縣份中的土語，奧麗卡公主有什麼辦法聽得懂？

公主的神色，略為有點悻然，她仍然繼續著她的問題，說道：「你準備怎麼下手？」

年輕人知道，那是一個無可逃避的問題，是以他停止了笑聲，道：「我還要好好想一想。」

他指著一件高有七呎，全是用金片綴成的盔甲道：「妳看，這件十字軍東征時期的金盔甲至少有兩百磅重，要將它去換一件份量更重的真盔甲出來，並不是容易的事。」

公主又笑了起來，道：「當然不是容易的事，不然，我不必找你了。」

年輕人攤開了雙手，說道：「所以，在行事之前，我必須找我的叔叔商量一下。」

公主和哥耶又互望了一眼，哥耶的神情顯得很焦切。

哥耶四世道：「我並沒有太多的時間——」他在失口講了半句之後，陡地住了口，然後，又笨拙地掩飾道：「我的意思是，越快越好！」

年輕人像是全然未曾注意他的失言，道：「我看，一個月之內完成，已經是最短的期限了。事實上，那頂印度孔雀王朝的皇冠，已經是我的東西，我可以隨時將它取出來，交給你的。」

哥耶忙道：「好！好！那再好也沒有了，你什麼時候可以將它給我？」

年輕人又嘀咕了一句，公主雙眼睜得極大，她仍然未曾聽懂年輕人在嘀咕什麼。年輕人望著哥耶四世，心中只覺得好笑，因為哥耶四世正在一步一步，走進他的圈套之中，他卻還一點不知情。

現在，事情已經毫無疑問了，他們是有買主的，而且買主，或者說，幕後主使人催得十分急，一個月的限期，實在太長了，但如果先有一把寶刀，再有一頂皇冠去應付一下的話，一定可以獲得日期上的寬限。

年輕人站了起來，道：「現在就可以，這些偽製品，現在全歸我處理了。」

他轉過頭去，直視奧麗卡公主，有點憤怒道：「從現在起，請妳別跟蹤我！」

奧麗卡公主的聲調，軟膩而甜蜜，她道：「當然，我不會跟蹤你，因為從現在起，我會一直和你在一起寸步不離。」

年輕人怔了一怔，公主的手臂，已經插進了他的臂彎之中，道：「正如你所說，我變得聰明了！如果我不在你身邊，我就不知道你在幹些什麼，而每次，當我不知道你幹些什麼時，我總是一無所獲。」

年輕人笑了起來，道：「好吧，只要妳喜歡！」

他挽著公主，走了出去，他們離開了哥耶四世郊外的那幢房子，又來到了伊通古董店，古董店的經理，一看到他們兩人把臂而來，立時現出會心的微笑，而且還趁公主不注意，向著年輕人眨了眨眼。

經理帶著他們，參觀了另外八件奇珍，年輕人和公主都有興趣地聽著，年輕人問了一句，道：「要是有人想得到貴店十大珍品，那麼，他應該是什麼樣的人？」

經理笑了起來，馬屁十足，道：「當然，是像王子殿下那樣，對人類的文化藝術有著深切愛好的人。」

年輕人聳了聳肩，在店裡盤桓了將近一小時，而且對其中巴比倫空中花園時期留下來一具殘缺的雕刻，表示了極大興趣之後，取了皇冠，離開了古董店。

在古董店外，年輕人將那頂皇冠交給哥耶四世，哥耶四世捧著那頂皇冠的時候，手有點發抖，年輕人卻態度自若，和公主一起回到酒店——或者說，他想不出如何擺脫公主的方法，所以只好讓公主跟到了酒店之中。

年輕人斟了一杯酒，坐了下來，望著公主，公主若無其事地走進臥房，幾分鐘之後，換了一件輕便的衣服，穿著拖鞋，走了出來。

一看到這樣情形，年輕人直跳了起來，他一向夠鎮定的，可是這時直跳了起來，杯中的酒也濺出了不少，他瞪大了眼，望著公主，道：「妳這是什麼意思？」

公主媚人地笑著，道：「你的觀察力還不夠深刻，你知道哥耶四世躲在臥室中，可是卻不知道我已將行李全搬進來了。」

年輕人大聲道：「那怎麼行？」

公主微笑道：「怎麼不行？那張床很大，我們兩個人，可以睡得下的！」

年輕人還想說什麼，可是他卻只是瞪著眼，沒有說出來，他只是無意義地揮著手，道：「如果我說，我搬到另一間房間去呢？」

奧麗卡公主咬著下唇，神態誘人，但是她的回答，卻也來得十分快：「我還是一樣跟著你！」

年輕人雙手攤開，望著天花板，像是困獸般地叫了一聲，公主走了上來，雙手交叉，掛在他的肩上，道：「為什麼？你怕我？還是你一點也不喜歡我？」

年輕人的心中感到了一陣迷惘，他自然不會承認怕什麼人，他更承認喜歡奧麗卡，他陡地一大口吞下了杯中的酒，轉過身，將公主緊緊地抱在懷中。

在一陣熱吻之後，年輕人才在公主的耳際，低聲道：「我可以告訴妳，吃虧的一定是妳！」

公主只是細細地喘著氣，沒有任何回答。

第二天早上，當公主對鏡在梳理長髮的時候，年輕人已剃完鬍鬚從浴室走了出來，離開了臥室，到了套房的外間，他拿起了電話，大聲道：「我要兩份早餐！」

他放下電話，坐下來，點燃一支煙，深深的吸著，不多久，公主走了出來，早餐也送來了，早餐的餐車上，還放著一大束嬌艷的蘭花。年輕人給了推餐車進來的女侍一張鈔票，女侍道過謝擺好了餐具，退了出去，公主拉開窗帘，轉過身來，向年輕人嬌媚地笑著。

年輕人笑著，道：「很好，我看倫敦不是適宜渡蜜月的地方，我們到北歐去走走怎麼樣？在雪地裡趕鹿橇，才能給人真正的歡樂。」

公主在年輕人的對面，坐了下來，體態溫柔得就像新娘一樣，道：「只要你提議，我一定遵從！」

年輕人雙手交叉，放在腦後，道：「好，那麼我就建議妳——」

他本來是想說：「那麼我就建議妳別再和我在一起」的，可是這句話，只講到一半，他望著公主嬌麗的臉龐，動人的微笑，下半句話就自然而然地嚥了下去了。在經過了昨夜的繾綣之後，他覺得事情變得更複雜了！他變得不能採取原來的方法了！

公主還是盈盈地在望著他，等著他的下半句話，而年輕人已改了口，道：「我認為，哥耶四世和妳合作，是一件十分危險的事。」

公主輕輕掠了遮在臉前的一綹頭髮道：「除非你認為我是一個危險的人！」

年輕人點頭道：「不錯，我正是那麼想！」

公主咬了咬下唇，顯然，她在想：對方的目的是什麼？而年輕人不等她有答案，就單刀直入地問道：「你們的買主，或者說，主使哥耶四世做這件事的，是什麼人？」

公主怔了一怔，隨即指著年輕人，手指搖動著，發著一連串的「嘖嘖」聲。年輕人一欠身，握住了公主的手指，道：「妳說不說，實在都不成問題，我只要去查一查，霍普生教授曾經離開倫敦一次，到過什麼地方，我就可以知道他將我的那柄寶刀送到什麼地方去了。而且，他必然還會再送我那頂皇冠出去，妳以為我會找不出那個買主來麼？」

這些事，年輕人本來全是準備在暗中調查的，他也知道，一定可以有結果，但是現在的情形，既然不同了，他可以從奧麗卡公主的口中，直接得到答案，而不必再去多費周折了。

公主縮回曾被年輕人握住的手指來，取起銀匙，敲破了雞蛋殼，低著頭，長睫毛在閃動著，低聲道：「這樣，對哥耶來說，不是太不公平了麼？」

年輕人冷笑道：「我只想知道那人是誰，還未曾向妳提議由我們合作，吞掉哥耶四世應得那一份！」

公主略微震動一下，揚了揚眉，才道：「你知道有一個國家，叫作扎爾薩？」

年輕人挺了挺身，沒有出聲，吃起早餐來。

年輕人在吃早餐，可是對於吞進口中的食物，究意是什麼滋味卻一點也不知道，他只是在想著公主的那句話。

他自然知道扎爾薩，公主說得不怎麼對，那根本不是一個國家，只是一個波斯灣上，由一個酋長統治的一小片土地，可能還不到一千平方里。

這樣一個全是沙漠的小地方，在地圖上要仔細找才找得出來，如果不是現代文明之賜，這種地方，決不會有任何人注意，除了土撥鼠之外，也不會有什麼動物對之有興趣。

但是現在情形卻不同了，沙漠裡有著比黃金更重要的東西：石油！

這個波斯灣附近的沙漠小部落所佔據的那一片土地上，有著一百五十口以上大規模的油井，於是，金錢比自油井口噴出來的黑色原油，還要快速地流進扎爾薩酋長盧拉的口袋之中。

對於這個酋長，年輕人也聽到不少，在所有擁有石油主權的阿拉伯酋長之中，這位全名盧拉・阿拉都・莫罕默德・齊亞薩拉先生，是最懂得、最捨得花錢，也最喜歡出人頭地的一位。

這位酋長，不但在荒蕪的沙漠上建造了瑰麗的宮殿，而且在他的宮殿所佔的範圍之內，遍地都是來自世界各地的奇花異草。

那些花木，其實根本不能在沙漠上生長，於是，在佔地十五英畝以上的宮殿範圍內，肥沃的泥土用飛機運來，鋪在沙上，疊起三四尺高，不過可惡的是氣候不受金錢的收買，所以不論是什麼花草種下去，不到半個月，還是非枯萎不可。不過，金錢還是有用的，可以在它們未曾枯萎之前就完全拔起來，再種上新的。

盧拉酋長曾在法國留學，他喜歡高大的法國梧桐，在他宮殿附近，就有六百多株的法國梧桐，照樣夏天綠葉婆娑，秋天落葉蕭蕭，不過是每隔一個月，就全部換上一批而已。

年輕人也聽說，盧拉酋長有決心要在沙漠上建立一個規模宏大，全世界首屈一指的博物館，要建造那樣的一座博物館，伊通古董店的那十件珍品，自然是不可缺少的珍藏品，所以才……

年輕人想到這裡，奧麗卡公主已按住了他的手，道：「你在不斷攪著咖啡，可是你根本沒有放糖。」

年輕人苦笑了一下，呷了一口苦咖啡，然後放下了咖啡，說道：「其實，盧拉是可以買得起那十件珍品的，不必要去偷。」

公主道：「我也曾以同樣的話對哥耶說過，但是哥耶說，最重要的是，盧拉雖然想建造一座那樣的博物院，但是那只不過是為了出風頭，好讓全世界的人知道他，在他的心目中，那些古物根本不應該值那麼多錢。」

年輕人略略想了一想，道：「他出多少？」

公主道：「他曾到古董店去過，他還半價，古董店的經理，客氣地將他請了出來。」

年輕人略呆了一呆，他完全可以想像當時那位完全不懂古董的阿拉伯酋長，和那位古董店經理之間的對話情形，他實在有想笑的感覺，可是這又無論如何不是一件好笑的事情，所以，他只是發出了幾下「嘿嘿」聲，連他自己也不明白那是什麼意思。

公主又道：「而盧拉是要什麼有什麼，他要的東西，一定要得到手。」

年輕人攤了攤手，道：「所以，他找到哥耶四世？」

年輕人在忽然之際，變得有點心不在焉起來，「哦」地一聲，好像對這件事不怎樣在意了，他只是望著奧麗卡，眼神很迷惘。

奧麗卡注意到了他的那種眼神，輕輕咬著上唇，她看來同樣有點心神恍惚，道：「哥耶四世覺得這件事，一方面可以賺錢，一方面也可以表現他的藝術天才，於是他先做好了十件膺品，他又想到要人幫忙，就從修道院中，將我弄了出來，我們將要進行的時候，你忽然出現了——」

奧麗卡公主講到了這裡，突然停了下來，但是她只停了極短的時間，就突然地問道：「如果我說，我愛你，你相信否？」

年輕人沒有回答，只是將頭略轉開了一點，不再望著奧麗卡公主。

獅心王理查的護心鏡

過了好一會，他才道：「好吧！現在是我的事了，我既然已經答應了你們，就讓我來獨自進行……」

公主陡地站了起來，道：「不行，可能會像上次那樣，你將我運走，由你自己單獨去進行，我要和你在一起！」

年輕人陡地轉過身，道：「為什麼？因為妳愛我？」

公主呆了一呆，突然笑了起來，年輕人也笑了起來，他們全明白自己為什麼笑，也明白對方為什麼笑！

他們笑自己，也笑對方，因為他們全是太現實的人，現實列在任何一件微小的事情上，都不免要勾心鬥角，在他們之間，「愛」這個字眼，實在是太虛無和不著邊際了。

「愛」似乎只存在於心智未曾成熟的男女之間，或是庸庸碌碌的男女間，而不會在他們那樣，近乎超人的男女之間發生！

奧麗卡公主一面笑著，一面揮著手，掠了掠頭髮，又重覆著，道：「你一定要和我在一起。」

年輕人又坐了下來，道：「好！那麼讓我老實告訴妳，這是不可能的事，反正那個盧拉酋長，對古董一點認識也沒有，為什麼不將哥耶四世的膺品給他？」

奧麗卡公主再掠著髮，道：「事情不像你想像的那麼簡單，東西到了盧拉的手之後，他會公開陳列，他自己雖然不懂，但是他卻可以請最權威的專家來替他鑑定，而且，這些珍品，在阿拉伯出現，伊通古董店一定也會請專家來重新鑑定，誰有真東西在手，一下子就可以判別出來，盧拉的錢多，但絕對不愚蠢，他要等證明了他到手的東西是真的，才付錢。」

年輕人又發出了兩下「嘿嘿」的聲音來，道：「我想，妳不是為了想幫哥耶得到錢，也不在乎阿拉伯酋長是不是能得到古董，妳想要的，只不過是想把一件不可能的事，成為事實，那是妳需要的遊戲，沒有這遊戲，妳就會覺得活不下去。」

公主仰高著頭，任由她柔滑濃密的長髮垂下來，道：「你可以這樣說！」

年輕人苦笑了一下，他們兩人的談話，到了這一地步似乎已不能再講下去了。

年輕人站起來，來回踱了幾步，眉心深深地打著結，公主的視線，一直留在他的身上，過了足足有半小時之久，年輕人才吁了一口氣道：「可能事情並不像我想像的那樣困難，因為，至少有兩件東西已經到手，剩下來的只不過是八件而已。」

公主的眼中，閃耀出明亮的光輝來，道：「我們從哪一件開始？」

年輕人也笑了起來，這時候，他態度之輕鬆，和他剛才緊皺著眉頭之際判若兩人，他道：「從最大件的開始太難，從最小件開始的太容易，我們就從中等大小的開始，怎麼樣？」

公主興奮得雙頰有點酡紅，她和年輕人同時叫了起來，道：「獅心王理查的護心鏡！」

獅心王理查，是英國歷史上著名的饒勇善戰的國王，他戰甲上的護心鏡，直徑十吋，外層鑲有三圈寶石，一共是八十一顆，其中有二十七顆已經失去，那是理查王在作戰時，中了敵人的矛和箭才失去的，為了紀念當時戰情的慘烈，一直沒有補鑲上去。而鏡面上，也幾乎布滿了凹凸不平的痕跡，來源和失去的寶石一樣。如果說，這面護心鏡是勇敢和信心，以及不斷勝利的象徵，當然絕不為過，但現代社會的人，究竟現實得多了，就憑這些自然不能使這面護心鏡有那麼高的價錢，使那面護心鏡成為伊通古董店的十大珍藏的原因，是因為護心鏡是兩層的，兩層之間，有半吋的空隙。傳說理查王相信鑽石是最堅硬的東西，代表永遠不斷，絕對的勝利，所以在這個夾層之中，他用了七十二塊琢成長方形的鑽石來填充。

這是一個傳說，這面護心鏡在一百多年前，再次被發現，又被鑑定為的確是獅心王理查戰甲上的寶物之後，一直被各種各樣的人所珍藏，也沒有什麼人為了夾層裡的鑽石，而將製作精巧的護心鏡弄毀過，也就是說，沒有人真正見過夾層中的那些鑽石。伊通古董店在第二次世界大戰之後，在一個不願透露姓名的收藏家手中，以高價買到了這面護心鏡。

當時，轟動考古學界的是，伊通古董店的主人，為了這面護心鏡的真偽，和傳說中夾層中的鑽石的問題公開作過研究。

專家利用X光透射，證明在兩層八分之一吋厚的鋼片夾層之中，的確藏有鑽石，而且，還測出了它們的折光率，證明那些鑽石是完美的，毫無瑕疵的，可能是世界上最完美的鑽石。

當然，專家還計算出了它的重量，每一顆不多不少，是八十克拉，總重量是五千七百六十克拉。

當年輕人研究著有關這面護心鏡的資料之際，他心中不禁有點懷疑，盧拉酋長想得到那些古董，究竟是不是為那一批世上不可能再有的鑽石？

當年輕人在仔細閱讀那些資料之際，他是在離伊通古董店不遠處，一家幽靜的咖啡室內，而奧麗卡公主，則遵守著她的誓言，就在年輕人的對面。

年輕人足足有一小時沒有抬起頭來望她一眼，以致不遠處的一張桌子上，兩個顯然已經退休了的老婦人，正在竊竊私議，覺得很奇怪，何以這個黑頭髮的小伙子可以忍得住那麼久不看他美麗女伴一眼。

年輕人看著資料上，和那護心鏡原來大小一樣的彩色圖片，他自然也看到過哥耶四世的偽製品，他不能不說一句，哥耶四世是一個天才：鏡上的凹痕、大小、深淺，幾乎完全一樣。

他曾進過伊通古董店兩次，在第二次進去的時候，他已經是另有目的而去的，雖然事情後來的發展，和他的預料完全不一樣，但是當時，他曾想留意那面護心鏡，因為那是十大珍藏中最貴重的一件。

但是他卻沒有看到那護心鏡在什麼地方。那護心鏡自然是在古董店內，因為只怕世界上再也沒有比放在那古董店裡更安全的地方了，可是，它放在什麼隱蔽的地方呢？是不是也和其他的珍藏一樣，有著直通經理室的傳送設備呢？自己要將真的掉換出來，應該如何去進行才好？

年輕人想到了這一連串問題，不由自主的苦笑了起來。

自然，以他在古董店中的信用而論，他是可以逕自走進古董店去，向經理要求看那面護心鏡的，他也毫不懷疑自己，可以用最簡單的方法，就在看的時候以假換真。可是如果是那樣的話，事發之後，他一定會受到懷疑，古董店的經理會將他的樣子講出來，專家會畫出九成像他的圖形，全世界的警察，會將他當作外來的太空人一樣地對付他，保險公司的密探，會像影子一樣地跟著他，總之一句話——他完了！

簡單的辦法不能使用，那麼當然只好偷進去了！年輕人想到這裡，苦笑了一下，站了起來。

他站起來，奧麗卡公主也站了起來，年輕人向她攤攤手，做了一個公主可以明白的神情，公主又坐了下來，年輕人離開了座位，向咖啡店的店堂後走去。

他在洗手間內，花了十分鐘的時間，十分鐘的時間不算很長，而當他從洗手間走出來以後，證明他那十分鐘的時間，完全沒有白費。

他的樣子，已經徹底改變了，他的頭髮，變得鬈曲濃密，那決不是戴上去的假頭髮，只有最拙劣的化裝術才使用假頭髮，因為只要是細心一點的人就可以看得出來，那是一種特殊配方的藥水作用，這種藥水，可以使得毛髮看起來濃稠，而且使毛髮較細的部份收縮，以致令得頭髮變得鬈曲。

他的膚色，看來也黝黑得多，簡直是一種深棕色，那也不是化裝油彩的作用，而是一種不脫色的染料所造成的效果。

那種不脫色的染料，稀薄如水，一塗上皮膚，在七十二小時內，除非將皮膚揭下來，否則，無法令之褪色，面且，這種染料，含有相當濃烈的鹼性，對皮膚有一定程度的傷害，也就是說，它會使皮膚收縮變得粗糙，皮膚上的汗毛變得突出，毛孔變粗的效果。

年輕人的眼，也變成了一種濃濁的黃色，不是原來的深棕色，那也不是有色隱形眼鏡的作用，而是他服下了適量的顛茄之後的自然反應。

更難得的是，他的身上，還隱隱散發著一種體臭，那種味道，當別人和他距離接近時，就可以明顯地嗅得出來，那實在是很容易，用一滴有這種氣味的液體，化在水中，用這種水來洗一洗手，就可以達到目的了。

換言之，當年輕人自洗手間中走出來的時候，十分鐘的時間，已經使得他變成一個印度人！雖然印度早已沒有了四個階級，但是印度還是世界上貧富懸殊，距離最大的地方，說得更精確一點，年輕人自洗手間出來之後，已經變成了一個一望而知是出身十分高貴的印度人。

年輕人離開了洗手間，並不走店堂，而是繞過了一個堆放雜物的天井，來到了後門前，他輕輕地推開後門跨了出去。

當他輕輕跨出去之時，他的心中還在高興，因為奧麗卡公主，還在店堂中等他，儘管十分鐘的時間太長，已經足以令得她起疑了，可是卻還未必想得到，他已經溜之大吉了。

不過，年輕人那種想法，只不過維持一秒鐘，他前腳才跨出去，奧麗卡公主的手臂，就已經插進了他的臂彎之中！

年輕人「哼」地，道：「我應從前門走出去的。」

公主笑著，道：「你從前面出去，我就會在前門走出去的。」

年輕人苦笑著沒說話。

奧麗卡笑了起來又道：「我不會分身術，可是我會想，你進去了那麼久，一定是想擺脫我，你料我一定會在後門等，所以你大可在前門出去，不過你料到了這一點，想我也能料到這一點，所以你從後門走，因此我就在後門等你！沒說錯吧？」

年輕人用印度語說了一句，道：「我完全聽不懂妳在說些什麼！」

又一次出乎他的意料之外，公主也以同樣的語言，回答了他一句，道：「你懂的，只不過你希望自己不懂。」

年輕人轉頭望著公主，再沒有話可說了。

奧麗卡公主顯得十分高興，高興得就像是一個在遊戲中獲勝了的小孩子一樣，他們一起走出了後巷，年輕人停下來道：「真抱歉，我還是要離開妳，我要到古董店去，進行工作，妳沒有化裝，不能去。」

公主爽氣地道：「我同意，我可以在外面等你，我將那面護心鏡的複製品帶去？」

年輕人向公主提著的大型手袋，望了一眼，並不立即回答，燃著了一支煙，吸著，等到煙灰有一吋長之際，他才道：「暫時不用吧！妳不能希望第一次，就將一件最貴重的東西換出來的。」

公主似笑非笑地望著年輕人，年輕人突然變得輕鬆起來，道：「妳雖然比以前聰明得多了，可是任何人，絕無法聰明到了可以看穿他人心事的地步。」

公主像是有點傷感，道：「你像是能夠的！」

年輕人搖頭道：「我也不能，譬如說，我就不知道妳是不是真的愛我！」

公主還沒有出聲，年輕人已經轉過身，以十分輕盈的步伐過了馬路，看他走過去的方向，他是直向著伊通古董店走去的，而奧麗卡公主也一直到目送他進了古董店，才慢慢過了馬路。

在走進古董店前的半分鐘，年輕人自袋中取出了一隻巨大的紅寶石戒指，戴在手指上，那自然是顆真正的、紅得令人心直向下沉的紅寶石，如果你要使伊通古董店老板，相信你是他的一個大主顧，那麼，你就不要想用一顆假的寶石來騙過他的眼睛。

年輕人推門走了進去，和以前兩次一樣，店堂中的人不多，一個店員笑著迎了上來，年輕人用標準的牛津英語道：「我要見你們的經理。」

印度雖然落後，但是印度的貴族和富豪的子弟，卻全出身英國的最高學府，這一點自然是不能忽略的。

店員恭敬地答應了一聲，道：「請等一等！」

在年輕人停留在店堂內的那一分鐘內，他又再度打量了一下店堂中的情形。

一切防盜的裝置是不是可以應付，固然是一個問題，但是看來，那還不是主要的問題，防盜裝置不論如何精密巧妙，全是機械裝置，而機械裝置是人設計出來的，也一定可以對付。

現在看起來，最難對付的，還是遍佈在店堂之中，二十四小時不斷警戒著的那十六名護衛人員，要進入店堂而不被他們發覺，簡直不可能。

年輕人在柔軟的沙發上坐下來，沒有多久，經理就從經理室中走了出來。當年輕人看到他的時候，想起自己如果成功，當這位對古董有著如此熱切的愛好的老人，發現自己的藏品全是假貨時，一定會哀傷欲絕，那種哀傷，可能不是任何數量的金錢所能彌補的，想到這件事，他心裡覺得很不是味道。

他做過很多在法律上來說，是絕對不允許的事，但是他行事，從不會去計較，自己良心是不是允許，才最重要。

然而，現在這件事，他的良心，是不是允許他去這樣做呢？

年輕人還未曾得到確切的答案，經理已經來到了他的身前，向著他伸出手來。年輕人也伸出手來，和經理握了握，同時，欠了欠身——欠身是表示他是學過上流社會薰陶的禮貌，而並不站起來，那是表示他特殊而尊貴的地位，這正是他要給經理的印象。

在經過了幾句不相干的寒暄之後，經理望著年輕人，年輕人提出了他來的目的，道：「聽說貴店，藏有我們祖先的一頂皇冠？」

古董店經理，發出了「啊」地一聲，然後，他立即為自己的失態道歉，道：「對不起，閣下應該說，我們曾經藏有一頂印度孔雀王朝時代的皇冠！」

年輕人揚了揚眉，神情失望而略疑惑，經理攤了攤手，道：「昨天，那頂皇冠，賣給了一位王子。」

年輕人道：「王子？什麼王子？」

經理道：「我不知道，但這位王子，向我們買了兩件珍品，還有一件，是波斯王的佩刀。」

年輕人臉上失望神色更甚，道：「那樣說來，已經沒有什麼曾經是帝王使用過的東西，值得我要的了。」

經理忙道：「不，閣下可曾聽說過獅心王理查的護心鏡，那才是真正的無價之寶！」

年輕人的心裡，歎了一口氣，剛才的疑惑，現在可以說已經有了答案，用詭計去對付這樣一個容易上鉤的人，那實在是不能容許的事情。

他略停了一停，在那短時間中，經理又說了些有關那護心鏡的話，年輕人有點心不在焉，所以，他看到古董店的門推開，有兩個人，一先一後，走了進來，先推開門的，是一個老頭子，老頭子推著門，讓一個老婦人先走進來自己才跟著來。

老婦人一進古董店，就和一個店員熟絡地招呼著，那店員也立時迎了上去，年輕人心中歎了一聲，那收集中國銅器的老婦人——奧麗卡公主。

而接著進來的那個老頭子，年輕人才向他看了一眼，就不禁笑了起來。說實在的，年輕人完全不能憑著那老頭子的面貌，認出他是什麼人來，可是那老頭子的口中咬著一隻煙斗，那隻煙斗，年輕人是認得出來的，年輕人忍不住微笑起來了，那是因為他叔叔來了。

年輕人自己獨當一面，已經幹過許多驚天動地的事，但是當他一看到他叔叔來了的時候，他就有說不出來的快慰，好像再困難的事，也變得很容易了。

老頭子進來之後，只是向年輕人略望了一眼，就自顧自走了開去，去看拿破崙時代的法國銀器去了，而奧麗卡公主化裝的那個婦人，在店員的陪同下，在年輕人身邊經過之際，向年輕人眨了眨眼。

年輕人報以一個淡淡的微笑，古董店經理的神態，有點激動，重複著說道：「對不起，你錯了，屬於皇族的寶物，世界公認的應該是獅心王理查護心鏡，夾層中有著大塊鑽石的那一個護心鏡！」

年輕人又在心中歎了一聲，古董店經理真正是一個極誠實的人，用詭計去對付那樣誠實的人，那是無論如何說不過去的。

年輕人搖著頭，道：「我也聽過那護心鏡的傳說，不過，到現在為止，誰也未曾看到過那夾層中的鑽石，只不過是傳說而已。」

古董店經理的臉，有點脹紅，他用極堅決的語氣道：「靠現代科學儀器的幫助，事實上，根本不必打開夾層，就可以知道裡面的鑽石，是世上所罕有的奇珍，如果你有興趣，可以看一看有關它的資料。」

年輕人一面聽著經理講著話，一面在注意著四周圍的情形。

薑畢竟是老的辣，他叔叔進來之後，連看也沒有向他多看一眼，可是奧麗卡公主卻有點沉不住氣，頻頻向他望過來。

年輕人心中迅速轉念著，他已經有了決定，所以，他接受了經理的提議，點了點頭，轉身和經理一起向經理室走了過去。

在走向經理室的時候，年輕人又向奧麗卡公主看了一下，他預期公主會有一下震動的，但公主卻完全若無其事。

奧麗卡公主完全沒有反應，年輕人倒不禁震動了一下，因為他進古董店來，公主也跟進來，可知她真的是在實行她的「寸步不離」的辦法，照說，他和經理一起進經理室去，她一定會感到憤怒的，但是她卻一點表示也沒有，那是為了什麼？

寶刀未老

年輕人其實只想了幾秒鐘，就已經明白了，他知道，一定是剛才公主挽著他的手臂，一起自後巷中走出來的時候，已經在他的身上放了小型的偷聽器，她不怕他暫時離開，因為她可以聽到他和經理在講些什麼。

在經理推開門，先走進經理室，而他跟著走進去之後，他已經發現那小型偷聽器的所在之處了，那是在他的後衣領之內。

年輕人只是伸手摸到了那小型偷聽器，並沒有立時將之取下來，因為那具小型偷聽器，對他已經決定的計畫，有極大的用處。

經理室的門才關上，正在察看銅器的老婦人，就戴上了一副老花眼鏡，她的動作是自然而然的，完全沒有引起別人的懷疑，而在她戴上了老花眼鏡之後，眼鏡架上的小型收聽器，就可以使她聽到年輕人和經理在經理室中的對話了。

她首先聽到年輕人在問，道：「我不但希望看著資料，而且，也希望看一看實物。」

經理像是遲疑了一下，道：「可以的，但是這件東西，實在太珍貴了，它應是無價之寶，現在我們的訂價雖然是天文數字，不過——」

年輕人道：「是的，我明白。」

經理又道：「事實上，歷年來我們為了這面護心鏡，所付出的保險費也超過十萬鎊了，保險公司和我們有一個協定，就是任何人要看這面寶鏡的話，至少要有四個以上保險公司的密探在場！」

年輕人「嘿」地一聲，道：「原來那麼麻煩，那我還是先看資料再說。」

奧麗卡公主皺了皺眉，古董店方面的防衛如此之緊，看來就算要以已經購買了兩件寶物建立起來的信用，以假的去換真的也不是什麼容易的事。

公主接著聽到書櫥打開了的聲音，紙張翻動的聲音，和年輕人與經理在討論著那面護心鏡的事。

約過了五分鐘忽然聽得「砰」地一聲響，接著是年輕人道：「對不起，弄髒了你的地毯！」而經理則道：「不要緊，不要緊！」公主不禁微笑起來，她知道年輕人又在出什麼花樣了。

足足半小時後，年輕人才從經理室走了出來，經理在後面恭送著，道：「如果你有興趣看一看寶物，請和我預先約定時間。」

年輕人答應著，道：「好的，我回去和我的家族商量一下！」

他走了出去，公主隨即也站了起來離開。那老頭直了直身子，買了一件小小的銀器，也離開了古董店。

年輕人和公主在轉角處會合，一起進了車子，直駛回酒店。公主在車中除去了化裝，回復了本來面目，而年輕人的化裝，在三天之內是無法消除的，所以他看來仍是一個印度人。

一進了酒店的房間，公主便轉身，雙手抱住了年輕人輕輕吻了他一下，年輕人當然知道，當公主雙手環著自己之際，已經將領後的偷聽器取了回去。

公主輕盈地轉著身，道：「有什麼收穫？看來好像什麼成績也沒有。」

年輕人也笑著，指著公主，道：「妳錯了，收穫大到不能再大！」

公主揚著眉，以一種十分俏妙的神情，望定年輕人。年輕人說道：「我趁經理在找資料之際，弄翻了一杯酒，而又趁他在收拾酒杯之際，我偷了一份整個古董店的保安裝置圖樣。」

奧麗卡公主先是窒了一窒，接著，忍不住失聲叫了起來道：「你在開玩笑！」

年輕人自上衣袋中，取出一份折疊的圖樣來道：「如果妳以為我在開玩笑，妳可以看看這個！」

公主一伸手，將圖樣攤了開來，一共是十張極薄的紙張，公主迅速地看了一遍，臉上仍然充滿了不信任的神色，道：「不可能的，這樣重要的文件，有了這些圖樣，那十件寶物，幾乎已等於一大半到了手中，你是怎麼能在那麼短的時間弄到手的？」

年輕人道：「運氣不錯，我在經理找資料的時候，發現所有的資料櫃上的抽屜，全有標籤註明抽屜內放的是什麼，只有一個小抽屜沒有，我先趁著經理講話的時候，背對著抽屜將鎖弄開，然後，當他俯身去拾杯子之際，我拉開抽屜——」

他講到這裡，略停了一停，笑道：「拉開抽屜一看，我就知道那是什麼了，妳想既然我有那麼好的運氣，何必再客氣！」公主歡欣地叫著，又抱住了年輕人，送上了深深的一吻。

年輕人輕輕拍著公主柔軟的腰肢，道：「來，我們來研究一下那十張圖樣，我想，如何取得寶物，在這十張圖樣上，都可以有了答案了。」

年輕人料得不錯，每一張圖樣，展示一件寶物的防盜裝置，圖樣上展示的複雜裝置，簡直是任何巧手妙盜的陷阱，如果不是有這些圖樣，敢說世界上任何一個竊賊，都無法將十件寶物之中的任何一件弄上手的。

他們一張一張地研究著，公主的神情，越來越是興奮，她的鼻尖上，因為興奮而流出了細小的汗珠，她不住用濕濕的手心，握著年輕人的手，使她看來更加動人，她不住地說道：「我們可以成功了！」

年輕人道：「如果能給我進店堂一小時的時間的話！」

公主眨著眼，道：「什麼意思？」

年輕人輕按一下公主的鼻尖道：「妳忘了在古董店裡，十二名二十四小時不停的守衛。」

公主皺了皺眉，說道：「你要多少時間？」

年輕人指著那些圖樣道：「在熟悉了那些裝置，再配備了應用的工具，我想至少仍需要一小時！」

公主的眉心還打著結，但是過了不久，她就高興地笑了起來，道：「令他們昏迷一小時，不就足解決問題了麼？」

年輕人提了提眉，道：「那自然是最簡單的辦法，可是這樣一來，伊通古董店的失竊案，不是立即被人知道了？這並不是我們想的。」

公主揮著手，她的神情仍然極其興奮，道：「反正遲早要知道的，我們可以完全不破壞防盜裝置，而我們又有贋品放回去，古董店方面，一定以為我們無功而退，而當這消息傳到盧拉酋長的耳中之際，他卻可以知道，我們的確採取過行動，而且成功了！」

在公主說話之際，年輕人一直「唔唔」地點頭表示同意，而要令那十二名守衛昏過去，是很容易的事。第二天，公主就將之布置好了，她將強力的麻醉氣壓縮劑，放進了古董店的空氣調節系統之內，又在氣罐上附上了無線電控制的裝置，遙控裝置控制隨時可以將罐蓋打開，將麻醉氣體送入店堂之中。

年輕人也在忙他的，他在準備著一切應用的工具，自然有相當多的時間，他並不是和公主在一起，不過公主好像很放心，年輕人自然知道公主放心的原因。

公主放心年輕人自己去行動，是因為她相信她放在年輕人身上的偷聽器，一直未曾為年輕人所發覺。

年輕人在這兩天之中，曾和他叔叔見了一次面，將他的計畫和他叔叔講了一遍。他叔叔沒有什麼表示，只是用一種奇妙的眼光望著他。

年輕人自然知道，他的叔叔用這樣的眼光望著他，是什麼意思。

事實上，每當夜色來臨，他和公主一起回到了酒店之中繾綣蜜愛之際，他自己的心情也同樣微妙，好幾次，他幾乎要放棄自己的計畫了。但是，他還是忍住了不出聲，等候那一晚的來臨。

那一晚，是他們開始行動的一晚。

午夜才過，一輛小型的貨車緩緩轉過了街角，停在離伊通古董店不遠處，年輕人穿著清潔工人的服裝下了車，打開貨車後面的門，先拉出了一輛推車，然後，將兩隻看來像垃圾筒一樣的鐵筒，搬了下來，放在推車上。那時，車子開始後退，返到街角。當車子後退著經過年輕人身邊之際，年輕人和駕車的公主，交換了一下眼色，各自點了點頭。

年輕人推著車向前走去，公主打開了無線電遙控儀，按下了一個掣。

街上很靜，隔相當時候才有一輛車疾駛而過，年輕人來到了古董店門口，看了看手錶，已經過去了三分鐘，古董店中十二名守衛，應該已經昏過去了。

他更走近門口，迅速地弄開了門，拉著車子走了進去，在進去之前，戴上了防毒面具。一進門，他就看到，十二名守衛，有的伏在櫃上，有的倒在沙發上，全都昏睡了過去。

年輕人仍然推著車子慢慢向前走著。

在貨車上的奧麗卡公主，與其說她緊張，不如說她正處在極度興奮狀態之中。

她看著手錶，年輕人進古董店，已經十五分鐘了，他應該已換了兩件到三件珍物了，她自然看不到古董店內的情形，但是在年輕人下車之際，她又將偷聽器附在他的衣領上，這時，她可以聽到年輕人在弄開防盜裝置時發出來的種種聲響，而她心中在想的是：就算對你最親密的戰友，也該有一點小小的祕密。時間慢慢過去，過了半小時之後，才有兩個警察，慢慢地踱了過去，一點緊張也沒有，一小時之後，店門打開，年輕人又推著車子，從容地走了出來。

當年輕人和公主來到了碼頭，將兩隻大鐵桶由哥耶四世幫著，一起搬上一艘早已停泊在那裡的快速遊艇，立時向外駛去之際，古董店的警鐘，才大鳴特鳴，不到五分鐘，幾乎有上百個警察，趕到了古董店。

而當年輕人、公主和哥耶四世，已經在公海中行駛之際，他們在收音機中聽到了倫敦電台的廣播。廣播稱：竊賊利用麻醉氣體，使得伊通古董店的十二名守衛，昏了過去，估計在店內逗留了一小時之久，但是由於店內超卓的防盜措施，以致使得進入的歹徒一無所獲，店內一點損失也沒有云云。

公主一面聽著廣播，一面在甲板上跳著舞，看她的樣子，高興得想飛了起來。

遊艇的性能十分好，直航阿拉伯海，那兩隻鐵桶中，放著年輕人換出來的八件寶物，哥耶四世好幾次要打開來看看，都被公主和年輕人阻止了，因為東西是盧拉酋長的，他們不想東西在送到盧拉酋長面前之際，有任何的損壞和意外。

在海中航行的那二十天，實實在在是極其快樂的旅程，藍天碧海，醇酒美女，奧麗卡公主用她比酒還濃的風情，使得年輕人陶醉。

遊艇一進入阿拉伯海，盧拉酋長派來的水上飛機就來了，他們三人登上了水上飛機，直飛至盧拉酋長統治的那一塊土地，他們進盧拉酋長的皇宮，由酋長親自率領七位他最得寵的美女出來迎接。盧拉酋長一見到哥耶四世，就哈哈大笑道：「你們幹得太好了，倫敦方面的消息說，一點也沒有損失！哈哈，當我博物院落成，展出那十件珍寶之際，看看蘇格蘭場首腦的那些臉色吧！你們真是天才！」

哥耶四世和公主都微笑著，年輕人則看來，有著他的一份矜持。

酋長在他的私室中，打開了那兩隻鐵箱，將換來的八件珍寶，一件一件拿出來仔細地欣賞著，讚不絕口。公主在這時道：「酋長，我們只到手八件珍品，那柄寶刀和皇冠，事實上是這位先生買來，再送給你的！」

酋長慷慨地道：「你花了多少錢買的，我照價還給你，多少錢？」

年輕人說了一個數字，盧拉酋長立時召來財政部長，全數照付。第二天，年輕人先告辭離去，他和公主約定在巴黎見面。可是，年輕人沒有赴約，他失約了！

年輕人沒有到巴黎去，當公主在香榭麗舍大道等他的時候，他和他的叔叔，正在芬蘭中部，一個恬靜得像是世外桃源的山中小湖上划舟。

年輕人的神情，看來有點憂鬱，他叔叔抽著煙斗，望著他，道：「照說，盧拉的博物館，還要兩年才開幕，要到那時候，才能知道你根本沒有換走古董店的珍寶，只是將哥耶四世製的維妙維肖的膺品，原封不動地運了出來，你為什麼不去見她？」

年輕人苦笑了一下，一槳划下去，將碧綠的湖水，划開了一道痕，他吸了一口氣，道：「我只收取我被人利用應得的報酬，不想負債！」

老人家笑了一笑，道：「你想想，當盧拉酋長請了專家來鑑定他的展品，而結果發現是假的之際，他會怎麼樣？」

年輕人笑道：「可能永遠不將石油賣給英國！」

老人家笑了起，又道：「你是不是覺得，當你在經理室中，和經理提到有人要打他藏寶的主意，勸他和你合作的時候，他答應得是不是太爽快了一點？」

年輕人揚了揚眉，叫了起來，道：「叔叔，你——」

老人家攤了攤手，道：「是的，早一天，我和他見過面，已經將情形向他說了一遍，要說服這個頑固的老人，真不是一件容易的事，直到我當著他的面，在三十分鐘之內，沒有觸動警鐘，而將那面護心鏡弄了出來，他才算是服貼了！所以，你去找他的時候，他其實早已知道了你的身分，而將圖樣給了你！」

年輕人頓了頓，說道：「圖樣是真的？」

老人家道：「百分之一百真的。」

年輕人吸了一口氣，說道：「那麼，我實在想不出，你有什麼法子，在三十分鐘之內，不觸動防盜裝置，而能盜到護心鏡！」

老人家吸了口煙，噴了出來，道：「我生日的時候，你送了我柄寶刀，須知道我年紀雖然大，但仍然寶刀未老！」

年輕人做了一個無可奈何的手勢，用力划著槳，小船在湖水中，迅速向前蕩了出去！

〈完〉

尺蠖

山巒間的槍聲

尺蠖是一種蛾的幼蟲，這種蛾，就叫尺蠖蛾。尺蠖蛾也有十幾種之多，但牠們的幼蟲，都叫尺蠖，這種蟲的樣子有點像蠶，身子細，約有三寸長，好像是一節四季豆，腳生在頭部和尾部，所以行動起來，樣子就非常怪，要將長在尾部的腳，移到了齊近頭部的腳，在頭部的腳，再向前移去，如此繼續不斷。當頭部的腳，和尾部的腳，靠在一起的時候，整個身子，就彎了起來，所以牠在向前行進之際，實際上就是不斷彎成弓形再放直的動作，幾十條尺蠖一起在樹幹上，身上弓起來又放直，向前蠕動，這種情形，實在令人有說不出來的憎厭和不舒服之感，覺得這種毛蟲向上爬的姿態實在太令人噁心。

人看尺蠖拚命向上爬的情形，覺得噁心，不知道反過來尺蠖看人拚命向上爬的情形，是不是也覺得噁心？人在向上爬的時候的情形，只怕還要醜惡得多吧？

在一個漂亮俐落的急轉彎之後，年輕人貼住了滑雪板，在一簇枯樹之前，停了下來，回頭望去，幾分鐘之前，自己的站立之所，看來已經有點高不可攀，從山頂上向下滑來，那種風馳電掣移動的感覺，真叫人心曠神怡。

氣溫很低，雙手雖然戴著手套，手指尖仍然有點麻木，年輕人將手指伸屈了幾下，正準備繼續向前滑，滑到他居住的那間由松木築成的屋子去，而就在此際，連續的兩下槍聲，突然響了起來。

在這幽靜的地方，他住了超過一年，在這一年中，他聽到的最大的聲響，怕不會響過他自己的咳嗽聲，那突如其來的兩下槍響，襯著山巒的回音，令得年輕人的身子陡地一震，當他看到他前面的兩株枯樹，樹幹上忽然開了花之際，他已經向前直撲了下去。

他並沒有中槍，他向前撲出去，是為了躲避再有可能射來的第三槍，他在雪上打著滾，一直滾下去，在平整的雪地上，留下了極難看的痕跡。

一直到他滾下了三十多碼，他才有機會定神向四面看去。

槍聲來得太突兀了，他甚至無法判斷子彈是從哪一個方向射來的，但是憑他對槍械的知識來下判斷，他卻可以肯定，子彈劃破冷空氣時所發出的尖銳的呼嘯聲，一定是一柄性能極佳的遠程來福槍所發出來的。

年輕人伏在雪地上，喘著氣，他穿著鮮艷奪目的衣服，而四周圍是一片白茫茫的，那使他成為最佳的靶子。

年輕人的心頭，感到了一股寒意，他用最快的動作，將滑雪板除了下來，然後身子扭動著，盡可能令浮雪將自己的身子蓋住。

槍聲沒有再傳來，連最後的一下回聲也靜止了，四周圍仍然是那樣寂靜，空氣寒冷而凝止，可是年輕人卻覺得死亡之神，在他身邊徘徊。

他向自己的身子望了一眼，他伏著的地方離屋子還有三百碼，如果他能夠奔進屋子去，那麼，至少他可以比較安全，可是在這三百碼的過程之中，他是不是能避開槍手的射擊呢？

年輕人的手心，在隱隱冒著汗，他已經對剛才突如其來的那兩槍聲下過判斷，覺得那絕不會是獵人的傑作，因為這裡根本沒有獵人，而且，除了他之外，最近的鄰人，也在一公里之外，而且，這裡除了積雪，並沒有可供打獵的野獸，這裡是芬蘭的北部，接近北極圈之處，他已在這裡住了一年多，這一次，真正是除了他的叔叔之外，沒有別人知道他在這裡。

可是，剛才就有人向他射了兩槍。

想起剛才情形，他還有點不寒而慄，要是那兩顆子彈，稍微瞄準一點的話——可是，那種不寒而慄的感覺，只不過維持了幾秒鐘，他就忍不住伸手在自己的腦門上拍了一下，同時哈哈笑了起來。他真是太蠢了，他真是太蠢了，他心中罵了自己一聲蠢才，然後，從雪地上站了起來。

他站在雪地上，成為極明顯的一個目標，而且，幾乎是他一站起來，槍聲又響了，就在他身側，還不到一呎處，子彈發出「滋溜」的聲音，鑽進了積雪之中。

可是年輕人卻一點也不害怕，他只是揚了揚眉，向子彈飛來的方向，揮了揮手，又繼續向前走去，當他走出七八步之後，第四槍聲又響了起來，他覺得頭上，像有什麼東西飛過，他伸手在頭上摸了一下，他所戴的那頂絨線帽上面的一個絨球，已經被射掉了。

年輕人笑了一下，那更證明他剛才聽到那兩下槍聲時的害怕是多餘的。

他在那一剎間所想到的是，既然有槍手在他看不見的地方，向他射擊，所使用的又是遠程來福槍的話，那麼，他早就應該死在第一、第二響槍聲之下了，因為裝有望遠瞄準器的來福槍，是十拿九穩的，而開始的兩槍既然放過了他，他實在不應該害怕，那證明對方無意取他的性命，只不過和他開一個玩笑而已。

年輕人在站了起來之後，本來是想循著子彈射來的方向，去找那個槍手的，但當他帽子上的絨球，被子彈射飛了之後，他就改變了主意。

他知道自己料得不錯，槍手並沒有取他性命之意。不過如果說這是開玩笑的話，那麼這個玩笑，也未免太過份了一些，如果開槍的人，手指稍微震動一下——

年輕人改變了主意，決定先回到屋子裡去再說，那個槍手，能夠來到這樣遙遠荒僻的地方來找到他，當然不會放棄最後的幾百碼不走，不到屋子裡來和他見面！

在年輕人走向自己的屋子之際，槍聲一下又一下地響著，他左、右兩腳的滑雪橇上，各中了四槍，留下了八個小孔，而他來到門口之際，最後的兩槍，射斷了他雙手所握的滑雪桿。

年輕人吸了一口氣，空氣乾燥而寒冷，他無法不承認，那個隱蔽的槍手，是第一流的槍手，讓他去易地而處，是不是會有同樣的好成績，還未可逆料。

當然，年輕人在向屋子走去的時候，腦細胞也在迅速地活動著，他在想：誰會找到這裡來，對他作這樣的示威呢？照目前這種危險遊戲的情形來看，那倒像是奧麗卡公主的標準手法。

想起了奧麗卡公主，年輕人皺了皺眉，又不禁嘆了一口氣。但是他並不認為公主會有那樣神妙的槍法，而且，他也最不希望公主在他面前出現——那並不是說他不想念奧麗卡，他幾乎每一天都曾想過，如果奧麗卡不是現在的奧麗卡，那該有多好。

手中的滑雪桿被射斷之後，年輕人推開了門。

門才一推開，一股暖意，夾著一種松木的香味，就撲面而來，年輕人順手拉掉帽子，他應該多少有點準備，準備那槍手來訪。

然而，他立即發覺，他沒有機會作準備了，屋子裡已經有了客人，背對著他站在窗前，那不速之客顯然一直在窗前看著他，看他中槍之後滾下雪坡，又看著他在槍擊之下，一步一步，走向屋子。

當然，那人也知道他進了屋子，可見那人卻並不轉過身來，年輕人一時之間，也不知道那是什麼人，因為那人戴著和穿著愛斯基摩人戴的帽子和外衣，看起來，只是毛茸茸的一團。

但是年輕人立時看到，那個人的手中，拿著一幅油畫，那是年輕人的作品，畫的是奧麗卡公主——他心中想像的奧麗卡，一個極美麗的女人，而臉上有著聖潔的光輝。

那幅油畫是年輕人花了很多時間畫成的，他的油畫技巧或許不是太成熟，但是只要是認識奧麗卡公主的人，誰都可以一看就認得出那是她的畫像，而如果是對藝術有一點造詣的人，一定可以看出畫這幅像的人，在畫像之中，注入了極深的感情。

年輕人看到那人手中拿著那幅油畫，他就不禁苦笑了起來，不知道是高興，還是討厭，他已經知道那是什麼人了，要不是奧麗卡自己，誰會注意這幅油畫？

他伸手在自己的臉上撫摸了一下，在一張椅子上坐了下來，椅旁有一堆疊得相當整齊的木塊，他順手拿起兩塊來，拋進了壁爐之中，壁爐中的火頭，向上竄了一竄，新落進火燄的木塊，發出了一陣劈劈拍拍的爆裂聲，年輕人緩緩地道：「妳是怎麼找到我的？」

奧麗卡公主仍然不出聲，也並不轉過身來，就在這時，「砰」地一聲，門被撞了開來，一陣冷風隨著掩了進來，等到門關好，屋子中又多了一個人，那是一個身形十分高大的西方人，約莫四十左右年紀，手中拿著一柄遠程來福槍。

年輕人望著那人，奧麗卡公主直到這時，才道：「認識這位亨特先生麼？」

年輕人向亨特望了一眼，這個人，這個名字，像是在什麼地方聽說過的，可是一時之間，他卻又想不起來，他只是翻了翻手，道：「亨特先生，你剛才的槍法，很令人佩服！」

那個亨特也拉下了帽子，道：「你的勇氣，更令人佩服，我不明白為什麼你不害怕。」

年輕人乾笑了一聲道：「或許我知道能夠在這裡找到我的人，一定不是普通人的緣故吧！」

他頓了一頓，才又道：「奧麗卡，好麼？」

奧麗卡公主直到這時，才轉過身來，在柔長的獸毛的掩遮之下，她美麗的臉龐，看來像是瘦了不少，不過她的一雙眼睛，仍然是那樣明澈動人，而且，也一樣閃耀著那種深不可測的光輝。

年輕人指著她手中的那幅畫，道：「畫得不好，幾乎不像妳，是不是？」

公主沒有說什麼，只是走向前去，將油畫放在一個架子上，緩緩地道：「不過對你來說，這油畫是無價之寶，因為它救了你的性命！」

年輕人望著奧麗卡的側影，一時之間，還不明白她這樣說，是什麼意思。

不過，年輕人隨即明白了，奧麗卡公主找到了他，心中懷著極度的恨意。她帶著那個槍手，本來是想來殺他的，可是當她見到了自己的那幅畫像之後，她改變了主意，那就是神槍手亨特為什麼只是恐嚇他，而沒有射死他的最大原因！

但，奧麗卡為什麼要恨到來殺他呢？

年輕人不禁苦笑了起來，唯一的可能，就是盧拉酋長的那件事發作了，奧麗卡已經知道他在伊通古董店中，並沒有將真的寶藏換出來，而是將八件贗品，原封不動地帶了出來，由她去交給盧拉酋長！

年輕人一面苦笑著，一面攤著手，道：「妳是怎樣找到我的？」

奧麗卡公主仍然沒有望年輕人，只是微側著頭，望著自己的那幅畫像，她道：

「真不容易，我足足找了你半年，才知道你在這裡！」

年輕人仍然苦笑著，道：「我以為盧拉酋長的博物院，要兩年才造得成。」

奧麗卡冷笑一聲，道：「或者你更希望他的興趣過去了，再也不建造那個博物院！」

年輕人攤了攤手，聳聳肩。

奧麗卡笑了起來，道：「不錯，事實的確是如此，盧拉酋長已經放棄了他建造博物院的計畫，他現在正在興建一條一百公里的快速跑道，好讓他統治的地區，成為全世界賽車的中心！」

年輕人道：「那麼，我不明白——」

奧麗卡公主這才轉過頭來，望著年輕人潔白的牙齒，咬著下唇道：「不過，你的運氣不夠好，當盧拉酋長放棄了建造博物院的計畫之後，他就將那十件珍藏，照原價出售，而由我買了下來！」

年輕人的神情更加苦澀，但是他卻竭力裝出輕鬆的樣子來，道：「那就該說，妳運氣不夠好！」

奧麗卡「哼」地一聲，道：「你知道那總共是多少錢？」她不等年輕人回答，就繼續道：「我出讓了我那幾家工廠的所有股權，變賣了珠寶首飾，湊齊了那筆錢給酋長，當時我想，我只要能夠以伊通古董店的訂價三成，將這十件古董賣出去的話，我的財產，就可以增加三成，可是結果，結果——」

奧麗卡講到這裡，聲音變得十分激動，可是她卻隨即冷靜了下來，道：「結果是怎樣，你應該知道的了！」

年輕人嘆了一口氣。

除了嘆氣之外，年輕人實在沒有什麼話好說的了，奧麗卡公主既然只是用伊通古董店訂價的十分之一，買進了那批古董，可是，那也是一筆極大的數目，年輕人完全不懷疑她要出讓工廠，變賣珠寶才能湊到這筆錢，而結果怎樣，自然不問可知了。當她發現那十件東西之中，只有那柄寶刀和那頂皇冠是真的，其餘八件根本全是贋品之際，唯一的結果是：她破產了。

這就是為什麼她要天涯海角來找他，而且還帶著神槍手的原因了。

奧麗卡公主揚著眉道：「你現在覺得很高興，是不是？」

年輕人再嘆了一聲，說道：「或許妳不相信，但是我的確很代妳難過，我可以賠償妳的損失。」

奧麗卡陡地縱笑了起來，道：「我的損失，你知道我的損失是什麼？」

年輕人道：「金錢方面的——」

他的話還未曾講完，公主就發出了一下尖叫聲，打斷了他的話頭，而她的神情，也變得極其憤怒，在一旁的那位神槍手亨特，後退了幾步，來到屋角，舉起槍來，對準了年輕人。

奧麗卡公主尖聲道：「我一次又一次地相信你，又一次一次被你欺騙，這種損失，你用什麼來賠償我？你說，你用什麼來賠償？」

年輕人心中很難過，真的很難過，他張開手，向奧麗卡公主走過去，可是他才跨出一步，公主就厲聲道：「別碰我！」

年輕人站定，奧麗卡喘著氣道：「本來我決定要殺死你，我要看你慢慢死的，命亨特先射斷你的腿，然後，讓你死在雪地之中，可是……那幅油畫改變了我的主意……」

她又轉過頭去，望向那幅油畫，聲調也在剎那之間，變得十分柔和，道：「你是全憑想像畫出來的，可見你並沒有忘了我！」

年輕人低聲道：「是，我想念妳！」

奧麗卡陡地又變得凶狠起來，道：「你想我什麼？是不是因為你一次又一次欺騙了我，而使你感到心中很快樂，想起來就好笑？」

年輕人又嘆了一聲，向亨特道：「對不起，請你出去一下，我和奧麗卡有點話要說！」

亨特聽了年輕人的話，現出一種十分難以形容的笑容來。

年輕人一時之間，還不知道他發出這樣的笑容，是什麼意思，可是他立即就明白了，因為奧麗卡公主已然立即道：「你不論有什麼話和我說，亨特都有權在場，因為他是我丈夫！」

年輕人陡地震了一震，望向奧麗卡，在那一剎間，他心頭的震動，是如此之甚，以致他看出去，奧麗卡俏麗動人的臉龐，竟然有點模糊。不過他還是可以看得出來奧麗卡的臉上，有著一種復了仇的快感。

年輕人在剎那之間，心頭不知湧起了多少事來，他直到這時才知道，原來奧麗卡知道他對她的感情，所以才嫁了人，用這個行動來使他也感到痛苦。

年輕人本來是想掩飾自己的痛苦的，他的能力，也完全可以做得到這一點，但是他覺得完全沒有這個必要，因為他在奧麗卡那種充滿了復仇快感的神情中，也同時看出了她心頭的痛苦。

年輕人後退了幾步，頹然坐了下來，低著頭，過了半晌，才用一種十分平板的聲調道：「恭喜妳！」

奧麗卡公主尖聲笑了起來，道：「我破產了，因為你，我沒有辦法，只好嫁給亨特，他有足夠的錢，可以使我依然過奢豪的生活！」

年輕人向亨特望了一眼，這時候，他已經知道亨特是什麼人了。

亨特是一個典型的花花公子，愛好一切刺激的運動，曾獲得幾次世界性大賽車的冠軍，他精擅爬山、射擊、游泳、劍擊，和一切屬於新時代的時髦玩意，精通幾國的語言，最重要的是，他是巴西擁有私人土地最多的一個人，有著數不清財產！

看樣子，奧麗卡公主嫁了亨特這樣的一個人，倒是天造地設的一對。

年輕人想到這裡，又不禁喃喃地道：「恭喜妳！」

公主再度縱笑了起來，年輕人有點無可奈何，道：「現在，妳也一定不在乎我金錢上的補償了，對不對？妳既然找到了我——」

奧麗卡揚了揚眉，打斷了他的話頭，道：「不錯，我不在乎你金錢上的補償，可是——」

年輕人沉聲道：「妳已經結婚！」

公主冷笑著，道：「我要你替我做一件事。」

年輕人陡地站了起來，揮著手，大聲道：「每一次，我都不是存心騙妳的，可是妳一定要我做我所不願意的事，妳是自己在騙自己！」

奧麗卡公主的神色，變得十分冷峻，道：「這一次，你不會再有騙我的機會，亨特，是不是？」

亨特在奧麗卡面前，看來有點像是木偶一樣，和他那種花花公子的聲名，完全不相稱，他只是盯著年輕人，直到聽得那一問，才道：「當然是，奧麗卡！」

年輕人聽到他們兩人的一問一答，不禁有點啼笑皆非，同時，他的心中，也有幾分苦澀的味道，那自然是因為奧麗卡公主忽然嫁了這樣一個花花公子。

他在芬蘭北部，終年積雪，人跡不到的地方隱居著，當然是為了想躲避奧麗卡，可是他的心情，卻也十分矛盾，連他自己也覺得不能解釋。

他只是坐了下來，拿起了一根在壁爐中燃燒的松枝，點著了煙，深深吸了一口。奧麗卡公主的神情，看來像是一隻踏住了老鼠的貓一樣，道：「你怎麼不問我，這次我要你去做什麼？」

年輕人徐徐地噴出了一口煙，緩緩搖了搖頭，道：「奧麗卡，我認為，任何遊戲都應該停止了，或者，妳應該找別人和妳去一起玩，例如這位亨特先生，妳找我來幫助妳，妳應該知道後果的！」

奧麗卡揚了揚眉，發出一陣「嘿嘿」的冷笑聲來，道：「這一次不怎麼相同，我是有準備而來的，你為什麼不先問，我是怎麼找到你的？」

年輕人聽得公主那樣問，心中不禁陡地一動。

是的，公主是怎麼找到他的呢？他在這裡，和上次在尼泊爾隱居不同，只有他叔叔一個人知道，而這時看公主那種有恃無恐的神情，難道是他的叔叔——

年輕人一想到這裡，不由自主陡地站了起來。

奧麗卡立時冷笑著，說道：「你想到了！」

年輕人像是根本沒有聽到奧麗卡的話，立時又坐了下來，可能是他叔叔吃了奧麗卡的虧，但是他隨即想起，那是不可能的，他現在這一身應付任何惡劣的本領，全是在他叔叔那裡學來的，他要對付奧麗卡，要不是有感情上的糾纏的話，可以說只是舉手之勞而已，他叔叔怎會吃虧？

他剛想到這裡，坐了下來，奧麗卡又道：「你雖然想到了，可是你仍然以為那不可能？」

年輕人立時抬起頭來，以極其疑惑的神色，望定了她。她那兩句話像是完全猜中他的心事，實在是不能不令他起疑！

年輕人緩緩地道：「我以為妳是來殺我的！」

奧麗卡道：「是的，但是現在我既然改變了主意，就要你替我做點事！」

年輕人噴出了一口煙，道：「算了，我不會替妳做任何事，因為妳永遠不會滿足——」他講到這裡，略頓了一頓，道：「這次我如果再答應妳，或者妳下次又會要求我，幫妳去做一個女皇帝！」

奧麗卡公主忽然笑了起來，一時之間，年輕人實在不知道自己那句話，有什麼好笑之處，可是奧麗卡卻不斷地笑著，足足笑了一分鐘，才道：「你說對了一半，我不是下次要做女皇帝，這次就要！」

年輕人陡地一震，連手中挾著的煙，也幾乎跌了下來。

這樣的話，如果出自別的女人之口，年輕人自然完全不會去考慮這件事的真實性，但是出自像奧麗卡這樣的女人之口，年輕人卻也不會懷疑她的真實性。

她想要做女皇！這真正是異想天開到極點的想法，她是準備去發動一場革命，還是用什麼其他別的辦法呢？

年輕人定了定神，有點苦澀地笑了起來，道：「恭喜妳順利登基，我不想做什麼開國功臣，也不會踏進妳的領土半步，同時，我告訴妳，任何威脅，對我都不發生作用，剛才妳錯過了殺我的機會，以後也不會再有同樣的機會了，妳走吧，」

奧麗卡只是冷冷地望著年輕人，在一旁的亨特，突然怒不可遏，踏前一步，揮動手中的來福槍，槍管向著年輕人的臉上，疾掃了過來。

年輕人一伸手抓住了槍管，順手一拉，亨特整個人向前衝來，手仍抓在槍柄上，可是年輕人的手轉了一轉，亨特的手腕跟著轉動，雙手不由自主，鬆了開來，年輕人手再向前一送，槍柄在亨特的肚子上，重重撞了一下。

雖然亨特穿著很厚的衣服，不過那一下，仍然撞得他面上的肌肉抽搐，彎著身，後退了出去，他在退出之際，雖然，曲彎著腰，可是仍然抬著頭，用一種絕不相信的神情，望著年輕人。

他不明白年輕人是用了什麼手法，將他手中的槍奪去，又怎麼可能在那麼短的時間中，連身子也挺不起，就重重撞了他一下的。

亨特當然不可能明白，他雖然是第一流的西洋拳擊的好手，可是他怎能懂得中國武術中的三十六路大擒拿法？又怎麼能懂得中國詠春拳術中「勁發於寸」道理？

年輕人順手將奪過來的來福槍拋了開去，目光冷峻。

奧麗卡公主也在這時，滿面怒容，來到亨特的面前，揚起手，左右開弓，就在亨特的臉上，接連打了兩個耳光，同時罵道：「蠢才，我對你說過多少次了，叫你不要動手，告訴你，和他比，你只不過是一團泥！」

奧麗卡會這樣對待自己的丈夫，年輕人也不禁呆了一呆，亨特慢慢直起身子來，臉上的肉，在簌簌地跳動著，看來極其生氣。

但沒有多久，他就變得十分順從道：「是！」

接下來發生的事，更出於年輕人的意料之外，奧麗卡的怒容未息，接著指著門外道：「我們走。」

年輕人怔了一怔，亨特已向外走去，不但亨特向外走去，奧麗卡也跟在後面。年輕人實在想不通，何以一剎那間，公主就肯離去，他當然不那麼樂觀，以為事情已然全過去了。

亨特先拉開了門，寒風捲了進來，年輕人道：「亨特先生，你的槍！」

亨特略停了一停，可是他還未及轉過身來，就見奧麗卡一伸手，將他推了出去，亨特被推出門外，一腳踏在外面的積雪之上，靴子將積雪踏得發出了「吱」的一聲響。

奧麗卡也在這時，轉過身來指著壁爐架上的一只旅行袋道：「你看看這裡面的東西，看完了，如果想來找我，我在赫爾辛基。」

奧麗卡的瘋狂計劃

奧麗卡公主話一講完，就重重關上了門，年輕人直到奧麗卡一指，才發現壁爐架上的那只旅行袋，因為剛才他在槍林彈雨中進來，一進來就看到了奧麗卡，一切來得實在太突然了。

他先不去看那旅行袋，只是立時來到了窗前，向外面看去。只見奧麗卡和亨特，已經走出了十來步，從前面的高地上，兩輛雪車，以極高的速度，衝了下來，到了他們的面前，駕駛那兩輛電動雪車的兩個人，面貌看不真切，因為他們全戴著很長的皮帽子，但是可以看得出，他們的身形都十分高大。

而更令得年輕人愕然的，是那兩輛雪車的車頭上，竟然都架著輕機槍。

亨特和奧麗卡的動作很快，年輕人在一個錯愕間，兩人已分別上了雪車，雪車也向前疾駛而出，濺起四溜雪花，轉眼之間，就看不見了。

年輕人深深吸了一口氣，回轉身來，來到了壁爐前，取過了那只旅行袋來，將拉鍊拉開，取出兩只扁圓形的盒子來，那是兩卷影片。

年輕人又怔了一怔，兩卷影片，那自然是奧麗卡留下來要他看的了，他想順手將之拋到雪地中去，根本不去理會它，可是他終於站了起來，拉出了放映機。

他之所以決定要看那兩卷電影，決不是因為好奇，而是他心中對奧麗卡是如何找到自己的這一點，心中還有著想不通的疑問。

奧麗卡公主是怎樣找到他隱居的所在的？為什麼她立刻就走，而且好像預定他一定會到赫爾辛基去找她，她說的要做女皇帝，又是什麼意思？

這些問題，在那兩卷影片中，或許可以得到答案。

他拉出了放映機之後，隨便拿上一卷，裝了上去，放映機發出軋軋的聲響，前面的牆上，出現了一片極其廣寬的平原，接著，便是一個規模相當宏大印地安土人的聚居地，看來像是在南美洲。

再接著，影片上出現的是許多排列整齊的印地安戰士，一眼望去，幾乎望不到盡頭，可能超過一萬人，那些印地安戰士，都穿著他們傳統的服裝，有的還戴著五色繽紛的羽毛冠，來表示他們的身分。

看來，這像是風土紀錄片，可是年輕人卻越看，心中越是吃驚。

因為他看到影片中的那些印地安戰士，手中所拿著的並不是他們傳統的武器，弓箭或長矛，而是極其現代化的武器。

從那些武器看來，影片上的那些印地安戰士，是一個攻擊力極強的戰鬥團！

年輕人全神貫注地看著，不一會，他又看到那些印地安戰士，全都舉槍致敬，幾輛吉普車駛了過來，奧麗卡公主站在最前面的一輛吉普車上，服飾奇特，看來像是一個印地安女皇。

年輕人一看到這裡，陡地站了起來，按下了放映機上的停止掣。

牆上的電影，就停在奧麗卡的身上，奧麗卡微舉著手，顯然她是在檢閱那些戰士。

年輕人不禁深深地吸了一口氣，這卷影片，奧麗卡的話，再加上亨特，他至少已經可以知道是怎麼一回事了，一點也不是開玩笑，奧麗卡的確想做女皇帝，她要建立一個印地安王國。

亨特在巴西，擁有大量的土地的面積，比一般小國家大得多，桀驁不馴的印地安人，又是最容易煽動的，如果已有了那麼多武器……

年輕人真有點不敢想下去，世界上有各種人種的國家，可是沒有純印地安人的王國，奧麗卡的這個計畫，可能獲得美國激進印地安人的支持，她不是開玩笑，真的想建立一個王國！

年輕人呆了半晌，又按下了一個掣，電影繼續放映下去，他看到跟在奧麗卡後面的一輛吉普車上，坐著亨特，和兩個印地安人，那兩個印地安人，一個看來地位很高，像是大酋長，另一個一望而知，是一個大祭師。

再後面的一輛吉普車上，是兩個白種人，穿著制服，那是納粹德國將軍制服！

年輕人的心頭，又一陣亂跳，在希特勒戰敗之後，的確有不少納粹軍人，逃到了南美洲，以逃避國際軍事法庭的審判。

這兩個納粹將軍，當然現在是奧麗卡的手下，幫助她策劃，如何來建立一個印地安王國的了！

年輕人不禁苦笑了起來，他深知奧麗卡公主的「遊戲」，但是卻也料不到，她竟然會玩起這樣的遊戲來。

影片放完了，年輕人收了起來，思緒很混亂，他再裝上了第二卷。

第二卷影片才一開始，年輕人就不由自主，發出了「啊」地一下低呼聲。

他首先看到的是一個老藤盤虬，十分古雅的中國式庭園的正門。

那自然是他極其熟悉的，那是他叔叔在金馬倫高原的一間別墅，而且他也知道，當他在芬蘭北部，和他叔叔分手之後，他叔叔正是在金馬倫高原的那所別墅中居住，作高地蝴蝶生活的研究。

如今影片一開始，就出現了這別墅的正門，那就證明他叔叔的確是出了事。

年輕人只覺得心中一陣慌亂，幾乎連手中的煙也有點挾不穩，接著，他就看到有一架直昇機，自天而降，停在門口，直昇機才一停下，就有幾個穿著醫院制服的人下了機，其中兩個，抬著一張擔架，直奔進去。

跟在擔架後面的幾個人中，有一個穿著白色長袍的，正是奧麗卡。

一行人進了庭園，直昇機的機翼，還在轉動著，不一會，擔架就抬著人，走了出來，銀幕上，出現躺在擔架上的人的特寫鏡頭，年輕人不由自主，發出了一下呻吟聲，那是他的叔叔。

他叔叔看來衰弱而蒼白，閉著眼，一動也不動。

年輕人看著擔架上了直昇機，門內又有幾個人走了出來，奧麗卡公主在前，跟在她後面的是兩個五十左右的男人。

那兩個男人，年輕人也認得的，一個是別墅中的男僕，另一個是廚子，到了門口，奧麗卡就轉身，拍了拍他們兩人的肩頭，說了兩句話，現出嘉許的神色來，接著，就看到她取出了兩大疊鈔票，一人分了一疊，僕人和廚子拿了錢，興高采烈地走了進去。

再接著，直昇機起飛，影片也結束。

年輕人僵立著，任由軟片在放映機上轉動著，發出「拍拍」的聲響來。

整件事已經很明白了，他叔叔在毫無抵抗的情形下，被奧麗卡弄走了。

奧麗卡是用什麼辦法，使他叔叔變得毫無反抗的，也很明白了，她收買男僕和廚子，一定是花了不少工夫，用慢性毒藥，放在他叔叔的食物之中，令得他叔叔越來越是衰弱，終於任人擺佈。

年輕人雙手緊緊地握著拳，手心在冒著汗，陡地，他發出一聲怒吼，用力將放映機推倒，人也向著門口，疾衝了出去。

可是，當他才一拉開門，寒冷的空氣迎面撲過來之際，他打了一個寒戰，停了一停，立時又回到了屋中。

寒冷的空氣，使他的頭腦清醒了不少，他覺得現在是處在絕對的下風。他只知道他的叔叔落在奧麗卡的手中，還不知道是被囚在什麼地方，生死如何，他不能憑衝動行事。

越是處在下風，就越是需要鎮定。

現在沒有別的辦法可想，自然只有按照奧麗卡安排的路去走，第一步，先到赫爾辛基去找她！年輕人來回踱了好久，收拾了一下應用的東西，提著一只手提箱，離開了屋子，在屋子的後面，登上了雪車，駕著雪車，向前駛去。

放眼望去，四周只是茫茫的一片積雪，而他的心頭，也同樣茫然，這一次他不能再騙奧麗卡，不能再弄同樣的手法了，因為奧麗卡已完全佔了上風。

兩天之後，他到了赫爾辛基，才下飛機，就聽到擴音機中，叫著他的名字，他來到了一個櫃前，一個金髮北歐美人，交給了他一封信。

一看信封上的字跡，他就知道那封信是奧麗卡公主寫給他的。

年輕人走開了幾步，並在手提箱上，拆開了那封信來，信上寫著：「我知道你一定會來的，不過你想見我，還要經過長程的旅行，我已經回去了，回到屬於我自己的土地，你要見我，請到里約熱內盧來吧。」

在信的後面，是一個稀奇古怪的徽號，那可能是未來的奧麗卡印地安王國的國徽了。

年輕人苦笑了一下，一切要等見到了奧麗卡，才有辦法進一步開展，奧麗卡就算安排他到南極去，他也只好依命前往。

年輕人將信摺好，站起來，開始去購買機票，在一小時之後，又登上了飛機。

從那一刻起，他就開始了漫長的旅程，奧麗卡公主對他的行程，像是十分熟悉，每當他必須在一個大城市逗留若干時候，在機場總會叫出他的名字，他就可以得到奧麗卡的信。

奧麗卡的信，每一封都很簡單，只是要他繼續飛行，一直到達里約熱內盧為止。

年輕人終於到了里約熱內盧，他在機場大堂中，等候著擴音器叫他的名字，就在他等待的期間，兩個身形魁梧的印地安人，來到了他的身後。

那兩個印地安人，來到了他的身後，一個一聲不響，伸手就將他手中的手提箱接了過去，另一個只說了一句話：「跟我來！」

年輕人沒有任何表示，就跟著他們，向外走去，出了機場，一輛豪華大房車，就駛了過來，年輕人登上了車，車向前疾駛而去。

車子經過了市區，並駛向郊區，年輕人索性閉目養起神來，一直到七小時之後，車子才駛進一幢極大的房子的範圍。

汽車經過的道路兩旁，盡是經過悉心整理的草地和花圃，大大小小的噴泉和石像，站立在花圃中，向前看去，就是那幢宏偉壯麗的大廈。

車子在大廈門口停下，年輕人一下車，就看到亨特走了出來，冷冷地望著他，道：「你來了，她在等你！」

年輕人仍然不說什麼，跟著亨特走了進去，穿過了一個極大的大廳，來到了書房，年輕人就看到奧麗卡和那兩個納粹將軍，站在一張大桌子前，桌子排著一幅極大的南美洲地圖。

那張南美洲地圖，和普通的美洲地圖有著極其顯著的不同之處。

那張南美洲地圖，除了一塊心形的地區外，其餘的地方全是白色的。

那一塊心形的地區，看來相當大，包括了巴西北部的一大片土地，和委內瑞拉、秘魯、哥倫比亞一部份的領土，甚至連圭亞那也被侵蝕了一部份，至於法屬圭亞那，則恰好在心形的右方突起部份，完全不見了。

年輕人一進來，奧麗卡和那兩個納粹軍官，就一起抬起頭來，奧麗卡道：「亨特，將門關上！」

亨特像是一個忠於主人的狗一樣，連答應一聲都不必，立時關上了門。

年輕人定了定心神，當他在旅途中的時候，他已經做了不少事，首先，他對他叔叔的情形已經有了進一步的了解。那是他在幾個中間站，和他叔叔的一些舊部下，或者說一直替他叔叔工作的那些人，取得聯絡的結果。

那些人也正因為他叔叔的失蹤而感到奇訝，年輕人更從一個他叔叔熟稔的醫生口中知道，老人家在近兩個月來，身體很差，精神不好。

年輕人相信，那是慢性毒藥的結果，而現在的情形，比慢性中毒還要嚴重，因為他叔叔在奧麗卡的手中，他也可以肯定他叔叔是在南美洲，但要在整個南美找尋一個被人小心藏起來的、有病的老年人，那簡直是在開玩笑了。

至於奧麗卡的「大業」，年輕人也曾到處打聽過，可是卻一點消息也沒有獲得，直到這時，他走進了這間房間，看到了桌上的那幅地圖，他一看就心裡有數，在地圖上有顏色的部份，一定就是幻想中的「奧麗卡印地安王國」的版圖了。

奧麗卡冷冷地望著年輕人，說道：「你看過那兩卷電影了，對於我們的雄心，你有甚麼意見？」

年輕人冷笑了一聲，他的回答很簡單，道：「希特勒也曾對著他的巨型地球儀發過白日夢！」

奧麗卡有點惱怒，她的臉開始脹紅，道：「和希特勒不同，我們的條件比他更有利！」

年輕人聳聳肩。

奧麗卡的臉更紅，聲音也更高，道：「希特勒是要去征服別的民族，那是做不到的事，而我們，是要聯合三百二十多個印地安部落，組成他們自己的王國！」

年輕人冷然道：「原來妳也知道有做不到的事！」

那兩個納粹將軍顯然有點怒意，沉著臉，面肉抽動，不過年輕人望也不向他們望一眼。

奧麗卡要在南美洲建立王國的計畫，不是一項遊戲，而是一項真正的計畫，而她的本錢，也不單是那些已經有了現代化武器配備的印地安土著軍人，她還要更厲害的武器，一枚氫彈。

她要是有了那樣的武器，雖然在訛詐威脅下，仍然未必成功，但是那總可以在想像之中，使她覺得夢幻和現實，只不過是一線之隔。

年輕人更明白，奧麗卡現在，還沒有氫彈，要在他的身上，得到那種一下子可以毀滅一個城市的武器。

年輕人深深吸了一口氣，抬起頭來道：「我叔叔在甚麼地方？」

奧麗卡做了一個美妙動人的手勢，道：「等氫彈運到了我們的基地，就將你叔叔交給你，保證他健康如昔。」

年輕人陡然之間，覺得極其疲倦，他本來是想對著奧麗卡大聲吼叫的，可是，結果他卻只是伸手在自己的臉上撫摸了一下，有氣無力地說道：「妳看幻想式的卡通片，看得太多了，我不是超人，世界上也沒有甚麼人，憑空可以得到一枚氫彈的！」

奧麗卡公主冷冷地道：「你可以的，為了救你的叔叔，你做得到，而且還有我們的印地安朋友幫助你，你可以做得到的。」

年輕人的聲音聽來仍然有氣無力道：「這樣說來，你們的目標是美國！」

公主挺了挺胸，說道：「是的，那算是美國白種人攫奪印地安人土地的一種補償。」

年輕人站了起來道：「你何不在聯合國大會上，向美國政府提出這樣的補償要求？」

奧麗卡顯得很惱怒，尖聲道：「別忘記你叔叔的性命，在我們手上！」

年輕人要用盡他的一切抑制力，才使他的怒意不致表現出來，他沉著氣，道：「任何人的生命在你手上，我都無法做得到這樣的事！」

一個納粹將軍踏前一步，道：「朋友，這事情，事實上不像你想像中的那麼困難。公主說你是最佳人選，而事實，我們可以找到同樣合適的人去辦這件事。」

年輕人由心底產生了一股厭惡感，他冷笑道：「那麼你為甚麼不找旁人？」

奧麗卡公主厲聲道：「我要你！」

年輕人轉過身，對著奧麗卡，他想說幾句刻薄話，可是結果，他只是揮了揮手沒有說甚麼。

年輕人又坐了下來，只是仰頭看著牆上所掛的一幅油畫，公主卻又來到了身前，道：「你不要後悔，你叔叔會受到極殘酷的待遇，你別忘了，他現在是一個毫無抵抗能力的老人！」

年輕人的視線不變，只是他的面肉開始抽搐。

奧麗卡又繼續道：「我們會將他受痛苦的情形記錄下來，讓你欣賞，第一步：我會將南美洲那種有毒的生漆，塗在他的臉上，你該知道那會有甚麼結果的了？」

年輕人臉上的肉抽搐得更甚，尤其是當亨特爆發出了極難聽的笑聲之後。

公主咬著牙，道：「第二步，將他的雙腿，暴露在外，放在黑蟻窩的上面！」

亨特的笑聲更難聽，年輕人覺得自己快支持不住了，他的精神已到了不能支持的極限。

他的聲音變得更虛弱，他已變得無法自持，他只好不斷地揮著手，像是想藉此揮走奧麗卡說過的話和亨特的笑聲，他覺得自己在冒虛汗，他道：「妳知道，我是不受人威脅的！」

公主得意地笑起來道：「未必！」

年輕人用盡氣力叫了起來，但是在他自己聽來，他的叫聲，好像是來自十分遙遠的地方，他叫道：「將他放出來！將他放出來！」

寬大的房間中，只有他一個人的叫聲，旁人只全是冷冷地望著他。

年輕人覺得自己的叫聲，好像越來越遠，汗水淌了下來，使得他視線有點模糊。

他不知道自己叫了多久，也不知道自己停止了叫喚之後，喘息了多久。

他只知道，忽然從他的口中，說出了一句話來，道：「已經計畫好的步驟是怎樣的？」

接著，就是奧麗卡輕鬆的笑聲，那麼動人，聽來自遠而近，年輕人抹了抹汗，他還是在那房間中，公主就在他的面前，抓住他的手，令他站起來。然後，仰起臉，在他的唇上輕吻了一下，神情高興得像是一個獲得了稱心如意的生日禮物的小女孩。

亨特也走了過來，說道：「整件事情，是我計畫的，我認得維納議員的女兒，維納議員的工作，和熱核武器的發展有關，所以，我有一切資料——」

年輕人用心地聽著，因為他知道那不是遊戲，這幾個人是瘋子，但是他卻不能不和他們在一起！

道旁的白楊樹葉，在風中簌簌作響，年輕人駕著一輛舊車，駛在道路上，他到這個小鎮上，已經有十天了，他的身分是一個南美作家，他的容貌也經過化裝，這一切，全是照著公主的計畫行事的。

沒有人對他的身分，有任何的懷疑，事實上，在這個恬靜的小鎮上，好像一切都照著簡單的規律在運行，不可能有任何意外一樣。

第十天，這應該是他開始活動的時候了，他駕著車駛進了一個山谷，那裡有一片草地，有一個教師，帶著一群孩子在捉蝴蝶，他繼續向前駛，穿過了山谷和一條鐵路，轉進了一條公路，在公路邊的一塊空地上，他看到了那輛大卡車。

大卡車停著，有兩個卡車司機模樣的人，正在車旁站著，一手拿著罐頭啤酒，一手拿著牛肉包。

年輕人將車子駛到卡車後停了下來，卡車廂打開，一條斜板，伸了出來，年輕人駕車駛進卡車的車廂去，車廂裡漆黑一片，但是車門立時被打開，一股幽香，飄了進來，停留在他的身邊。

接著，奧麗卡的聲音，在他耳際響起，道：「一切都很順利——」略停了一停之後，又道：「你租用飛機，有沒有惹人起疑？」

年輕人道：「好奇的南美作家，租用一架中等大小的飛機，這是很平常的事！」

公主笑了起來，道：「我早就說過了，很容易，明天開始，在熱核基地的附近，就會有印地安人的示威，參加的人會越來越多，三天之後，估計有兩千人，示威會發展成為騷動——」

年輕人不出聲，只是聽著。

公主又道：「你看，所有的印地安人，全支持我！在騷動發生之後，你就趁機混進熱核基地去！」

年輕人「哼」地一聲，道：「一枚氫彈，連同它的引爆裝置，有好幾噸重，我混進去有甚麼用，難道能夠一隻手將它提出來？」

奧麗卡道：「我們不要引爆裝置，只要它的核心部份，你已經熟讀資料，那不過三十公斤重！」

年輕人道：「不錯，可是妳也讀過那資料，該知道那三十公斤的東西，是世界上最危險的物品，任何人接近它，輻射就會毫不容情地使他死亡！」

黑暗中，卡車廂在震動，公主沉默了半晌，才道：「我一定要得到它！」

公主停了一停，又道：「防止輻射的箱子我們也有，而且已經運進去了，你究竟怕甚麼？」

年輕人嘆了一聲，道：「我怕妳會變成瘋子！」

公主縱笑了起來道：「我已經是瘋子了，你心中其實是想這樣說，對不對？」

年輕人深深吸了一口氣，這十天來，他的生活看來很平靜，但是在他的租機飛行中，兩次飛近熱核基地降落，再利用內應接應，已經混進基地去了兩次。

當然混進基地去再安然退出是一件事，要想將一枚氫彈的核心部份偷出來，又是另一回事，但是他卻必須那樣做。

因為他知道，他的一切行動，奧麗卡都派人監視他，唯有一切都按照她的計畫來行動，才能保護他叔叔的生命，而他之所以一直在聽從公主的計畫，也就是為了要等候他和公主單獨相處的機會。

現在，這個機會已經來臨了，他遲疑著，沒有照自己的計畫行事，當然是因為怕萬一他的計畫不成功，他叔叔就完了！

年輕人在吸了一口氣後道：「好的，那我們就照計畫行事，誰駕車接應我？」

奧麗卡道：「亨特！」

年輕人「哼」地一聲，道：「我還是不明白，就算妳成了女王，有甚麼好處，我看不出妳現在的生活，有甚麼不好！」

奧麗卡尖聲道：「廢話！」

年輕人又道：「有一種毛蟲，叫作尺蠖，妳有沒有注意過這種毛蟲？牠用盡全身的氣力，在樹幹上爬著，形態醜惡，可是毛蟲究竟是毛蟲，不論牠多麼努力，牠唯一的結果，只是變成一隻蛾而已！」

奧麗卡冷笑道：「我不同，我可以變成——」

奧麗卡才講到這裡，年輕人已陡地揚起了手，一掌砍了下去。

最傻的傻事

車廂中雖然很黑暗，但是年輕人早已認明了他要砍的地方，那是奧麗卡左頸旁的大動脈，他也確具自信，這一掌砍下去，立時可以令她昏迷。

而他在一掌砍下的同時，立時模仿著奧麗卡的話，接了下去，說道：「——女王！」

接下來，年輕人變得極其忙碌，他開亮了車燈，看到卡車廂中，有座控制台，那是他意料之中的事，車內的一切談話，亨特和納粹將軍都聽得到！

年輕人一面輕輕將奧麗卡的身子放在車座上，一面打開車門，走了出去，同時又學著奧麗卡的聲音，和用他自己的聲音，交談著。

他模仿奧麗卡的聲音，當然不能十足，但是通過無線電訊儀之後，收聽到的人，卻也不會起疑。

年輕人出了汽車，來到了控制臺前，仍然用奧麗卡的聲音，說道：「亨特，你聽著，我要和他單獨在一起，監視他的行動！」

控制臺的一具通訊中，傳來了亨特的聲音，具有爆炸般的憤怒，道：「那太過份了！」

年輕人立時用本來的聲音道：「奧麗卡，妳不應該嫁給他的！」

他立即又模仿奧麗卡的聲音，叱道，「亨特，別做傻瓜，別忘了我對你說過甚麼！」

年輕人其實並不知道奧麗卡對亨特說過甚麼，但是他卻可以知道，能使亨特這樣的一個人，俯首貼耳，像是狗一樣，奧麗卡一定對他有著承諾。

果然，這句話很有用，過了片刻，又聽到了亨特心平氣和的聲音道：「其餘呢？」

年輕人模仿奧麗卡的聲音，道：「仍然照計畫！」

亨特答應了一聲，年輕人按下一個掣，仍然模仿奧麗卡的聲音道：「減慢速度！」

他立時回到了汽車中，奧麗卡仍然昏迷不醒，他發動了車子，卡車的速度在減慢，卡車廂後面的板放下來，年輕人倒退著車子，從卡車廂中駛了出來。

他一駛出卡車加快速度，向前駛去，而他也迅速轉進一條小路。

在他轉進小路之後不久，他停了下來，望著奧麗卡，奧麗卡的眉毛，開始顫動，接著，她倏地睜大了眼，也立時坐了起來！

奧麗卡在醒過來之後，所顯示的那種怒容，年輕人是從來也未曾在她臉上見過的。她一面尖叫著，一面立時伸手來抓住年輕人的臉。

年輕人一伸手，抓住了她的手腕，道：「別迫我扭斷它們！」

奧麗卡公主罵出一連串的粗話，年輕人冷冷地聽著，道：「沒有用的，現在妳在我手中！」

奧麗卡尖叫著，道：「我要將你們一起餵黑蟻。」

年輕人點頭道：「我同意用黑蟻，我還會先塗上蜜糖，在這裡——」

年輕人一面說，一面在奧麗卡的身上，用手指輕輕地移動過去，又道：「而且我也不會蠢到將妳放在蟻窩上，我只是用一百隻或者更少的蟻，來享受妳身上的那些蜜糖！」

奧麗卡的身子，不由自主，發起抖來，她叫道：「你在做夢！」

年輕人道：「一點也不，再向前駛二十哩，就會有飛機，一上飛機，我們就可以飛回南美洲去，至於要找噬人的黑蟻，不會太難吧！」

奧麗卡大口地喘著氣，眼睜得很大，年輕人不再說什麼，立時又駕著車向前衝出，直到幾乎駛出一哩，奧麗卡才叫了起來道：「停車！停車！」

她一面叫著，一面就去開車門，那時的車速，在時速一百哩，年輕人並不去阻止奧麗卡打開車門，只是在她將車門打開了之後，又將車速提高了二十哩，奧麗卡向外看去，路面像飛一樣，向後縮去，迎面而來的勁風，逼得她連氣也喘不過來。

年輕人冷冷地道：「跳吧，那比身上塗上蜜糖，再被黑蟻來咬，要好得多！」

奧麗卡緊咬著下唇，憤然地關上了車門。

她打開車門的目的，自然是想跳出車去，可是她也知道，在這樣的高速之下，除非是久經訓練的專業人員，還要有足夠的保護，不然實在是在自己找死，而這時她卻一點也不想死。

她轉過頭，用凶狠的眼睛瞪定了年輕人，年輕人卻吹著口哨道：「別打什麼主意，車子要是出事，妳死亡的機會比我更高，怎麼，看妳的樣子，好像並不喜歡回南美洲去！」

奧麗卡的眼珠中，噴出憤怒的火焰，她緊緊地握著手，不過，在她還未曾想出如何來對付年輕人之際，已經可以看到那架雙引擎飛機了。

車子直衝過去，跟著就要撞中那架飛機之際，年輕人才陡地停了車，令得奧麗卡的身子向前傾去，而年輕人也在這時出手，抓住了她的左腕，將她的右臂，反扭了過來，推著她下了車子向飛機走去。

奧麗卡被年輕人推出了幾步，突然停了下來，向後仰頭，看著年輕人，在她的臉上已完全沒有了憤恨的神情，看來只是一片幽怨，在她豐滿的嘴唇中吐出動人的聲音，道：「你完全將我當敵人？」

年輕人不禁歎了一口氣。

奧麗卡公主這時的神態是如此動人，完全是等待情人熱吻的姿態，真正只有鐵石心腸的人，才能不對她有絲毫憐惜。

年輕人並不想做鐵石心腸的人，可是他卻清清楚楚地知道，奧麗卡是一隻五彩斑斕的蠍子，絕不能被她那種美麗的外衣，有絲毫的迷惑！所以，他一面嘆著氣，一面說道：「是的——」然後，他頓了一頓，道：「至少，在我的叔叔離開險境之前！」

奧麗卡迅速將後仰的頭伸直，年輕人仍然扭著她的手臂，押著她直上飛機，就用力一推，將她推倒在座椅上，伸手指著她，道：「妳不想我將妳再打昏過去，就乖乖坐著！」

在座椅上，奧麗卡的身子縮成一團，一動也不動，年輕人坐上了駕駛位，三分鐘之後，飛機就破空而上。

等到飛機飛起之後，年輕人鬆了一口氣，因為在高速行車中，奧麗卡既然打開了車門也不敢向下跳，那麼在空中飛行，她更加沒有花樣可出了。

他的計畫也是十分危險的，但是，他總算抓到了奧麗卡的弱點。

奧麗卡是一個充滿幻想和野心的人，凡是這樣的人，都不肯和人同歸於盡的，如果奧麗卡有了同歸於盡的念頭，那麼年輕人的一切計畫，都無法進行了。

飛機在升高之後，一直向東飛著，高度越升越高，好幾個小時，年輕人一直在駕駛著飛機，而奧麗卡也一直縮在椅上，幾乎沒有動過。

年輕人按下了通訊儀器的掣，轉過頭去冷冷地望了奧麗卡一眼，道：「如果妳不想我們的飛機，因為燃料告罄而摔下，那麼，快和妳的秘密機場聯絡！」

奧麗卡挪動了一下身子，她像是十分順從，向前走了過來，來到了年輕人身邊的座位，調節著通訊儀器，用聽來很正常的聲音道：「我是奧麗卡，請指示我們降落！」

通訊儀中，突然傳來一個聽來十分惶急的聲音，道：「公主，美國方面來的消息——」

奧麗卡立時打斷了那人的話頭，道：「別理會美國的消息，我要降落！」

那聲音停了一停，隨即指示著飛行，飛機在一片鬱鬱蒼蒼的原始森林上飛著，不多久就看到了一條在森林中闢出了跑道，跑道盡頭是一個偽裝十分巧妙的機場。

年輕人開始低飛，奧麗卡忽然冷笑道：「你看，你以為你有多少機會？」飛機的機輪已經擦上了跑道，機身跳動了幾下，飛機在迅速向前滑去，年輕人自然也可以看到前面的空地上，有十幾輛吉普車，滿載著武裝的印地安戰士，正在飛駛過來。

年輕人笑了起來，道：「機場的指揮官是誰？如果是我，一定將他撤職了！」

奧麗卡有點憤然，道：「為什麼？」

年輕人道：「因為他在做最不會有結果的事，妳在我手裡，再多調點人來，又有什麼用？」

奧麗卡悶哼了一聲，這時，飛機調了一個頭，停下來，飛機才一停，奧麗卡就霍地站了起來。

但是她才一站起，年輕人的動作，比她更快，早已身子一伸，再抓住了她的手腕，而且身子巧妙地轉了一轉，再度將她的手臂，扭了過來。

這一次奧麗卡怒吼了起來，道：「你沒有槍麼？你可以用槍指我！」

年輕人冷冷地道：「為什麼？妳要在妳的部下面前，留一個好印象？」

奧麗卡臉色煞白，又尖叫道：「放開我！」

她一面叫，一面用左肘向年輕人的胸口撞來，年輕人伸手推開道：「妳再亂動，我將妳打昏拖出去，只怕更加難看！」

奧麗卡喘著氣，她的聲音並不高，可是她的聲音，卻令人聽來，不寒而慄，她道：「你要付代價，對這一切，你要付代價！」

奧麗卡的話其實並不能算是一種威脅，因為年輕人在決定如此做的時候，心中何嘗不明白，自己這樣做，要付出代價！但是，那總是以後的事情了，現在，重要的是如何救出他叔叔來。

年輕人推著奧麗卡到機門口，命令奧麗卡用一隻手打開了機門，機門一開，他就看到，至少有三百個印地安戰士，已經列成了隊，而指揮他們的軍官，顯然又是一個納粹軍官。

年輕人並不立時下機，只是道：「我要一柄手槍，吩咐他們送過來！」

兩個納粹軍官已經向前走來，奧麗卡立時道：「拋一柄手槍上來！」

那兩個軍官，呆了一呆，並沒有行動。

奧麗卡覺出自己被扭著的手腕上，緊了一緊，她尖聲叫道：「將你的佩槍拋上來！」

其中一個納粹軍官，將佩槍抓在手中，手臂向上一揚，那柄二次世界大戰德國軍用手槍，就向著年輕人飛了過來。

這種槍的射程遠，殺傷力大，年輕人是知道的，槍向他飛了過來，他的右手，抓住奧麗卡的右腕，自然而然，左手一伸去接槍，他才抓到了槍，奧麗卡的左肘，幾乎在同時，撞中了他的胸口。

那並不是年輕人的疏忽，而是無可防禦的，他左手伸高去接拋過來的槍，自然左胸就門戶大開，奧麗卡又在他的身前，要一肘撞中他的左胸，那是再容易不過的事情。奧麗卡的那一撞，力道也相當大，撞得年輕人的身子，也向後側了一側，奧麗卡再向前一掙，身子已經掙了開去，向下直跳了下去。

奧麗卡才向下一跳，另一個納粹軍官已立時拔槍在手，如果有人認為左、右手同樣會開槍，只是一種花巧，而並沒有實用意義的話，那麼就大錯特錯了，年輕人這時，根本連將槍交到右手的機會都沒有，立時就用左手扳動了槍機，連射了三槍。

那三下槍響，在空曠的機場聽來，簡直是震耳欲聾，第一枚射中了那拔槍在手的軍官右腕，那軍官的一隻手，幾乎完全不見了，他的第二槍，射中了那個奔過來，想扶起奧麗卡公主的軍官的膝頭，那軍官身子一歪倒，在地上一條小腿，幾乎已和他的身體分家。

而第三槍，並沒有射中任何人，只是在才一落地，還未曾直起身子來的奧麗卡的頭頂，掠了過去，將奧麗卡的黑髮，灼去了一縷，看來變成了一個中間有著一道寬頭路的奇異的髮型。

那三下槍響，只不過是幾秒鐘之內的事，奧麗卡連忙維持著半蹲半起的姿態，一動也不敢再動，而年輕人也在這時，跳了下來，來到了奧麗卡的身邊，伸手抓住了奧麗卡的手臂，將她拉了起來。

年輕人拉起了奧麗卡之後，道：「走吧，別再玩什麼遊戲了！」

在機場上的幾百個印地安戰士，目定口呆。眼看著年輕人將奧麗卡推到一輛吉普車之前，上了車，用腳踢了司機一下，又向奧麗卡望了一眼。

奧麗卡軟弱無力地道：「到東二號林屋去！」

司機連頭也不敢回，立時發動車子，向前疾駛了出去，一會，駛出了機場，轉進了一條由森林中開出來的小路，兩旁全是原始森林。

年輕人的槍，槍口始終對準著奧麗卡，不管車身顛簸得多麼厲害，他沉聲道：「我的目的，只是帶我叔叔離開這裡，妳可以繼續妳的胡鬧——」

他講到這裡，略頓了一頓，才又道：「不過，我勸妳別胡鬧下去了，亨特雖然有錢，但是這樣胡鬧下去，也很快會花完的！」

奧麗卡抿著嘴，望著前面的路，一聲不出。

年輕人知道自己說也是白說，不過，他心底深處對奧麗卡總還有著一份十分玄妙的感情，覺得要是不將那幾句話說出來的話，心中就有所歉疚一樣。

半小時之後，已經看到了一條穿過森林的河流，河上搭著一座木橋，橋那頭是一大片空地，有著一座極大的純印地安風格的，完全用木頭建造的大屋，車子駛過了橋，在屋子面前停了下來。

車子一停下，在屋中就走出八個穿著古代服裝的印第安人來，年輕人先不下車，只是問道：「我叔叔在這屋子裡？」

奧麗卡「哼」地一聲，道：「你以為我帶你來遊歷麼？」

年輕人道：「好，那妳吩咐他們準備解藥。」

奧麗卡對那幾個印地安人講了幾句，年輕人皺了皺眉，他聽不懂那個部落的語言，自然也無法揣測奧麗卡公主實際上在說些什麼。

那八個印地安人聽了，都不約而同，向年輕人望了一眼，然後，一起轉身走了進去。

年輕人揚了揚槍，奧麗卡下了車，他緊跟著下車，仍然抓著奧麗卡的手背，一起走向屋裡，才一進那屋子，就叫人有一種神秘之感，屋中一切的陳設，全是純印地安化的，有圖騰，有五彩斑麗的羽毛，有長矛和弓箭，也有各種各色的獸皮。

經過了一個走廊，屋中很靜，靜得好像是一個人也沒有，奧麗卡在一扇門前，停了下來，回頭向年輕人望了一眼，年輕人心跳得很厲害，他知道，要是自己沒料錯的話，就快可以見到叔叔了。

奧麗卡在望了年輕人一眼之後，伸手敲了敲門，門內傳來了年輕人十分熟悉的聲音道：「進來！」

年輕人急忙踏前一步，將奧麗卡直推進門，奧麗卡打開了門，年輕人一時之間，幾乎不能相信自己的眼睛。

房間內佈置得十分舒適，在年輕人的想像之中，他叔叔一定受著監禁，甚至於可能因為慢性中毒，而昏迷不醒，可是這時，他所看到的情形，卻和他所想像的，完全相反，房間中有一張搖椅，他叔叔就坐在那張搖椅上，緩緩地搖著，咬著煙斗，神態優遊自在，一點也看不出他是一個被囚禁的人。

當門打開的時候，他叔叔回過頭來，看到了年輕人，卻一點也沒有訝異的表情，只是微笑著道：「你來了？就像我料到的情形，一模一樣。」

年輕人輕輕推了一下，將奧麗卡推進了房間，反手關上了門，老人家微笑著，道：「對小姐別太粗魯！」

奧麗卡悶哼了一聲，坐了下來，年輕人道：「叔叔，你好麼？」

老人家點頭道：「很好，除了沒有自由——」他向奧麗卡笑了一下，又道：「我早就和妳說過，妳去找他，唯一的結果，就是和現在一樣！」

奧麗卡的面肉抽搐著，老人家站了起來，悠然噴出一口煙道：「我們該走了！」

年輕人將手中的槍向奧麗卡揚了一揚，道：「好！怎麼來的，再怎麼出去，飛機還在等著我們，走——」

年輕人的話還沒有說完，突然一塊玻璃窗碎裂，四五支毒箭，陡地射了進來，年輕人才一轉身，腿上已中了一箭，接著，他看到他叔叔的胸口中了一箭，手中的煙斗落地，他立時向他叔叔挨過去，同時向窗外，連射了兩槍，可是，當他撲向他叔叔時，他的肩頭，又中了一箭。

中箭的地方，並不感到如何痛，或許是在那一剎間，他的心情實在太緊張了，根本不覺得疼痛。可是，肩頭和腿上中箭之處，那一股麻痺之感，卻迅速地在蔓延開來，他勉力向前跑出了一步，已經無法站得穩，向前一衝，陡地倒了下來。

年輕人倒下來的時候，恰好倒在他叔叔的身上，是以他能清楚地看到他叔叔的神情，老人家的雙眼睜得很大，可是誰也看得出，他已經死了！

年輕人想要大叫，不過這時，他的舌頭也已經麻木了，一點聲音也發不出來，他的雙眼還睜著，看到奧麗卡正在向前走來。在他的眼中看來，奧麗卡的動作，就像是電影中的慢動作鏡頭一樣。

他接著，奧麗卡來到了他的身前，俯下身來看他，在年輕人看來，奧麗卡的臉，離他雖然很近，但是卻極其模糊，終於，他什麼也看不到了。

年輕人的眼前，在變得一片模糊之後，他的知覺，還沒有完全喪失，他聽到奧麗卡的笑聲，和另外幾個人的叫聲，奧麗卡的笑聲，也在漸漸遠去，終於，完全失去了知覺。

年輕人再回復知覺之際，只覺得肩頭和腿上都無比灼痛，他陡然睜開眼來，所看到的東西，十分模糊，他想挪動一下身子，但是除了那兩處在劇痛的所在之外，他的身子就像是根本不屬於他。

他又閉了眼睛，也在這時，他聽到了亨特的聲音，道：「為什麼要救他？」接著就是奧麗卡冷然的聲音，道：「我愛怎麼樣就怎麼樣，你少管我！」

年輕人慢慢吸了一口氣，緊緊地咬著牙，忍受著兩個中箭處的劇痛，將自己中箭前的經過，迅速地想了一遍，心頭一陣難過。

他太大意了，如果他的叔叔不是舒服地坐在搖椅上，他一定不會那麼大意的，奧麗卡並沒有虐待他叔叔，所以她才有機會轉處上風。

當然，她能轉處上風的最大原因，還在於她吩咐印地安人的那幾句話。

年輕人緊緊地咬著牙，奧麗卡和亨特好像還在爭論，但是年輕人卻聽不清他們在講些什麼，只是聽得奧麗卡在尖聲嚷叫著。

那時，年輕人所能想的只是一點：叔叔死了，我怎麼辦呢？我是不是會好？奧麗卡為什麼還要救活我？她以為救活我，我就可以原諒她殺害叔叔麼？

年輕人覺得有人在對他進行注射，接著，他又昏昏沉沉地睡了過去。

他可以說沒有真正完全地清醒過，一次又一次，模模糊糊地有了知覺，又昏昏沉沉睡過去，每次，兩處傷處的痛楚像是都減輕了些。

一直到了有一天，當他睜開眼睛來，完全可以看清四周圍的情形之際，他看到自己是在一間房間中，看來，仍是那間木頭房子之中。

門關著，房間中除了他沒有人。

年輕人試著站起身來，可是他要費很大的力氣，才能挪動一下身子，連躺坐起來的力道也沒有，他嘆了一聲，仍然硬著不動，不多久，腳步聲傳來，有人到了門口，年輕人立時閉上眼睛。

他覺得有人進了房間，甚至可以肯定進來的是奧麗卡。

年輕人也立時聽到了奧麗卡的聲音，道：「不必裝睡了，我剛才看到你想掙扎起來。」

年輕人吸了一口氣，又緩緩呼了出來，他可以覺出，自己的身子很虛弱，他閉上眼，片刻，將所發生的事，迅速想了一遍，才又睜開眼來。奧麗卡已經來到了他的身前，年輕人竭力在自己的臉上，想擠出一個笑容來，究竟他的努力的結果怎麼樣，他自己並不知道，他只是道：「看來妳贏了！」

奧麗卡只是冷冷地看著年輕人，並不出聲，年輕人並不知道，從自己最後有知覺起到現在，已經過了多久，可是他卻發現，奧麗卡看來，蒼老了許多。

奧麗卡只是望著年輕人，她至少望了他有三分鐘之久，才冷笑了一聲，道：「我贏了？你這樣說，是什麼意思？你以為我終於要救你，不能聽憑你死去，這是我贏了？」

年輕人又閉上眼睛，他的身子雖然極其虛弱，可是他的思緒，卻一樣極其敏銳，奧麗卡公主的話，聽來雖有點晦澀，但是年輕人還是立即明白了她的意思，剎那之間他的心中，也不禁一陣激動。

他明白奧麗卡這樣反問自己，是因她內心深處，和自己一樣，也有著一份令她自身都感到十分矛盾，難以決斷的感情。

但是，年輕人卻立時冷靜了下來。

他在回復了知覺之後，曾立時將發生過的事，仔細想一遍，他回想起自己中毒箭時的情形，自然也記起了他叔叔一中箭後立時倒下來的情景。

不論他對奧麗卡的感情怎麼樣，也不論奧麗卡對他的感情怎麼樣，他叔叔死了，是被奧麗卡殺死的，這是無可挽救的事實。

在這樣的事實面前，還有什麼別的路可供選擇呢？

年輕人感到心頭一陣劇痛，他半轉過頭去，道：「真的，妳應該讓我死。」

奧麗卡笑了起來，在她的笑聲中，帶著極度的，無可奈何的成份，接著，聽得她道：「或許是我太傻了，這可能是我一生之中，所做的最傻的傻事！」

進攻

音。

年輕人沒有回答，也沒有轉過頭來，他聽得腳步聲，和奧麗卡離去時關門的聲

從那一天起，接連十多天，年輕人沒有再見到奧麗卡，也沒有再見到亨特和那些納粹將軍，他全然不知道在這間房間之外，發生了什麼，不過，他卻受著最好的照顧，每天都有醫生和護士來看他，直到他可以起床行走。

沒有人可以記得自己第一次學步時的情形是怎樣的，但當年輕人從恢復知覺開始，在床上躺了十八天之後，再由護士扶著，坐著喘了一分鐘，再挺直身子，雙腳踏實在地上，將他自己的體重，一半靠在護士的身上，而一半由自己的雙腳承擔之際，他覺得自己不像是踏在地上，而像是踏在雲上，軟綿綿的而又在飄動的雲上。

經過了如此長時間的靜養，而他仍然如此之虛弱，那實在令他吃驚。他在勉強搖晃著身子，走了幾步之後，才苦笑著道：「箭簇上所塗的，究竟是什麼毒藥，毒性如此之甚！」

在那些日子來，他向醫生和護士，提出過不少問題，但是從來也沒有得到過任何回答，那些來看顧他的醫生和護士，全像是完全不知道人是會講話的一樣。

這時，也和經常一樣，那護士並不開口，只是又扶著他向前跨出了一步。

但也就在這時，房門推開，醫生走了進來。

醫生望了年輕人一眼，出乎年輕人的意料之外，他居然開了口，道：「這種毒藥，是當地的印地安人要來毒殺大型野獸的，你中了兩支箭，而居然能夠活下來，那是——」

醫生還沒有講完，年輕人就道：「是奇蹟？」

醫生卻搖了搖頭，道：「不是奇蹟，是我能夠在毒藥剛開始使你的心臟停止活動之前，趕到的緣故，當然我也不能否認，你的心臟比普通人要強健了不知道多少！」

年輕人一面向窗口走去，一面道：「多謝你來得及時，謝謝你！」

醫生「哼」了一聲，道：「別謝我，謝那位技術卓越的駕駛員，他使得飛機在幾乎不可能的情形下，直接降落在屋子之前，我才能趕得及救你！」

這時，年輕人也已經來到了窗前，拉開了百葉簾，他也立即看到了那架飛機，當然，同時也明白了醫生那樣說是什麼意思。

他從窗口看出去，可以看到一架小型雙引擎飛機停在屋子之前，機身傾斜，一支機翼已經折斷了。而在屋子面前的路上，有著相當深的機輪輾過的痕跡，這條路，即使是汽車駛過，車身也會跳動，要供一架飛機降落，那簡直是不可能的事。

年輕人吸了一口氣，道：「請問那位技術如此卓絕的駕駛員是什麼人？」

醫生的神情，年輕人看不到，但是激動卻可以在聲音之中聽出來，道：「是公主，奧麗卡公主！」

年輕人的身子並沒有震動，這個答案本來就在他意料之中的，只不過他證實了之後，心頭反倒又起了一股異樣的茫然，以後令得醫生繼續所講的話，像是從遙遠的地方飄過來一樣。

醫生繼續道：「你可知道，硬要令飛機在這裡降落，對她來說，簡直是自殺，而她卻為了爭取時間來救你而敢冒這樣大險，你應該感到羞恥！」

年輕人直到這時，才震動了一下，他陡地轉過身來，他轉身轉得太急了，實在他這時是連自己站穩身子也不能的，所以身子一側，幾乎跌倒，他忙拉住了百葉簾，「嘩啦」一聲，將百葉簾拉了下來，護士忙過去再將他的身子扶住。

年輕人直視著醫生，冷冷地道：「我並不感到我欠任何人的情，根本是她的安排，才令我中了毒箭的！」

醫生也冷笑了一聲，道：「你的安排又怎樣？將她押上飛機當作俘虜！」

年輕人立時道：「不錯，可是事情最早是由什麼人開始的？」

醫生沒有說什麼，臉色很難看，過了半晌，才道：「好了，你應該上床了！」

年輕人立時拒絕，道：「不，正如你所說，我比別人強壯，也可以比別人恢復得快！」

他講到這裡，陡地提高了聲音，叫道：「奧麗卡，妳自己為什麼不來？」

醫生道：「她沒有空，進攻就要開始了！」

年輕人又陡地震動了一下，道：「進攻，什麼進攻？」

醫生伸手指著窗外，道：「你自己可以看，為建立奧麗卡印地安王國而作的進攻！」

這一次，年輕人是慢慢轉過身去的。

當他轉過身，望向窗外的時候，還是沒有看到什麼，只有那架折了翼的飛機，但接著，他就聽到了一陣又一陣的鼓聲。

年輕人對於印地安人幾乎可以代表語言的種種鼓聲，並沒有什麼深切的研究，但是他也一聽就可以聽出，那是戰鼓，在蓬蓬的鼓聲之中，充滿殺伐之音。

鼓聲越來越近，接著，年輕人就看到一輛吉普車，在離屋子約有兩百碼處的路面駛過去。

吉普車上，是亨特、奧麗卡，和兩個納粹將軍，納粹將軍鮮紅色的褲子，襯著沉鬱的叢林，看來極其奪目，有著驚心動魄之感。

在吉普車之後，便是一輛接一輛，運載著戰士的大卡車，在大卡車上，配備著新式武器的印地安戰士，分兩排，面對面坐著，神情莊肅。

大卡車像是一條永遠看不到尾的蛇一樣，隨著蓬蓬的鼓聲，向前行駛著。

年輕人只覺得一陣昏眩，他實在支持不下去了，他用自己聽來也覺得虛弱的聲音道：「我要和奧麗卡講話，讓我和她講話！」

醫生搖頭道：「你沒有法子和她聯絡的，公主臨走時曾經說過，要我讓你知道進攻的消息，他們進攻的第一個目標，需要行軍七日，也就是說，為建立奧麗卡王國響的第一槍，會在七天之後響起！」

年輕人喘著氣，道：「第一個進攻的目標是什麼地方？」

醫生攤了攤手道：「不知道，那應該是高度的軍事秘密，是不是？」

年輕人並沒有再問下去，他只是轉向護士道：「扶我到床上去。」

等到他重又躺了下來之後，他立時閉上了眼睛，他顯得很平靜。

醫生和護士立時離開了房間，年輕人仍然閉著眼。剛才，他一句也沒有問及有關他的叔叔，那是因為他不想使自己再傷心。而他這時，躺在床上，也早已下定了決心，他一定要在最短時間內，使得自己能夠行動。

剛才，他已經在醫生的口中，知道他自己的體質，比平常人壯健得多，那對他自己而言，並不是什麼值得奇怪的事。

而他比普通人壯健的體質，也不是與生俱來的，而是幾乎從一懂事就開始，受過長期鍛鍊的結果。他接受的那種訓練，一般而言，被人稱之為「內功」或「氣功」，但不論稱之為「內功」也好，「氣功」也好，都帶著濃厚的玄妙色彩。

可是年輕人自己卻很清楚，他二十多年來，不斷鍛鍊的，是使他的身體適應最艱難環境——幾乎不是人所能生存下去的環境，和將一個人的體質潛能，發揮到最高境界的一種訓練。

有了這種訓練之後，一個人可以出現醫學上的奇蹟，也可以出現人的體能上的奇蹟。年輕人並沒有問醫生，他要再隔多久，才能夠和常人一樣地行動，但是他自己已下了決心，四天至多五天，他要能和常人一樣地行動。

第一天，年輕人只是不斷地進行緩慢的深呼吸，他像是嘴嚼著山珍海味一樣地，在品嚐著他吸進來的空氣，然後，使得吸進來的空氣如同實質一樣，有一種在順著血液循環而流遍全身的感覺。

第二天他坐了起來，他已經能夠身子挺得筆直地坐著，他仍然在繼續不斷地進行深呼吸。

醫生和護士都用一種奇異的眼光看著他，醫生曾經問過他：「這算是什麼？」

年輕人的回答很簡單，道：「那是中國人回復健康的一種特有的方法。」

經過了兩天，他可以清楚地覺得自己的體力，已經開始在漸漸回復了，第三天，當醫生在向他做檢查之際，在醫生的臉上現出一種極其奇訝的神色來。這一整天他只是不斷地踱著步，和不時做出許多奇怪的姿態。而每當擺完一個古怪的姿態，重又挺直身子之後，他就長長地呼出一口氣。在他呼氣之際，他所發出的聲響，就像是一隻輪胎忽然穿了一個孔一樣。

第四天，他仍是不斷走著，和擺著相同的古怪的姿勢，而且，不斷地揮動著手和腳。

第五天早上，他才起床，醫生和護士就進來了，醫生現出了一種抑遏的，不可忍耐的神情，一進來，就大聲問道：「先生，你這幾天，究竟在幹什麼？」

年輕人反問：「你的任務是什麼？」

醫生有點不耐煩，道：「看守你，不讓你走出這房間半步，你也不必妄想走出這間房間，外面有很多人看守，他們不會放過你！」

年輕人笑了一下，道：「你認為要過多久，我才沒有這樣的危險性呢？」

醫生笑了起來，道：「先生，至少再過十天，現在，一個普通人就可以將你擊倒！」

年輕人道：「如果我告訴你，我現在就可以逃出屋子去，你信不信？」

醫生「哈哈」笑了起來，但是醫生的笑聲，並沒有持續了多久，因為年輕人的一掌，已經向他的頸際，直砍了下去，醫生的身子，立即像是一團棉花一樣，倒了下去，護士睜大眼看著，一時之間，幾乎疑心身在夢中。

年輕人立時又向護士做了一個抱歉的手勢，等到護士會意過來，想出聲叫嚷之際，年輕人的第二掌，又已砍了下去！他的計畫實現了，四天，他恢復了體力。

年輕人換上了醫生的衣服，窗的柱是固定的，年輕人又來到了門前，將門打開了少許，向外面張望了一下。

外面是一條走廊，靜悄悄地，一個人也沒有，年輕人又將門打開更大，可以看到更遠，等到他肯定了走廊中實在是沒有人之際，他不禁笑了起來。

醫生將他當作常人一樣來估計，那是大錯特錯了。

他立時閃身走了出去，十分鐘之後，他就來到了一間極大的房間之中，那房間的正中，有著一張十分巨大的桌子，足有一百平方呎，在桌上的，是一個作戰的模型沙盤，從模型上看來，中心部份，是一個中等規模的城市，東南是山，西邊有一條河流。

看到了這個模型，年輕人的心情，不禁緊張起來，那是什麼地方呢？他一面想，一面也不禁搖著頭。因為那實在是一個不容易有答案的問題，就算對南美洲地形，最有研究的人，也答不上來。

然而，年輕人卻可以知道，這個城市，一定是他們進攻的第一個目標。

年輕人一面望著模型，一面不斷地喃喃自語，道：「這是什麼地方？這是什麼地方？」

就在這時，在他的身後，突然響起了一個十分熟悉的聲音，道：「這是波維斯達！」

一聽到那個聲音，年輕人陡地震動了一下，他的震動是如此之甚，以致他的手劇烈地揮動了一下，將模型上的幾輛裝甲車，一起碰倒了。

剎那之間，他幾乎沒有勇氣轉過身來看一看，他並不是懷疑自己的聽覺，他可以肯定他的確聽到了那個他所熟悉的聲音。

但是，那實在是太不可能了，簡直是絕對的沒有可能。

但接著便是一下劃著火柴的聲音，再接著一種熟悉的菸絲香味，鑽入了他的鼻孔中，年輕人再也沒有懷疑，他陡地轉過身來叫道：「叔叔！」

一點也不錯，在他面前的，是他的叔叔，像往常一樣悠閒地坐在一張椅子上，咬著煙斗，微笑地望著他。

年輕人沒有再揉眼睛，他只是搖著頭，現出衷心的佩服來，道：「怎麼可能，你——」

他指了指胸口，那是他中毒箭之前，他叔叔中箭的地方。老人家笑了起來，低頭向他自己中箭的胸前看了一下，才抬起頭來，深深地吸一口煙，又徐徐噴了出來，道：「薑是老的辣，是不是？」

年輕人搖著頭，臉上仍然是一片迷惑的神色，老人家呵呵笑了起來，道：「太簡單了，我被人軟禁著，自然要時刻保護自己！」

年輕人終於叫起了來，道：「可是你明明中了箭！」

老人家揮著手道：「不錯，我中了箭，不過在我被軟禁期間，我得到書籍的供應，我將幾本書，藏在衣服中間，護住要害，以防萬一。這種舉動，在做的時候，可能一點作用也沒有，但是也可能救了你的性命，結果那支箭，只是差點射穿了一本書！」

老人家又笑著道：「接著，我看到你也中了箭，這才是我最緊張，最需要做出決定的一刻，我知道這種毒箭的厲害，你中了兩箭，四十八小時之內，一定性命難保，我是自己裝死，等候逃脫的機會呢，還是設法救你？如果我設法救你，就一定要有行動，而只要我一有行動，毒箭就會繼續射來，第二箭，我就不會再有幸運了，而且，就算我成切地救到你，在四十八小時內，我又有什麼辦法來醫治你？」

年輕人聽著，不出聲。

老人家吁了一口氣，道：「如果易地而處，你將會怎麼決定？」

年輕人苦笑著，道：「我無法做出任何決定！」

他在講了這句話之後，頓了一頓，才又道：「叔叔，你結果是如何有了決定的呢？」

老人家道：「是奧麗卡幫助我做出決定的！」

年輕人的神情，變得極其迷惘，道：「奧麗卡？」

老人道：「是的，在我實在無法決定如何行動之際，我聽得她在叫嚷：快去準備飛機，清理門口的邊路，我要去找醫生！」

老人家又頓了一頓，才道：「所以，我仍然繼續裝死，將你交給她，而我隨即給兩個人抬了出去，隨便拋在森林中，他們以為我定會給森林中的大小動物吃得一點不剩，不知我一點損傷也沒有，而奧麗卡真的盡了她最大努力將你救活了！」

年輕人苦笑了起來，揮了揮手，不知道說什麼才好。

老人家盯著年輕人，道：「如果你還不明白，那你就是一頭蠢豬！」

年輕人道：「是的，我明白！」

老人家笑了起來，道：「在我們年輕的時候，如果知道有一個女孩子這樣愛自己，一定會娶她！」

年輕人直跳了起來，失聲道：「娶她？叔叔，她今天要你去弄一顆氫彈來，明天可能要你去造一座王宮，後天又會出主意，叫你將尼斯湖的湖怪弄來飼養！娶她！」

老人家搖著頭，道：「現在的青年，連一點浪漫的情懷都沒有了？」他接連嘆了幾口氣，神情不勝感嘆之至。

年輕人望著他叔叔，啼笑皆非，可是老人家卻像是還在懷念他談戀愛那個時期的浪漫氣氛，又道：「你沒有讀過普希金的長詩？一個青年為了表示對他女友的愛，一次又一次潛進深海去，結果死了！」老人家一直在搖著頭，道：「好了，不論怎樣，你總不想她戰死疆場的吧！」

年輕人皺著眉，他的心情十分矛盾，這種矛盾的心情，他存在已久，而在他中了毒箭，奧麗卡又救活了他之後，他一直以為他叔叔已經死在毒箭之下，那是絕沒有挽回的餘地的了，然而，他叔叔卻安然無恙。

他呆了半晌，嘆了一聲，仍然做不出任何決定，他叔叔笑了一下，道：「現在，她還在行軍途中，我駕機，你跳傘，如果你有心救她，可以將她一個人單獨救出來，問題是你肯不肯！」

年輕人仍然不出聲，老人家又道：「我已經通知了他們要進攻的城市的防衛當局，他們的進攻，可以說一點機會也沒有！」

年輕人深深吸了口氣道：「好吧！」

他在做出決定之後，閉上了眼睛，現出一絲苦笑，而且不由自主地搖著頭。老人家走過來，拍了他的一下肩頭，道：「走吧，想想她是怎麼冒險救你的！」

年輕人沒有再說什麼，他們一起出了屋子，找到了一輛汽車，直駛到了機場，看來奧麗卡將所有的力量，全都搬到戰場上去了，飛機場中冷清得很，只有一架小飛機，孤零零地停著。

年輕人在機場的一個儲藏室中，找到了完整的降落設備，帶著上了飛機，老人家駕著飛機，直向前飛著，他們預算，有八小時的飛行，就可以趕上在叢林中進軍的奧麗卡了。

不過，奧麗卡的行進速度，顯然比預算的要慢，六小時之後，他們已經看到了大軍。那時，天色早已黑了，從空中望下去，全是營火和燈光，通過望遠鏡影影綽綽，可以看到很多人和很多卡車。飛機在做了一個盤旋之後，年輕人就背上了降落傘，打開艙門，跳了下去。

年輕人落在一株大樹的頂上，降落傘被樹枝刺穿，他鬆開了皮帶，攀樹而下，在樹幹後向前看著，一面看一面不禁搖頭。這支軍隊，雖然是由精於作戰的納粹將軍指揮的，但是從他們這時休息的情形來看，只有以「烏合之眾」四個字才能形容他們。

年輕人並沒有等多久，就輕而易舉，擊昏了一個印地安戰士，將他拖進了草叢之中，換上了他的衣服，然後堂而皇之，在雜亂的營地中穿來插去，半小時之後，他就看到了那個大營帳。

大營帳前，燃著個大火堆，帳前豎著大旗桿，上面飄著一面圖案特別的旗幟。

年輕人一直來到了帳後，用小刀將帳篷割開了一道縫，向內看去，他看到奧麗卡、亨特、兩個納粹將軍，正在研究地圖，年輕人一面搖著頭，一面將帳篷的裂縫割大，可以容人鑽進去為止。

然後他拉開了一隻手榴彈，將那隻手榴彈遠遠拋了開去，手榴彈的爆炸聲，令得兩個納粹將軍和亨特，一起衝出帳篷去，而年輕人也立刻從裂縫中進了帳篷，奧麗卡才轉過身來，年輕人已經一掌擊下，將她負在身上，負出了帳篷去。

進攻計畫並沒有因為奧麗卡的失蹤而停止，但也如同預料的一樣，全軍覆沒。

一個月之後，奧麗卡以亨特的寡婦的姿態，葬了南美洲大富翁，她的丈夫。

年輕人和他叔叔沒有再露面，奧麗卡的神情有點茫然，她知道是年輕人將她帶離帳篷的，但是她醒來時，在幾百里外的一個小城市，不知道他們到哪裡去了。

宏麗的墓地旁，有許多樹，奧麗卡轉過頭去，看到有許多條尺蠖，正曲著身，向上爬著，爬到樹頂，跌了下來，但立時又向上爬，奧麗卡不禁嘆了一聲，神情也更加茫然了！

〈完〉

倪匡奇幻精品集 05

非常人傳奇之公主

作者：倪匡
發行人：陳曉林
出版所：風雲時代出版股份有限公司
地址：10576台北市民生東路五段178號7樓之3
電話：(02) 2756-0949
傳真：(02) 2765-3799
執行主編：劉宇青
美術設計：許惠芳
行銷企劃：林安莉
業務總監：張瑋鳳

出版日期：2019年8月
版權授權：倪匡
ISBN ：978-986-352-721-3
風雲書網：http://www.eastbooks.com.tw
官方部落格：http://eastbooks.pixnet.net/blog
Facebook：http://www.facebook.com/h7560949
E-mail：h7560949@ms15.hinet.net
劃撥帳號：12043291
戶名：風雲時代出版股份有限公司

風雲發行所：33373桃園市龜山區公西村2鄰復興街304巷96號
電話：(03) 318-1378
傳真：(03) 318-1378
法律顧問：永然法律事務所 李永然律師
北辰著作權事務所 蕭雄淋律師

行政院新聞局局版台業字第3595號 營利事業統一編號22759935

定價：240元

國家圖書館出版品預行編目資料

非常人傳奇之公主／倪匡著. -- 初版 --
臺北市：風雲時代，2019.07- 面；公分

ISBN 978-986-352-721-3 （平裝）

857.83 108009086